DOROTHY
PARKER

企鹅·轻经典
EASY CLASSICS

缝衣曲，1941

［美］多萝西·帕克　著

兰莹　译

中信出版集团｜北京

目录
CONTENTS

一通电话	1
皮相	10
高个儿金发女郎	17
以蔽无衣者	48
拉里表哥	60
人约黄昏后	68
摘自纽约某女士的日记	89
台下人生	96
我们结婚了	116
提灯女人	129
洛丽塔	139
小柯蒂斯	151
杜兰特先生	169
共和国的士兵	184
缝衣曲,1941	191
乌鸦的盛宴	202

脆弱的心	217
"那个游戏"	228
浪漫休假	257
女人心	277
格调	284
了不起的老爷子	292

一通电话

A TELEPHONE CALL

求您了,上帝,求您让他现在给我打电话吧。亲爱的上帝,让他给我打电话吧。我今后再不会向您要求什么,我真的不会了。这不是什么过分的要求。这对您来说微不足道,上帝,它不值一提。不过是让他现在打电话。求您了,上帝。求您了,求您了,求您了。

如果我不总想着这事,说不定电话铃就会突然响起。有时确实如此。如果我能想点别的。如果我有别的事可想。也许我五个五个地数到五百,电话就会响了。我会慢慢数。我不会敷衍了事。如果我数到三百时,电话响了,我也不会停下来;我会数到五百才去接。五、十、十五、二十、二十五、三十、三十五、四十、四十五、五十……哦,电话快响吧。拜托。

这是我最后一次看表。我不会再看了。现在是七点十分。他说过要在五点钟打电话。"我五点给你打电话,亲爱的。"我觉得那时他叫了我"亲爱的"。我几乎可以肯定就是那个时候说的。我记得他有两次叫我"亲爱的",另一次就是说再见的时候——"再见,亲爱的。"他很忙,在办公室里没时间说太多,但他叫了我两次"亲爱的"。他不可能介意我给他打电话。我知道不应该老给男人打电话,我知道男人不喜欢这样。如果你这样做,他们就知道你在思念他们,想见他们,但这却会让他们讨厌你。可我已经有三天没和他说话了——三天。而且我打电话只是想问他最近怎么样,任何人都能打电话问他这个。他一点都不会介意。他不会觉得我打扰他了。"不,你当然没有打扰我。"他说。而且他说会给我打电话的,他没必要骗我。我没要求他打电话,真的没有。我肯定没有。我觉得他不会承诺要打电话,然后又反悔。上帝,求您别让他食言。求您了。

"我五点给你打电话,亲爱的。""再见,亲爱的。"他很忙,正赶时间,周围还有很多人,但他叫了我两次"亲爱的"。那是独属于我的称呼,独属于我的。即使我再也不会见到他,这个称呼也属于我。哦,但这太少了。远远不够。如果我再也见不到他的话,这怎么能足够呢?请让我再见到他,上帝。求您了,我太想见他了。我想得不得了。我会听话的,上帝。如果您能让我再见到他,我会变得更乖,我答应您。如果您能让他给我打电话的话。哦,请让他现在给我打电话吧。

啊,上帝,请别看不上我微不足道的乞求。您坐在那儿,如此纯洁古老,天使们围绕着您,群星从您身边飞掠。我来向您祷告,求您赐给我一个电话。啊,不要笑我,上帝。您听我说,您不知道那是什么感觉。您一切安好——坐在宝座上,蓝色的海浪在身下翻涌。没有什么能触碰到您；也没人能把您的心放在手里搓揉。真痛苦啊，上帝，痛彻心扉。您不帮我吗？看在耶稣的分上，帮帮我。您说过会以他的名应允一切请求。哦，上帝，以您唯一的爱子、我们的主耶稣基督的名义，让他给我打电话吧。

打住。我不能这样。看，假设有年轻人说要给某个女孩打电话，然后他因为有事就没打。这没那么糟，不是吗？哎呀，此时此刻，全世界都在发生这种事。我关心全世界做什么？为什么电话铃还不响？为什么不响，为什么不响？你就不能响吗？啊，拜托，你就不能响一声吗？你这该死的、丑陋又闪亮的东西。响一声会坏吗？响一声你就会完蛋吗？该死的，我要把你肮脏的电线从墙上拔出来，把你那张自鸣得意的黑色拨号盘的脸撕成碎片。去死吧。

不、不、不。我不能这样了。我必须想点别的事。我该把表放在别的房间，这样我就不会老盯着它看了。如果一定要看的话，那我就必须走进卧室，我就得走进卧室。也许在我再次看表之前，他会给我打电话。如果他打电话给我，我会讨他喜欢那般对待他。如果他说今晚不能见我，我会说："噢，没关系，亲爱的。噢，当然可以。"我会像我第一次见到他时那样做。也许他会再次喜欢上我。起初我总是善解人意。在你爱上别人之前，善解人意是件轻而易举的事。

我想他一定还是有点喜欢我的。否则他今天就不会两次叫我"亲爱的"了。如果他余情未了，一切就还有希望；哪怕只有一点点，一丁点就行。您看，上帝，如果您让他给我打电话，我就不用再来求您了。我会温柔地对他，我要快快乐乐的，我要变回从前的如果您能让他给我打电话的话。哦,请让他现在给我打电话吧。

哦,上帝,以您唯一的爱子、我们的主耶稣基督的名义,让他给我打电话吧。

也许在我再次看表之前,他会给我打电话。

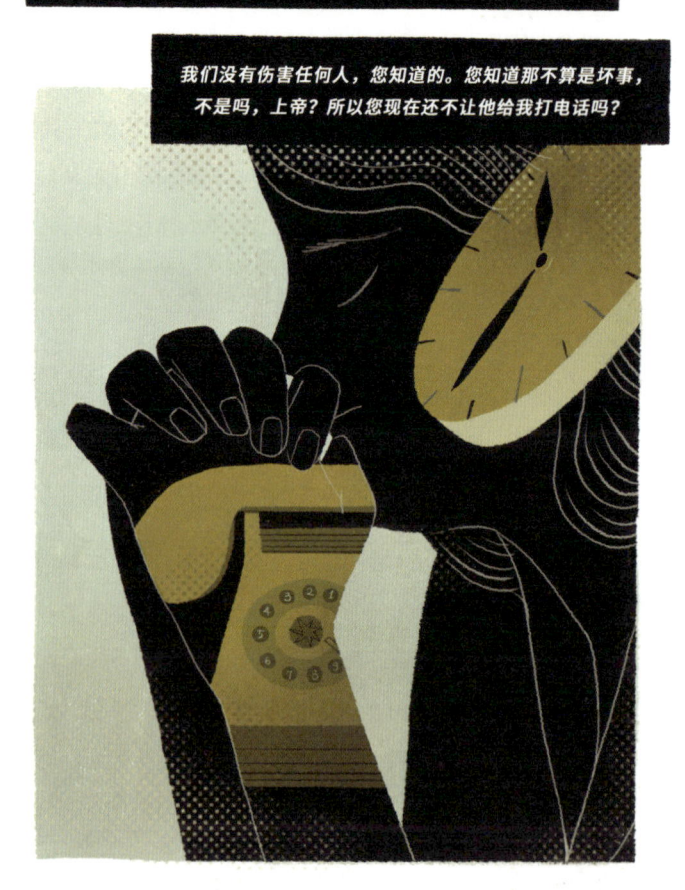

我们没有伤害任何人,您知道的。您知道那不算是坏事,不是吗,上帝?所以您现在还不让他给我打电话吗?

样子,然后他会再次爱上我。这样我就不用再向您乞求什么了。您明白吗,上帝?所以请您让他给我打电话好吗?求您了,求您了,求您了,好不好?请让他给我打电话好吗?求您了,求您了,求您了。您是在惩罚我吗,上帝?您生我的气是因为我是个坏孩子吗?是因为我做了坏事吗?哦,但是,上帝,有那么多坏人——您不能只对我这么严厉。而且那件事也不算严重,可能后果也不会太糟糕。我们没有伤害任何人,上帝。只有伤害到别人才算做了坏事。我们没有伤害任何人,您知道的。您知道那不算是坏事,不是吗,上帝?所以您现在还不让他给我打电话吗?

如果他不给我打电话,我就知道上帝在生我的气。我五个五个地数到五百,如果他到时还不打电话,我就知道上帝从此不会再帮助我了。那就说明上帝已经离弃我了。五、十、十五、二十、二十五、三十、三十五、四十、四十五、五十、五十五……那是件坏事。我知道我做了坏事。好吧,上帝,把我送进地狱吧。您以为能用地狱吓唬我,是吗?您认为您的地狱比我自己的更可怕。

我不能。我不能这样想。也许他就是打电话晚了点——那没什么好大惊小怪的。也许他不会打电话来——也许他不打电话就直接来了。如果看到我一直在哭,他会生气的。男人们不喜欢你哭。他自己就不哭。我向上帝说了我的愿望:真希望我能让他哭。我希望我能让他大哭、来回踱步,同时感到心在胸腔里沉甸甸地坠着,膨胀溃烂。我真希望能狠狠地伤害他。

他就不会对我有这种想法。我想他也根本不知道他给我的感觉。我希望不用我告诉他,他就能知道。他们不爱听你说你因为他们而哭泣，也不爱听你说你为他们郁郁寡欢。如果你说了，他们就会认为你占有欲强，要求苛刻。然后他们就会讨厌你。每当你说心里话时，他们都讨厌你。你总是得不停地耍小手段。哦，我还以为我们不必这么做；我觉得最重要的是能说出心里话。我想没什么比这更重要。我猜你永远也做不到。只要他能打电话来，我就不会告诉他之前我为他难过。他们讨厌悲伤的人。我将会讨他喜欢，表现得快快乐乐的，这样他就会不由自主地喜欢我。要是他能打电话来就好了。要是他能打电话来就好了。

也许他正在给我拨号。也许他没打电话就直接过来了。也许他现在就在路上。他可能出了什么事。不，他不会有事的。我想象不出他能出什么事。我从没想过他会被车轮轧过。我永远不会看到他安安静静地躺在那儿，四肢伸开，就那样死了。我真希望他死了。那是个可怕的愿望。也是个可爱的愿望。如果他死了，他就是我的了。如果他死了，我就永远也不会想到当下和过去的几个星期。我只会记得那些美好的时光。都是美好的日子。我真希望他死了。我希望他死了、死了、死了。

这真够蠢的。仅仅因为别人说会打电话给你，却没有马上打来，你就希望他们死了——真够蠢的。也许时钟走得快，我不知道它准不准。也许他根本就没晚。任何事情都可能耽搁他一会儿。也许他不得不待在办公室里。也许他回家了，打算从家里给我打电话，却有人来拜访。他不喜欢当着别人的面给我打电话。也许他只是有一点点、一丁点担心让我久等了。他甚至可能希望我给他打电话。我可以。我可以打电话给他。

我不能打。我不能打，我不能。噢，上帝啊，请别让我给他打电话。请不要让我那样做。上帝，我知道得像您一样清楚：如果他担心我，那么无论他在哪里，无论周围有多少人，他都会打电话给我。请让我看清楚这一点，上帝。我并不是求您让我能轻易接受这一点，尽管您可以创造世界，却做不到这件事。只要让我看明白这一点，上帝。别让我继续抱有希望。别让我安慰自己。请不要让我再抱有希望，亲爱的上帝。求您了。

我不会给他打电话。只要我还活着，我就再也不会给他打电话。在我给他打电话之前，他就会先烂在地狱里。您不必给我力量，上帝，我自己就有。如果他想见我，他就能找到我。他知道我在哪里。他知道我就在这里等着。他对我很有把握，很有把握。我不知道男人为什么一旦得到了你的心，就开始讨厌你。但在我看来，两心相许是件很甜蜜的事。

给他打电话很容易，然后我可能就会知道，也许这样做并不愚蠢，也许他不会介意，也许他会喜欢我打电话。也许他一直在给我打电话。有时候人们多次尝试联系到你，但接线员却说号码接不通。我这么说不是在安慰自己，真的发生过这样的事。您知道真的有过这样的情况，上帝。天哪，别让我碰那个电话。让我离它远点。让我保留一点尊严，我想我会需要它的，上帝。我想那会是我仅剩的东西。

哦，当我无法忍受不和他说话的时候，自尊又有什么用？那样的骄傲真是愚蠢而低劣，不值一提。真正的骄傲，最高等的骄傲，是摒弃骄傲。我这么说不是因为我想给他打电话。我真的不想。这是真心话，我知道这是真心话。我要提升自己的骄傲。

求求您，上帝，别让我给他打电话。求您了，上帝。

我不明白这和骄傲有什么关系。这是件小事，我犯不着为它把自尊扯进来，也犯不着如此大惊小怪。我可能没听明白他的意思。也许他是说让我五点给他打电话。"五点给我打电话，亲爱的。"他完全可以这么说。很可能我没听清。"五点给我打电话，亲爱的。"我几乎可以肯定他就是这么说的。上帝，别让我这样自言自语。告诉我是怎么回事，请告诉我这到底是怎么回事。

我得想点别的。我会静静地坐着。要是我能一动不动地坐着就好了。也许我可以读书。哦，所有的书都在讲人们彼此相爱，真诚笃定又甜蜜。他们写这个是想做什么呢？难道他们不知道这不是真的吗？难道他们不知道这是谎言，是该死的谎言吗？如果他们知道这有多么痛苦，他们又会写些什么呢？这帮该死的、该死的、该死的家伙。

打住。我得安静些。这没什么好激动的。这样，假设他是个我不太熟悉的人，假设他也是个女孩，那么我只会打电话说："哦，天哪，你怎么了？"那我就这么做，我从来没想到过这点。为什么我不能随意些、自然些，就因为我爱他吗？我能做到。老实说，我能做到。我要打电话给他，轻松愉悦地给他打电话。上帝，您看我能不能做到。噢，别让我给他打电话。别、别、别。

上帝啊，您真的不让他给我打电话吗？您确定吗，上帝？您就不能宽容点吗？不能吗？我甚至没有要求您让他现在就给我打电话，上帝，就让他过一小会儿再打吧。我要慢慢地、清楚地、五个五个地数到五百。如果他那时还没打电话来，那我就给他打电话。我会的。哦，求您了，亲爱的上帝，亲爱的仁慈的上帝，我在天上的天父，就让他在那之前给我打电话吧。求您了，上帝。求您了。

五、十、十五、二十、二十五、三十、三十五……

皮相

ARRANGEMENT IN BLACK AND WHITE

那女人染过的金发上缠绕着粉色的天鹅绒罂粟花。她穿过房间里的人群,时而小步跳跃,时而侧身而行,一路引人注目。她紧紧抓住聚会主人瘦削的胳膊。

"抓住您了!"她说,"现在您跑不了了!"

"哟,您好,"主人说,"哎呀,您最近怎么样?"

"哦,我很好,"她说,"只能说还不错。听着,我想让您帮我个了不得的大忙,行吗?求您了!求求您了!"

"什么忙?"主人说。

"听着,"她说,"我想认识下沃尔特·威廉姆斯。老实说,他真让我疯狂,噢,尤其是当他唱歌,唱灵歌[1]的时候。哎呀,我对伯顿说:'沃尔特·威廉姆斯是黑人,这对你来说可是件好事,要

---

[1] 原文 Spiritual 指北美黑人的宗教礼拜歌曲。内容大多反映黑人遭受残酷奴役,痛苦无告,只好把希望寄托在宗教上的情感表达。多为即兴演唱,并成为爵士乐的重要素材。——编者注

不然你忌妒的机会可就多了去了。'我真想认识他。我想告诉他，我听过他唱歌。您能行行好，把我介绍给他吗？"

"当然可以，"主人说，"我想您能见到他。这场聚会就是为他办的。但他在哪里呢？"

"他在那边，就在书柜旁边，"她说，"我们等等吧，等那些人跟他讲完话。哎呀，我觉得您简直太了不起了，为他举办了这场精彩的聚会，让他能见到所有这些白人。他难道没有感激涕零吗？"

"我希望不会。"主人说。

"我觉得这真是好得不得了，"她说，"我真的这么想。我不懂跟有色人种见个面到底怎么不合适。我不介意，一点也不。伯顿——哦，他正好跟我相反。哎呀，您知道，他来自弗吉尼亚，您知道那些南方人。"

"他今晚来了吗？"主人说。

"不，他来不了，"她说，"今晚我是不折不扣的'草地寡妇'[1]。我临走时跟他说过，我也不知道自己会干出什么事来。只是他太累了，不想动。这太可惜了，对吗？"

"啊。"主人说。

"等着吧，我会告诉他我跟沃尔特·威廉姆斯见面了！"她说，"他会气死的。哦，关于黑人我们吵过不止一次。我和他争论时，不知怎么就变得激动起来，对他说'行了，别蠢了'。但我得说伯

---

[1] 原文 grass widow 指经常与丈夫分居的妇女。——译者注（以下若无特殊说明，均为译者注）

顿比许多南方人都开明。他真的非常喜欢黑人。他自己就说过,他不会用白人做仆人。而且您知道,他有位黑人老保姆,就是那种标准的黑人老嬷嬷。他多喜欢她啊。每次他一回家就去厨房看她。真的,直到今天他还这么做。他想说的就是,如果黑人能安守本分,他就不会反对他们。他一直在帮助他们——送他们衣物,还有别的,我也搞不太清楚。他唯一坚持的是他说他不会跟哪个黑人坐在同一张桌上,哪怕给他一百万美元也不行。'哦,'我对他说,'你这样说话真让我恶心。'我对他这态度真糟糕。我是不是太凶了?"

"噢,不、不、不,"主人说,"不,不凶。"

"我确实太凶了,"她说,"我知道这一点。可怜的伯顿!现在,我、我完全没有伯顿那种感觉。我一点也不介意黑人。甚至有些黑人还让我很疯狂。他们就像孩子一样——容易相处,总是又唱又笑。他们是不是您这辈子见过的最快活的家伙?老实说,我只要一听到他们的声音就想笑。我喜欢他们。真的很喜欢。哎呀,听我说,我家里的洗衣女工就是个黑人,她已经为我干了好几年活了。我特别爱她。她真不错。我要告诉您,我把她当作自己的朋友。我就是这样对待她的。我对伯顿也这样说:'喂,看在上帝的分上,我们都是平等的人!'不是吗?"

"是的,"主人说,"确实没错。"

"现在这位沃尔特·威廉姆斯,我觉得他这样的人才是真正的艺术家。我确实这么想。我觉得他配得上这如潮的赞美。天哪,我为音乐或其他艺术而疯狂,我不在乎艺术家的肤色。老实说,我认为如果谁是艺术家,那么任何人都不应该介意认识他。我对伯顿也这么说，一字不差。您觉得我说得对吗？"

"您是对的，"主人说，"噢，是的。"

"我就是这么想的，我就是不明白那些有偏见的人是怎么想的。哎呀，我绝对认为能认识像沃尔特·威廉姆斯这样的人是种荣幸。真的，我就是这样想的。我一点也不介意。哎呀，我的天哪，上帝创造了他，就像他创造我们中的任何人一样。对吗？"

"当然，是的，的确如此。"

"我就是这么说的。当人们对黑人有偏见时，我会非常愤怒。我所能做的就是保持沉默。当然，我承认有的黑人很坏，很可怕。但正如我对伯顿所说，这个世界上白人里也有坏人，不是吗？"

"我想是有的。"主人说。

"哎呀，如果有位像沃尔特·威廉姆斯那样的人哪天能来我家为我们唱歌的话，我会开心死的。当然，我不能代表伯顿来邀请他，但我一点也不介意邀请他来我家。噢，他能为我们唱歌！他们唱得那么动听，就像有与生俱来的天赋一样。来吧，我们过去跟他聊聊。听我说，您把我介绍给他时，我该怎么做？我该跟他握手吗，还是怎样？"

"哎呀，您可以随意。"主人说。

"我想我最好是跟他握手，"她说，"无论如何我都不愿让他觉得我在意他的肤色。我觉得最好是握手，就像我会跟其他人握手那样。我跟别人见面时都握手的。"

那位身材高挑的年轻黑人正站在书柜边。他们走过去，主人为双方做了介绍，那黑人鞠了一躬。

我不介意，一点也不。	他真的非常喜欢黑人。
当人们对黑人有偏见时，我会非常愤怒。	我也毫不介意他是黑人。

"您好。"他说。

头戴粉色天鹅绒罂粟花的女人舒直手臂，伸出手，好让全场人都能看见。那黑人抓住她的手，握了握，然后放开了。

"噢，您好，威廉姆斯先生，"她说，"呃，您好。我刚刚还在说，我爱死您的演唱了。我去过您的音乐会；我们还放您的唱片来听。噢，我真是喜欢听！"

她说话的方式非常特殊——唇形一丝不苟，仿佛在跟聋子讲话。

"我很高兴。"他说。

"您那首《水中男孩》简直让我痴迷。老实说，它一直在我脑海中回响。我差点把我丈夫逼疯，因为我走来走去，整天都哼着这首歌。噢，他脸色阴沉，就像扑克牌里的黑桃A——呃。告诉我，您到底是在哪儿学会这些歌的？怎么学会的？"

"嗨，有那么多不同的……"

"我应该想到的，您爱唱歌，"她说，"肯定很有趣。那些经典灵歌太动听了——噢，我真爱听！您现在在做什么？还在继续练习唱歌吗？为什么不再开场音乐会呢？"

"本月十六日会有一场。"他说。

"呀，我会去的，"她说，"如果能去的话，我肯定到场。您可以相信我。天哪，那边过来一大群人要跟您谈话。您真是位贵宾！噢，那位穿白衣的女孩是谁？我在别处见过她。"

"那是凯瑟琳·伯克。"主人说。

"我的天哪，那是凯瑟琳·伯克吗？哎呀，她看起来和舞台上完全不一样。我还以为她会更漂亮些。我还真不知道她肤色这么深。哎呀,她看起来差不多像是——噢,我认为她是个极好的女演员!您觉得呢,威廉姆斯先生?哦,我觉得她非常了不起。是不是?"

"是,我也这样想。"他说。

"噢,我也是这么想的,"她说,"真是位棒极了的演员。天哪,我们也得给别人个机会和贵宾交谈一会儿。好了,别忘了,威廉姆斯先生,如果可能的话,我会去听音乐会的。我会去为您喝彩。如果我去不了的话,我也会劝所有我认识的人去。您不会忘了吧!"

"我不会,"他说,"非常感谢您。"

主人挽着她的手臂,把她引到隔壁房间。

"噢,亲爱的,"她说,"我快死了!老实说,我向您保证刚才我都快死掉了。您注意到我犯的那个可怕的错误了吗?我差点说凯瑟琳·伯克看起来像个黑鬼。还好我及时把那个词咽回去了。噢,您觉得他注意到了吗?"

"我想没有吧。"主人说。

"啊,谢天谢地,因为我不想让他尴尬。哎呀,他真是个好人,好到极点,风度翩翩。您知道,很多黑人会得寸进尺,但这种毛病他一点都没有。我猜他更理智。他真是个好人。您觉得呢?"

"是的,没错。"主人说。

"我很喜欢他,"她说,"我也毫不介意他是黑人。我觉得跟他在一起时像跟其他人一样自然。跟他谈话也很自然,其他一切也都很正常。但老实说,我刚才差点笑出来。我一直在想伯顿。噢,等会儿我要告诉伯顿我称他为'先生'了!"

高个儿金发女郎

BIG BLONDE

一

黑兹尔·莫尔斯个头高大，相貌俊俏，是那种能让男人在说出"金发女郎"这个词时一边咋舌，一边调皮地摇头晃脑的女人。她为自己纤小的双足而自豪，出于虚荣心总是穿小号尖头高跟鞋，为此吃了不少苦头。顺着她皮肉松弛、遍布暗淡棕褐色晒斑的双臂看下去，会发现一双手指纤长微颤、指甲厚实圆突的手，与手臂很不相称，显得很怪。她爱在手上戴些小珠宝饰品，但却使双手减色不少。

她并不爱回忆往事。三十五岁左右时，旧时光在她脑海里就已变成一组摇曳不定的模糊镜头，仿佛一部未拍完的电影，讲的都是陌生人的故事。

她二十多岁时，头脑已不甚清楚的孀居母亲终于去世，随后她在女装批发公司找到份模特的工作——直到现在，那一天仍值得这位高个儿女子自豪。从那以后她就涂脂抹粉，站得笔直，酥胸高高耸起，光彩照人。工作不累，而且她能见到许多男人，并与他们一起消磨夜晚,男人们的笑话总会逗得她大笑,她也会夸他们的领带好看。男人们喜欢她,她也觉得这是件好事。在她看来,为讨人喜欢所做的努力都是值得的。你使人快乐,男人就会喜欢你;他们喜欢你,就会带你出去,这就可以了。所以她成功地变成一位讨人喜欢的女人。她讨人喜欢,而男人喜欢这样的人。

没有别的消遣能转移她的注意力,无论是更简单还是更复杂的消遣都不能。她从没想过是否有更好的方法消磨时间。她的想法,或者更准确地说,她接受的想法与其他外貌类似的金发女郎相当合拍,而她与她们也交上了朋友。

在这家女装公司工作几年后,她遇到了赫比·莫尔斯。此人身材瘦削,行动敏捷,颇有魅力。他棕色的眼睛闪亮,眼角有狡黠的皱纹,爱拼命啃咬指甲周围的皮肤。他爱喝酒,而她觉得这个爱好很有趣。她有个习惯:同他打招呼时,总是用他昨晚醉酒的样子作为开场白。

"噢!你真可爱,"她忍不住要笑,"你总是想请那个侍者一起跳舞。那样子要笑死我啦。"

她对他一见倾心。他飞快的语速、含混的发音以及对滑稽剧或连环画中的贴切短语的引用逗得她特别开心。他把精瘦的胳膊使劲塞进她外套的袖管里,紧紧贴着她的胳膊,这使她非常兴奋。她想要摸摸他潮湿平整的头发。他也马上被她吸引住了。认识六周后,他们结了婚。

一想到要当新娘她就开心,与人半真半假地打情骂俏时也常把这事挂在嘴边。之前也有不少人向她求婚,但求婚者都是服装公司的顾客，是些无趣的矮胖男人，还有来自得梅因、休斯敦、芝加哥和——用她的话说——更好笑的地方的人。一想到要离开纽约住在别处，她就有种滑稽的感觉。与人在美国西部同居，她无法把这样的事情当作认真的求婚。

她盼着有人能娶她。她现在快三十岁了，日子过得并不好。她日渐懈怠松散，失去了锐气，而且她的金发逐渐暗淡，她只好笨拙地用双氧水漂洗。对于自己工作的恐惧偶尔会掠过心头。过去的千百个夜晚，她与相识的男士在一起时，大家认为她"讨人喜欢"。但现在如果不去有意识地表现自己，想自然而然地得到这个评价已经不太可能了。

赫比收入尚可，让他们能在远离市中心的地方租个小公寓。餐厅布置得像修道院的餐厅，一只红褐色的球形玻璃灯罩从天花板中央垂下来。起居室里放着一套带有加厚软垫的沙发，还有一株波士顿蕨和一张亨纳[1]创作的《抹大拉》的复制品，画里的红发女人在腰间裹着块蓝布。卧室漆成灰色和陈旧的玫瑰色，赫比的照片放在她的梳妆台上，而她的照片放在赫比的五屉柜上。

她会做饭，而且做得很好；她还去市场采购、与送货的男孩和黑人洗衣女工聊天。她爱这间公寓。她爱自己的生活。她爱赫比。在新婚的头几个月，她把所有的热情都倾注在他身上。

她之前没有意识到自己有多累。对她来说，不再做个"讨人喜

---

[1] 让－雅克·亨纳（1829—1905），法国画家，以女性裸体的晕涂法和明暗法而知名，长于宗教题材和肖像画。

欢的人"是开心事、新游戏和休假。如果她头疼，或是足弓抽痛，她就会孩子气地、可怜巴巴地诉苦。如果情绪平静，她就沉默不言。如果眼中有泪，她就让它流下来。

结婚第一年，她很容易就养成了动不动就哭的习惯。当年她还是个"讨人喜欢的人"时，人们也都知道她时不时会毫无来由地泪如泉涌。她在剧院里的表现常被大家当成笑柄。她会为剧中的任何事情而哭泣，比如说剧中的小衣服、不求回报的深爱、诱惑、纯洁、忠仆、婚姻和三角恋。

"黑兹尔哭了，"她的朋友们会看着她说，"她又控制不住了。"

嫁人后她就松了口气，从此自由自在地倾泻眼泪。对她这样笑口常开的人来说，哭泣反倒成了享受。她可以与所有悲惨之事共情。她很敏感。每当看到报纸上关于拐卖婴儿、遗弃妻子、失业的男人、走失的猫和英勇的狗的报道时，她总会轻声哭上很长时间。甚至报纸不在眼前时，这些事情还在她的脑子里转来转去，同时泪珠会有节奏地划过她的丰颊。

"说真的，"她会告诉赫比，"只要停下来想这事，就发现全世界都充满了悲伤。"

"是吧。"赫比会说。

她谁也不想念。那些把她和赫比撮合到一起的老朋友起先还在他们的生活中徘徊，后来就彻底退场。她想到这一切时，只会觉得合适。这就是婚姻。这就是静好的岁月。

但问题是，赫比并不觉得这样的日子有趣。

有一段时间，他喜欢和她单独待在一起。他发现主动与外界隔绝是新奇而甜蜜的体验。然而它突然失去了魅力。就像某个晚上他还和她一起坐在热烘烘的起居室里，简直别无所求；而第二天晚上他就受够了这一切。

她那种捉摸不定的忧郁情绪使他心烦意乱。起先，如果他回到家，发现她略显倦态、郁郁寡欢的话，他会吻她的脖子，拍她的肩膀，求她告诉她的赫比出了什么事。她喜欢这样。但时间一长，他就发现她从来都没有要紧的事。

"啊，看在上帝的分上，"他会说，"又来这套了是吗？好吧，你就坐在那儿抱怨个够吧。我要出去了。"

他会走出公寓，把门砰地带上。他会喝得醉醺醺的，很晚才回来。

她完全搞不清婚姻出了什么问题。他们起初浓情蜜意，随后就成了敌人，中间似乎没有任何过渡。她从来也没弄明白这是为什么。

他花在下班路上的时间越来越长。她极度痛苦地想象汽车从他身上轧过，他流着血死去，尸体被盖上白床单。然后他安全回来，她就不再害怕，而是闷闷不乐，觉得受到了伤害。如果某人想和另一个人待在一起时，他会尽快赶回来。她特别希望他也愿意和自己待在一起。有他在，她的时间才过得有意义。他通常将近九点才回家吃晚饭。回来时他总是喝了很多酒，酒劲慢慢消退时，他会大声发牢骚，稍不如意就吹胡子瞪眼。

他说自己太紧张，没法坐在那儿一晚上什么也不做。他吹嘘说他这辈子从未读过一本书——也许这话有很大水分。

"你想让我做什么呢——整晚都坐在这个垃圾堆上？"他会反问，然后再次摔上门出去。

她不知道该怎么办。她管不住他，她连他的面都见不到。

她与他激烈地争吵。她曾偶然拥有那种美妙的家庭生活，她会用尽手段来捍卫它。她想要那种"温馨的家"。她想要一个清醒、温柔的丈夫，能按时回家吃饭，按时去上班。她想要甜蜜舒适的夜晚。出轨其他男人的想法对她来说非常可怕；而一想到赫比可能在别的女人那里找乐子，她就会发疯。

似乎所有她读过的东西，包括从杂货店租书处借阅的小说、杂志故事、报纸的妇女版，都在讲述失去丈夫欢心的妻子的故事。而比起关于整洁温馨的婚姻生活的描写和"从此幸福地生活在一起"的故事来，前者她更能看进去。

她担惊受怕。有几次赫比晚上回家，发现她已下定决心，穿好衣服——她只能把旧衣改得更贴身——还抹了胭脂。

"我们今晚一起去——你怎么说的——找乐子吧，怎么样？"她会向他喊，"死人才无所事事呢。"

于是他们就一起出门，去小餐馆或消费水平没那么高的卡巴莱歌舞厅，但效果并不好。看赫比喝酒再也不能使她快活起来。她也不会再为他的古怪念头哈哈大笑。她紧张地细数他的放纵行为。她总是忍不住劝他："啊，行了，赫比，你已经喝得够多了，是吧？你早上会难受的。"

他会立刻勃然大怒。好吧，她只会嘀嘀咕咕、嘀嘀咕咕地发牢骚。她真是个讨厌的家伙！接着就是争吵，然后两人中的某一个会起身，怒气冲冲地大步离开。

她已经想不起自己究竟是哪天开始喝酒的了。她的日子连在一起，中间没有明显分界。它们就像敲在窗玻璃上的雨点一样，汇聚成细流，慢慢流走。她已经结婚六个月了，然后是一年、三年。

以前她从不用喝酒。当其他人都在认真地喝酒时，她在桌旁坐上大半个夜晚也不会神情萎靡、无精打采，也不讨厌其他人喝酒。如果她喝杯鸡尾酒，那就算是很不寻常的事了。接下来的二十分钟内大家都会以此来打趣她。但现在痛苦在啃噬她的心。争吵过后，赫比就会夜不归宿，而她无从知晓他在哪里过夜。她的心在胸腔里缩成一团，隐隐作痛，各种念头会在她脑子里如电扇一样飞快转动。

她讨厌酒味。杜松子酒——无论是纯的还是混合在别的饮料里——都会马上让她恶心。尝试过几次后，她发现苏格兰威士忌最适合自己。她喝时不加水，因为这样上头最快。

赫比逼她喝酒。他很高兴看她喝酒。两人都觉得这样可以使她重新兴高采烈，他们在一起度过的美好时光也可能会重现。

"'真是个好女孩'[1]，"他会称赞她，"燃起来吧，宝贝。"

但这并没弥合他们之间的裂痕。她和他一起喝酒时，只有那么一会儿是快乐的，然后不知道谁起个头，他们就会莫名其妙地大吵一架。第二天早上醒来时，他们想不起发生过什么事，也记不清自己说过什么话、做过什么事。但两人都觉得自己深受伤害，咬牙切

---

[1] 唱片名。

齿地痛恨对方。随后几天是报复性的沉默。

曾经有段时间，他们吵架后会和好，而且通常是"床头吵架床尾和"。他们互相亲吻，用各种昵称来称呼对方，同时保证会改过自新……"哦，以后会好的，赫比。我们会过上幸福的生活。我脾气不好。我猜之前我一定是累了。但一切都会好起来。你会看到的。"

现在已经没有温情的和解了。酒精使他们暂时通情达理，他们只能在这段短暂时间内保持友好关系；而再接着喝下去，新的战争又会爆发。先是吵，再是动手。他们会高声互相谩骂、推推搡搡，有时还会狠狠地互掴耳光。有一次她的眼睛被打伤了，赫比第二天被她的乌青的眼睛吓了一跳。他没去上班；她走到哪里，他就跟到哪里，提出种种补救措施，用各种可怕的词责骂自己。但后来他们又喝了几杯——"好让我们关系融洽"。她一再伤感地提到自己的伤，于是他又开始对她大喊大叫，然后冲出家门，两天未归。

他每次怒离家时，都威胁说不会再回来。她不信他，也没考虑过分开。她的潜意识里总有怠惰而模糊的希望，认为现状会改变，而她和赫比会突然安定下来，过上平和的婚姻生活。这里有她的家、家具、丈夫和社会地位。她别无选择。

她不再忙来忙去，只是闲散度日。她也不再因同情别人而落泪，现在她的热泪只为自己而流。她不停地在房间里踱步，思绪机械地绕着赫比打转。在那些日子里，她开始痛恨独处，之后也永远没能战胜这种痛恨。一切顺心时，独处倒没什么，但心情忧郁时，你会恐惧得要命。

她开始独酌：整天都在喝，但每次喝得不多，持续时间也不长。只有和赫比在一起时，酒精才会使她神经紧张，动不动就发火。独自饮酒时，酒精使她感觉迟钝。她活在酒精制造的迷雾中。她的生活呈现出梦幻般的色彩。没什么会令她吃惊了。

有位马丁太太搬进大厅对面的那间公寓。她是位大块头金发女人，年近不惑，长得活脱是莫尔斯太太未来的样子。相识后，她们马上就成为形影不离的密友。莫尔斯太太几乎长在对面的公寓里。她们一起喝酒，第二天早上再互相鼓励着从宿醉中振作起来。

她从不向马丁太太倾诉关于赫比的烦恼。这个话题让人心绪烦乱，她无法从谈话中找到安慰。她在外人面前说丈夫是因为工作太忙了才顾不上家里。没人把这当回事，因为在马丁太太的圈子里，这样的丈夫不过是个影子角色。

谁也没见过马丁太太的配偶，您可随意认定此人身故与否。她有位名叫乔的追求者，几乎每晚都过来看她。他经常带几位朋友，即所谓的"小伙子们"一起来。"小伙子们"都是大个子、皮肤红润、好脾气的男人，年纪大概在四十五至五十岁之间。莫尔斯太太很高兴被他们邀请去聚会，因为赫比现在晚上很少在家。如果他回家，她就不去马丁太太那里。如果晚上两人在一起就会吵架，但她还是会和他在一起。她总是怀着个小小的、未曾宣之于口的念头：也许从今晚开始，一切都会好转。

"小伙子们"每次到马丁太太家都会带来不少酒。莫尔斯太太跟他们一起喝酒，变得活泼、和善且大胆。很快她就在这群人中大受欢迎。当酒劲模糊了与赫比最近一次大吵的记忆后，她会为他们的奉承兴奋不已。她脾气坏吗？她招人厌吗？算了吧，有人可不这么想。

"小伙子们"中有个名叫艾德的人。他住在尤蒂卡[1]，大家以敬畏的口气说他在那里有"自己的生意"。但他几乎每周都来纽约。他已婚。他给莫尔斯太太看过自己儿女的近照，而她则对此真诚地大加赞美。很快大家都接受了艾德是她的"特殊朋友"这一事实。

打扑克时他押她赢，还坐在她身边，不时用膝盖蹭她的膝盖。她很幸运。她经常带着张二十美元或十美元的钞票，或是一把皱巴巴的美元回家。金钱使她开心。用她的话说，现在赫比在钱的方面"走背运"。如果问他要钱的话，两人就会马上吵起来。

"你他妈要钱干什么？"他会说，"都花在苏格兰威士忌上吗？"

"我要试着让这房间多少体面点。"她会反驳。

"别想那些了，听到没？噢，不，大爷我可不想操心这些。"

就像她记不起具体是哪天开始喝酒的一样，她也想不起与艾德确定关系是哪一天。他习惯进门时亲她的嘴，告别时再来一个吻。此外在整个晚上，他会蜻蜓点水般亲她，以表示对她的赞许。与其说她讨厌它，不如说她喜欢它。她不跟他在一起时，从来想不到他的吻。

他会恋恋不舍地抚摩她的肩背。

"轻浮的金发女郎，嗯？"他会说，"像个洋娃娃。"

---

[1] 纽约州中部城市。

一天下午她从马丁太太家回来时，发现赫比在卧室里。他已经有好几晚没回过家了，显然是一直在喝酒。他脸色灰白，双手好像触电一样颤抖。床上有两个打开的旧手提箱，里面的东西堆得高高的。他的衣柜上只剩下她的照片。柜门大敞，能看到里面除了衣架空空如也。

"我要搬出去。我已经受够这一切了。我在底特律找了份工作。"

她坐在床边。她头天晚上喝得太多了。跟马丁太太一起喝的那四瓶苏格兰威士忌只会让她更晕。

"新工作好吗？"她问。

"哦，是的，"他说，"看起来不错。"

他艰难地合上其中一只手提箱，低声咒骂它。"银行里还有点钱，"他说，"存折在最顶上那个抽屉里。家具和里面的东西是你的了。"

他看着她，额头青筋跳动。

"该死的，我受够了，听着，"他喊道，"我受够了。"

"好的，好的，"她说，"我能听见你说话，不是吗？"

她看着他，两人就像分坐在一架大炮的两端。她的头开始痛，仿佛正有锤子一下下敲着它。她干巴巴的声音使人厌烦。她之前不该提高声音讲话的。"走前不喝一杯吗？"她问。

他又看看她，一边嘴角猛地挑起。"又想吵架来换换心情吗？是不是？"他说，"好主意。行啊，来几杯吧，怎么样？"

她去食品储藏室，为他调了杯掺苏打水的威士忌，给自己的杯中倒了几英寸[1]高的威士忌,然后喝光。随后她又为自己准备了一份,把两只杯子端回卧室。他已经把两只手提箱都捆好,还戴上了帽子,穿上了外套。

他接过自己的苏打水威士忌。

"那么,"他突然迟疑地笑了一声,"祝你好运。"

"祝你好运。"她说。

他们喝了酒。他放下玻璃杯,拎起沉重的行李箱。

"我得去赶六点左右的火车。"他说。

她跟着他下楼走到大厅。马丁太太曾固执地在留声机上反复播放同一首歌,现在它在她脑海里回荡。她从来就不喜欢这歌。

> *夜以继日,*
>
> *夜以继日,*
>
> *通宵玩乐。*
>
> *我们难道不开心吗?*

他把行李放在门边,转身面对着她。

"唔,照顾好你自己。你会好好的,对吧?"

"哦,当然会的。"她说。

他打开门,然后又走回她身边,伸出手来。

"再见,黑兹尔,祝你好运。"

---

[1] 1英寸约等于2.5厘米。

她抓住他的手握了握。

"对不起，我的手套是湿的。"她说。

他带上门，她回到食品储藏室。

那天晚上她走进马丁太太家时红光满面，精神抖擞。"小伙子们"都在，艾德也在其中。他很高兴能进城，快活地高声说笑，不停开玩笑。但她悄悄跟他说了一分钟话。

"赫比今天走了，"她说，"去西边生活了。"

"是吗？"他说。他看着她，同时玩弄别在胸前口袋里的自来水笔。

"你觉得他不会回来了，是不是？"他问。

"是的。我知道他不会回头了。我知道。是的。"

"你还会继续住在大厅对面吗？"他说，"接下来你有什么计划？"

"哎呀，我不知道。我才不在乎呢。"

"哦，算了，话不能这么说，"他告诉她，"你需要什么——你需要来一杯。这个怎么样？"

"是的，"她说，"干脆利落。"

她玩扑克牌赢了四十三美元。牌局结束后，艾德送她回公寓。

"亲我一下，行吗？"他问。

他用粗壮的手臂将她拥入怀中，狠狠吻她。她完全无动于衷。他把她推远点，盯着她看。

"抱得太紧了是吗，宝贝？"他不安地问，"没有不舒服吧，是不是？"

"我吗？"她说，"我开心极了。"

二

艾德早上走时带上她的照片。他说自己想要她的照片,好在尤蒂卡时看。"你把衣柜上那张拿走吧。"她说。

她把赫比的照片放在抽屉里,免得再看见它。她看到它就想把它撕碎。她强迫自己不再去想他,而且相当成功。威士忌使她的思维变慢。醉乡中她几乎得到了安宁。

她接受了与艾德的关系,顺顺当当却不动感情。他不在时她很少想到他。他对她很好,经常送她礼物,还定期给她零花钱。她甚至还能有余钱存起来。她过日子从不计划,但她想要的东西很少。与其把钱随手乱放,不妨存进银行。

公寓租约快到期时,艾德建议她搬家。他跟马丁太太和乔在打牌时起了争执,因而关系紧张。纷争迫在眉睫。

"你搬出这见鬼的地方吧,"艾德说,"我想让你住在纽约中央火车站附近。这样我来看你也方便些。"

于是她在火车站附近租下间小公寓。有个黑人女佣每天都来为她打扫房间并煮咖啡,因为她说自己已经"干够了家务"。而艾德跟一位热情的家庭妇女结婚二十年之久,很赞赏这种富有浪漫气息的一无是处,并因为支持和赞赏这种一无是处而感到自己是个十足的上流人士。

出去吃饭之前她只喝咖啡,但酒精使她变胖。她认为禁酒令[1]

---

[1] 指美国宪法第 18 号修正案——禁酒法案(又称"伏尔斯泰得法案"),其于 1920 年正式生效。根据这项法律规定,凡是制造、售卖、运输酒精含量超过 0.5% 的饮料皆属违法。

只是大家用来开玩笑的。只要你想要，就总是能得到。她不会大醉，但也很少接近清醒。要想一直保持晕乎乎的状态，她每天就需要更多零花钱。如果喝得太少，她就会郁郁寡欢。

艾德带她去"吉米家"餐厅。他虽短暂客居在此，却常会被大家错认为本地人，于是他感到骄傲。他很得意，因为他知道几家新近开的小餐馆，位于简陋赤褐色沙石房子的底楼。只要报出某位常客朋友的名字，就经常会得到少见的威士忌和新鲜的杜松子酒。"吉米家"是他的熟人最喜欢的地方。

莫尔斯太太在那里通过艾德结识了不少男女，很快就成了朋友。艾德在尤蒂卡时，新结识的男人们经常带她出去。他为她如此受欢迎而自豪。

她养成了没有约会时就独自去"吉米家"的习惯。她肯定会在那儿碰到熟人，跟他们一起待着。这是她的朋友——无论男女——的俱乐部。

"吉米家"里的女人看起来都很像。这很怪，因为这个小圈子里的人时常变化：有的吵了架，有的搬走了，有的攀上更有钱的金主。然而新人总是同她们所取代的旧人颇为相似。她们都是高大的女人，身材粗壮，双肩宽阔，胸部丰满，宽宽的脸庞肌肤柔软，光彩照人。她们常常大笑，露出不透明的、没有光泽的牙齿，看上去像方形陶片。她们看上去很高大健康，但却有丝丝迹象透露出，难以戒掉的小习惯正影响着她们的健康。她们的年纪可能是三十六岁或四十五岁，或者介于两者之间。

她们的全名由自己的名字和丈夫的姓氏组成：弗洛伦斯·米勒

太太、维拉·莱利太太、莉莲·布洛克太太。这同时体现了婚姻之稳固，以及自由之魅力。只有一两位确实离婚了。大多数人从来没有提到过自己面目模糊的配偶。有些分居时间较短的女人描述丈夫时，所用的措辞仅停留在生物学层面。有几位是母亲，每人只有一个孩子——在某地上学的男孩，或是由外婆照顾的女孩。快到早上时，她们会流着泪把孩子们的柯达照片给别人看。

她们都让人觉得很舒服，热情友好，而且不可避免有些发福。她们过得很安逸，同时镇定自若、相信宿命——尤其相信财运。每当资产减少到要触及红线，就会出现一位新的供养人。而这种情况经常出现。每个人的目标都是要找张永久饭票，为她们付清所有账单，而她们也会以马上甩掉其他追求者作为回报，而且可能还会爱此人爱到极点。因为到目前为止，她们所有人的感情都不确定、平静而且随遇而安。然而随着时间推移，这一理想归宿也越来越难得到。她们认为莫尔斯太太很幸运。

艾德那年生意不错。他提高了她的零花钱额度，还给她买了件海豹皮外套。但她和他在一起时，必须当心自己的情绪。他坚持要她快快乐乐的。他不愿听她说起疼痛或疲倦。

"嗨，听着，"他会说，"我也有烦心事，而且还不少。没人想听别人的麻烦，甜心。你得做个讨人喜欢的人，同时把它忘掉。明白吗？好啦，那就对我笑一笑。这才是我的宝贝。"

她从来提不起兴趣同他像之前同赫比那样吵架，但她想享有偶尔倾吐悲伤的特权。很奇怪。她见过的女人都不必控制情绪。弗洛伦斯·米勒太太经常会大哭一阵，而男人们只想鼓励并安慰她。其他人整个晚上都在悲痛欲绝地抱怨烦恼和病痛,而陪同者会深表同情。但当她自己情绪低落时,大家马上就不再欢迎她。有一次在"吉米家"她无法打起精神,艾德就走出去,把她独自留在那儿。

"你怎么不待在家里,非得出来把大家的晚上都毁了?"他曾咆哮道。

如果她不能显得轻松愉快,甚至她的点头之交也要发脾气。

"你到底怎么了?"他们会说,"做点你这个年纪该做的事,行吗?喝点酒,振作起来。"

她和艾德的关系维持了近三年后,他搬到佛罗里达州生活。他不愿离开她。他给了她一张大额支票,还有某只优质股票。告别时他淡色的眼睛湿润了。她不想念他。他一年大概有两三次来纽约,下了火车就径直匆匆赶来看她。他来时她总是很高兴,但他离开时她也不会遗憾。

艾德的某位熟人查理已经爱慕她好久了,他们也是在"吉米家"遇见的。他总是找机会抚摸她,凑近她说话。他再三问他们所有的朋友:有没有人听过她那么悦耳的笑声。艾德离开后,查理成为她生活的主角。她将其归为"不算太差"的那一类,提到他时也这么说。她跟查理在一起有近一年时间,然后就在他和西德尼之间周旋——后者也是"吉米家"的常客。接着查理彻底从她的生活中溜走了。

西德尼是个衣着光鲜、聪明伶俐的小个子犹太人,也许最能令她满意。他总是逗她开心,她的笑是真心的。

他全心全意地爱慕她。她柔软的身段和大块头让他快乐。他觉得她棒极了，也时常告诉她这个，因为她饮酒后兴高采烈、精力充沛。

"我曾经有个女朋友，"他说，"每次她喝了酒都要试着从窗户跳出去。耶稣啊！！！"他充满感情地加了一句。

后来西德尼娶了位富有但警惕的新娘，然后比利来到她身边。不对——西德尼后面是菲德，然后才是比利。她记忆模糊，总是想不起来男人们是如何走进自己的生活，又是如何离开的。没有惊喜。他们来时她并不激动，离开时她也不觉得悲伤。她似乎总能吸引男人。后来再也没有哪个男人像艾德那样富有，但他们都以自己的方式慷慨解囊。

曾有一次她听到赫比的消息。她和马丁太太约在"吉米家"吃饭，旧日友谊重新焕发勃勃生机。那位仍爱慕马丁太太的乔出差时见到了赫比。他已经在芝加哥定居，看起来过得不错。他正和某个女人住在一起，似乎对她很着迷。莫尔斯太太那天喝得很多。她对这消息略有兴趣，就像是听人讲了许多关于某君的风流韵事后思索了一会儿，发现此人的名字还很熟悉。

"见鬼，我应该有近七年没见过他了，"她评论道，"哎呀，七年哪。"

她渐渐分不清日子，因为它们是那么相似。她从来记不得日期，也不知道某天是星期几。

"我的天哪，那是一年前的事了！"与别人谈话重新提及某事时，她会惊叫起来。

她大部分时间都很疲惫。疲惫而忧郁。几乎事事都会使她忧郁。她在第六大道上看到那些挣扎前行的老马走在车辙上一步一滑，或是站在路边，头垂到饱受摧残的膝盖前。她穿着尖头香槟色高跟鞋，拖着疼痛的脚蹒跚走过，这时忍了很久的眼泪会涌出来。

死亡的念头萦绕在她心间，使她昏昏欲睡。死亡也会很好吧，可以平静地安息。

第一次想到自杀时，她并不觉得这是结束，也不感到震惊，似乎这个念头一直在伴随着她。她突然开始关心报纸上所有关于自杀的报道。当时自杀很流行，但或者是因为她如此急切地寻找自杀者的报道，才会看到这么多相关消息。一读到这些消息，她心里就踏实了。有这么多自愿放弃生命的同道者，于是她有了种亲密无间的团结之感。

她在威士忌的帮助下入睡，一直睡到下午才醒。她躺在床上，手里拿着酒瓶和酒杯，直到该穿好衣服出去吃饭的时间才下床。她开始对酒精有些茫然的不信任感，觉得它像某个拒绝帮自己小忙的老朋友。大部分时间里，威士忌仍能使她平静下来，但那团酒精带来的云雾有时会突然毫无来由地抛弃她，于是所有生灵的悲伤、困惑和烦扰都来折磨她。纵情享乐时，她也总会想到凉爽僻静的长眠之处。她从未被宗教信仰困扰，对死后生活的憧憬也吓不倒她。白天，她梦想着永远不必再穿紧窄的鞋子，不必再大笑、倾听和爱慕别人，也永远不必再做讨人喜欢的人。永远不。

但你该怎么结束生命呢？一想到从高处跳下去，她就觉得头晕恶心。她也接受不了枪。在剧院里，如果有演员拔出左轮手枪，她就会把手指塞进耳朵眼儿里，直到枪响后才敢再次看向舞台。她的公寓里没有汽油。她长时间地盯着自己纤细手腕上的浅蓝色血管——用剃须刀片割一下,就万事大吉。但那会疼的,会非常痛的,还要见血。毒药——这种东西无味、起效快而且无痛苦,正是她想要的东西。但药店不会卖给你,因为这是违法的。

她几乎想不出别的办法了。

现在又有个新的男人阿特出现。他又矮又胖,要求苛刻,喝醉时很能折磨她的耐心。但在遇到他之前的那段时间里,她只偶尔有过几次露水情缘,因此能稍微稳定下来使她颇为开心。还有,阿特必须连续离开几个星期去推销丝绸制品,这段时间她能惬意地休息一段时间。她和他在一起时尽力讨他喜欢,虽说这种努力让她自己也感到烦恼。

"你是世上最讨人喜欢的。"他会把脸埋在她的脖颈处喃喃,"世上最讨人喜欢的。"

一天晚上,他带她去"吉米家",她和弗洛伦斯·米勒太太一起去洗手间。两人一边用口红描画出弯曲的唇线,一边交流失眠的经历。

"老实说,"莫尔斯太太说,"如果上床前不喝足威士忌,我连眼睛都闭不上。我躺在床上翻来覆去。忧郁啊!就这样躺着失眠,能不忧郁吗?!"

"听我说,黑兹尔,"米勒太太摆出夸张的样子,"告诉你吧,如果我不吃佛罗拿[1],一年到头都睡不着。那东西能让你睡得像头猪。"

---

[1] 一种安眠药。

"那是毒药吗，还是什么东西？"莫尔斯太太问。

"哦，你要是吃太多了就会完蛋，"米勒太太说，"我只吃五粒——是片剂。我不敢多吃。但五粒就足够你呼呼大睡。"

"在哪儿能买到这种药？"莫尔斯太太觉得自己相当狡猾。

"在新泽西，你想买多少就买多少。在这儿，如果没有医生的处方，他们不会卖给你的。完事了吗？我们最好回去看看小伙子们在干什么。"

那天晚上，阿特和莫尔斯太太在她的公寓门口告别，因为他的母亲在城里。莫尔斯太太仍然清醒，碰巧她的碗橱里没有威士忌剩下。她躺在床上，看着上方黑色的天花板。

她比平时早起床，去了新泽西。她从未坐过地铁，也搞不清楚它是怎么回事。于是她去宾夕法尼亚车站，买了一张去纽瓦克市[1]的火车票。一路上她并未特别思考过什么。她看着周围女人们无精打采的帽子，透过污迹斑斑的窗户凝视着外面单调粗糙的风景。

在纽瓦克市她走进的第一家药店里，她提出要买爽身粉、指甲刷和一盒佛罗拿药片。她买粉末和刷子，是为了让安眠药看起来也像是自己的日常用品。店员对此毫不在意。"我们这里只有瓶装的。"他说，然后用一只小玻璃瓶给她装了十粒白药片，再包起来。药片在瓶子里摞在一起。

她去了另一家药店，买了面巾、橙木棒和一瓶佛罗拿药片。这里的店员对此也不感兴趣。

---

1 新泽西州港口城市。

"行了，我想这些够药死一头牛了。"她想，然后回到了火车站。

回到家里，她把那些小药瓶放在梳妆台的抽屉里，站在那儿，带着如在梦幻中的温柔神气看着它们。

"它们就在这儿，上帝保佑它们。"她吻了自己的指尖，把每个小瓶都碰了一下。

那个黑人女仆正在起居室里忙碌。

"嗨，内蒂，"莫尔斯太太喊道，"帮个忙好吗？跑步去'吉米家'，给我买一夸脱苏格兰威士忌。"

她哼着歌，等那女孩回来。

在接下来的几天里，威士忌像她第一次求助于它时那样温柔地满足她。独处时酒精使她心情平静、头脑茫然。在"吉米家"，她是所有人中最快乐的。阿特对她很满意。

然后，某个晚上她约阿特去"吉米家"吃晚餐，这个用餐时间算是比较早。之后他要去出差，要离开一个星期。莫尔斯太太下午一直在喝酒。当她打扮好出门时，觉得自己愉快地甩掉了困意，精神抖擞。但当她走到大街上时，威士忌的酒劲完全退去，有种缓慢而折磨人的痛苦揉搓着她，这种感觉是如此可怕，使她站在人行道上，摇摇晃晃，一时无法再向前走。那是个灰蒙蒙的夜晚，下着一阵阵肮脏的小雪，深色的冰面在街道上闪亮。她慢慢穿过第六大道，故意拖着脚走。一匹伤痕累累的高头大马拖着辆快散架的运货车走过，在她面前卧倒，膝盖跪在地上。赶车人尖叫着咒骂，疯狂地鞭打这头畜生，每抽一下都要从肩膀上方把鞭子抡过来。而那匹马挣扎着，想在湿滑的柏油路上站稳。一群人聚过来，兴致勃勃地围观。

当莫尔斯太太到达"吉米家"时,阿特正等着她。

"看在上帝的分上,你怎么了?"一见面他就问她。

"我看到一匹马。唉,我——作为人类,对马儿们觉得抱歉。我——不光是马,一切都很糟糕,不是吗?我无法自拔。"

"啊,无法自拔,我亲爱的,这些念头是什么意思?你有什么无法自拔的?"

"我就是没有办法。"她说。

"啊,想想办法吧,亲爱的,振作起来成吗?快点来坐下,别摆出这副面孔。"

她努力喝酒,尽力尝试,但还是无法克服忧郁。其他人也过来一起吃饭,对她的沮丧品头论足。她拿他们没办法,只能强作欢容。她看准时机用手帕轻轻拭眼睛,免得被人注意到,但有几次被阿特发现了。他皱着眉头,不耐烦地在椅子上动来动去。

他要去赶火车的时候,她说自己也要回家了。

"这主意也不错,"他说,"看你能不能睡一觉起来就把它忘掉。星期四见。看在上帝的分上,到时候试着精神点,好吗?"

"是的,"她说,"我会的。"

在卧室里,她紧张而迅速地脱衣服,完全不像平时那样动作慢吞吞、犹豫不决。她穿上睡衣,摘下发网,飞快地梳干枯的杂色头发。然后她从抽屉里拿出那两个小瓶,把它们拿进浴室。她已感觉不到那种撕裂般的痛苦,眨眼间她就激动起来,就像马上要收到意料之中的礼物。

她打开瓶塞,在杯子里倒满水,站在镜前,指间拈着一片药。

她打开瓶塞,在杯子里倒满水,站在镜前,指间拈着一片药。突然她对镜中人优雅地躬身,将杯子向对方举起。

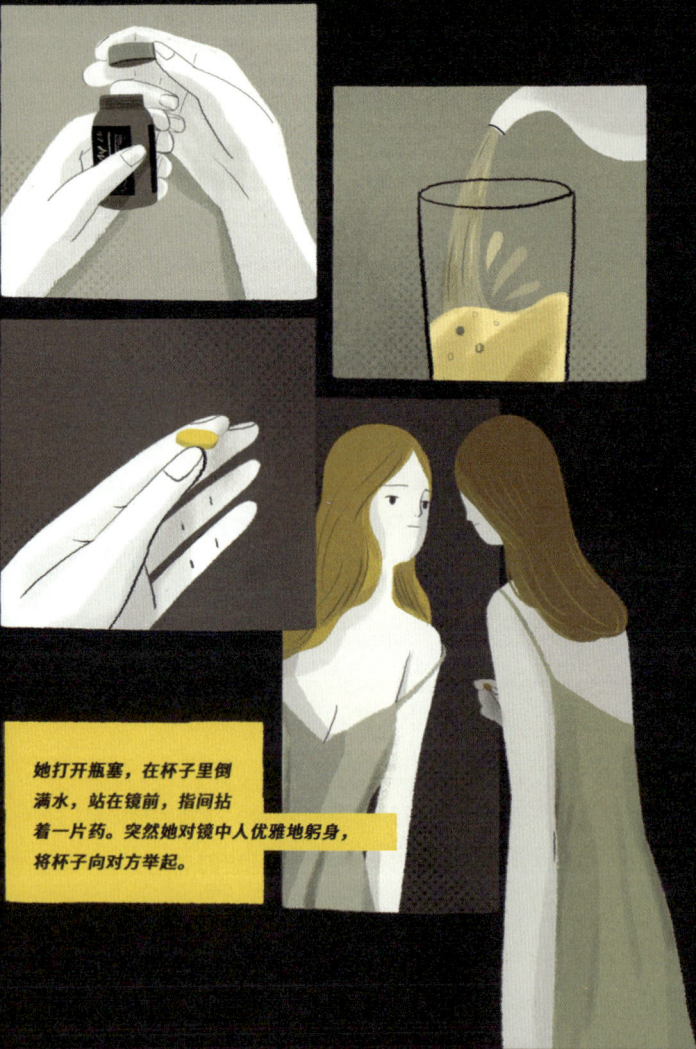

突然她对镜中人优雅地躬身，将杯子向对方举起。

"那么，祝你好运。"她说。

药片难以下咽，干涩的粉末顽固地粘在食道中间。她花了很长时间才把所有二十片都吃下去。她站在那儿，以毫无人情味的浓厚兴趣研究自己在镜中的影子和吞咽时喉结的起伏。她又一次大声说：

"看在上帝的分上，周四试着精神点，成吗？"她说，"唉，你知道他能做什么。他和所有那帮男人。"

她不知道佛罗拿能有多快起效。咽下最后一片药后，她犹豫不决地站在那儿无所适从，仍然还带着那种需要从他人那里获得经验的礼貌态度，想着死神会不会当场取了自己的性命。除了努力吞下药片时有点恶心，她没有感到任何异样，镜中人的脸看起来也没什么不同。那就是说这药不会马上起效，甚至可能需要一小时左右。

她把双臂伸展过头顶，打了个大哈欠。

"我想我该去睡觉了，"她说，"哎呀，我快死了。"

这让她觉得很滑稽，于是她关掉浴室的灯，走进卧室躺在床上，同时轻声咯咯笑个不停。

"哎呀，我快死了，"她重复一遍，"那真是个大新闻！"

三

次日下午晚些时候，黑人女佣内蒂来打扫房间，发现莫尔斯太太还没起床。不过这并不少见。尽管打扫卫生的声音一般会把她吵醒，她也不愿起床。内蒂是个和蔼可亲的姑娘，已经学会了轻手轻脚地干活。

但是，当她把客厅收拾好，悄悄走进来收拾方形小卧室、整理梳妆台时，不可避免地发出轻轻的咔嗒一声。她本能地回头瞥了眼睡觉的人，心头毫无来由地爬上一种令人恶心的不安感。她走到床边，低头盯着躺着的女人看。

莫尔斯太太仰面躺着，一只松弛白皙的手臂高高举起，手腕抵着前额。她僵直的头发不自然地披在脸上。床单被掀开，露出粉红色的睡衣和方形深领口中的柔软脖颈。睡衣曾被洗过多次，布料已被磨得凹凸不平。她的豪乳挣脱胸罩的束缚，耷拉在腋窝下。她发出时断时续的呼噜声，一条干涸的涎线从张开的嘴角连到看不分明的下颔关节处。

"莫尔斯台台（太太），"内蒂叫道，"哦，莫尔斯台台（太太）！已经很晚了。"

莫尔斯太太一动不动。

"莫尔斯台台（太太），"内蒂说，"看，莫尔斯台台（太太）。我改（该）怎么整理床铺呢？"

恐惧向这姑娘袭来。她摇着那女人热乎乎的肩膀。

"啊，醒醒吧，豪不豪（好不好）？"她哭着嚷道，"啊，醒醒吧，求您了。"突然，女孩转身跑到大厅里的电梯门前，用拇指使劲按那黑色闪亮的按钮，直到那台老爷车般的电梯载着黑人侍者来到她面前。她语无伦次地向那小伙子诉说，又把他带回公寓。他踮着脚尖，咯吱咯吱地走到床边。他先轻手轻脚，后来又用力戳那个失去知觉的女人，在她柔软的肌肤上留下了印痕。

"嘿，醒醒！"他大喊，然后聚精会神地倾听，就像会有回应一样。

"呀！她昏过去了。"他评论道。

看到他对这个场面感兴趣，内蒂也不再害怕了。他们两个都感到自己非常重要。他们急促地低声交谈。那小伙子建议去找住在底层的年轻医生。内蒂和他一起匆忙赶去。他们期待着成为众人焦点的那一刻，要把这个不幸的消息，这个令人愉快的不幸消息带给大家。莫尔斯太太已成为这一戏剧性事件的载体。他们对她没有恶意，但也希望她现在的情况很严重，希望她不会让他们失望，可别让他们回来时发现她已经清醒并恢复正常。由于担心这一点，他们决定尽量向医生说明她目前的情况。内蒂读过的书不多，她从自己可怜的词汇储备里翻出"生死攸关"这个词，打算用它来吓唬医生。

医生在家，但被人打扰时显得很不高兴。他穿着黄蓝条纹相间的晨衣，躺在沙发上，正和一个坐在沙发扶手上的、脸上因廉价香粉而起皮的黑人女孩一起大笑。他们身边放着酒杯，杯中的苏打水威士忌被喝了一半。她的外套和帽子整齐地挂在那里，暗示着她是舒舒服服地长住在这里的。总是有事，医生嘟哝着抱怨，忙完一天还不让人清闲。但他还是把几个瓶子和器械放进箱子里，换上外套和内蒂他们一起走了。

"赶紧的，大人物，"那姑娘在他身后喊，"可别一忙就是一晚上。"

医生迈着大步走进莫尔斯太太的公寓，发出很大声响。他进了卧室，内蒂和那小伙子紧随其后。莫尔斯太太一直没有动，她现在睡得很沉，但没发出任何声音。医生严厉地看了她一眼，然后把拇指按在她眼睛上方眼皮凹陷处，把全身重量压在上面。内蒂觉得恶心，突然高声惊叫起来。

"看着好像他实（试）着把她压在床上。"那小伙子轻声窃笑。

莫尔斯太太在这样的压力下也没有任何反应。医生突然放弃，迅速把被子一把掀到床脚，又一把掀开她的睡衣，把她粗壮的白腿抬起来。腿上有一团团细小的、鸢尾花颜色的血管纵横交错。他反复猛掐膝盖后面的血管，每次持续很长时间。她还是没醒。

"她喝过什么？"他扭头问内蒂。

内蒂以那种知道该到什么地方找东西的敏捷动作进了浴室，直奔莫尔斯太太放威士忌的碗柜。但她一看到镜前放着的那两个贴有红白标签的瓶子就停下来。她把它们拿给医生看。

"哦，看在全能慈悲的主的分上！"他说。他放下莫尔斯太太的腿，不耐烦地把它们推到床的另一边。"她为什么要去吃那玩意儿？这些狗屁药，怪不得会这样。现在我们得给她洗胃了。这事麻烦了。乔治，到这儿来，用电梯载我下去。你在这儿等着，姑娘。她什么也不会做的。"

"她不会死在我眼前，是吗？"内蒂喊。

"不会，"医生说，"天哪，不会。你又不会用斧头砍死她。"

四

两天后,莫尔斯太太醒了过来。开始她感到茫然,后来才逐渐清醒,于是感到悲哀慢慢浸透她的心。

"哦,上帝,哦,上帝。"她呻吟着,泪水从她的脸上滑过。她为自己,也为生活而哭泣。

内蒂听到声音就进来了。这两天她一直在护理这个失去知觉的人,一直不停地做着这令人厌恶的工作。这两个晚上她都睡在起居室的沙发上,夜里时不时还要起身,觉都睡不好。她冷冷地看着床上那气喘吁吁的大块头女人。"您达(打)算干什么,莫尔斯台台(太太)?"她说,"那是做甚(什)么,把梭(所)有那些药吃下去?"

"哦,上帝。"莫尔斯太太又呻吟了一声,她试图用胳膊遮住眼睛,但感到关节又僵又脆,疼得她喊了出来。

"吃了药,不可能再疼了,"内蒂说,"您真该感谢上帝,自己还健康火(活)着。您现在感觉怎么样?"

"哦,我感觉挺好的,"莫尔斯太太说,"棒极了,我觉得。"

痛苦的热泪流下来,仿佛永不会流干。

"悠(有)什么好哭的,"内蒂说,"您做的这些事。那医生,他说他该让人把你逮捕,左(做)这种事。他在这里大发雷霆。"

"他为什么要救我呢?"莫尔斯太太哀叹,"见鬼,他当时怎么就不能走开呢?"

"莫尔斯台台(太太),您这么骂人真可怕,"内蒂说,"大家都是为了您好。我在这儿待了亮（两）晚，根本没睡，也不能棒（帮）别的女士干活！"

"哦，抱歉，内蒂，"她说，"你真是个善良的人。给你带来这么多麻烦，我很抱歉。我没办法。我只是无法自拔。当你觉得一切都很糟糕的时候，你有想过这么做吗？"

"我妹（没）想过这些，"内蒂说，"您该精神点。这样才堆（对）。家家有本难念的经。"

"是的，"莫尔斯太太说，"我知道。"

"这儿有张寄给您的漂亮画片，"内蒂说，"也许它会让您打起精神来。"

她递给莫尔斯太太一张明信片。莫尔斯太太必须用手捂住一只眼睛才能认清上面的字，因为她的瞳孔还不能正常聚焦。

那是阿特先生寄来的。明信片上是底特律体育俱乐部，他在背面写道："你好啊！希望你已不再失落。打起精神来，别垂头丧气了。星期四见。"

她把卡片扔在地板上。痛苦像石磨盘一样碾碎了她。过去的日子在她面前缓缓回放，仿佛一场漫长的游行。她看到自己白天躺在公寓里，晚上则在"吉米家"消磨，做个"讨人喜欢的人"，在阿特和其他类似的男人面前强颜欢笑、卖力表现。她看到了一长队疲乏的马、颤抖的乞丐，以及所有被殴打驱赶、跌跌撞撞前进的生灵。她的脚抽痛，好像被塞进尖头香槟色高跟鞋里一样。她的心似乎在膨胀、变硬。

"内蒂，"她喊道，"看在上帝的分上，给我倒杯酒行吗？"

女佣看上去有点怀疑。

"现在您要知道,莫尔斯台台(太太),您之前差点丝(死)了。我不知道医生能不能让您再河(喝)酒。"

"哦,别理他,你给我倒一杯,把瓶子拿进来。你自己也喝一杯。"

"好吧。"内蒂说。

她倒了两杯酒,谦恭地把自己那杯留在浴室里,打算过会儿再喝。然后她把莫尔斯太太的杯子拿过来。

莫尔斯太太看着酒液,闻到酒味就打了个哆嗦。也许它能帮助她。也许,当你患感冒几天后,喝下的第一杯酒可以让你精神一振。也许威士忌会再次成为她的朋友。她祈祷,但不是向上帝,就像不知道上帝一样。哦,求您了,求您了,让她能喝醉,她只愿长醉不愿醒。

她举起杯子。

"谢谢,内蒂。祝你好运。"

女仆咯咯笑了。"就是遮(这)样,莫尔斯台台(太太),你现在打起精神来了。"

"是的,"莫尔斯太太说,"当然了。"

以蔽无衣者

CLOTHE THE NAKED

　　白天，大兰尼出门去那些生活安逸、无忧无虑的女士家里，为她们浆洗丝绸和亚麻布衣物。她的工作做得很完美，有些女士甚至会这样称赞她。她是个大块头女人，行动迟缓，除了手掌和手指的扁平部分被水蒸气和热肥皂水蒸泡成杜仲橡胶的颜色外，她的皮肤呈健康的褐黑色。体态、腿上疼痛的粗大血管和背部使她动作缓慢。她既不诅咒身上的病痛，也不去治疗。它们碰巧落在她身上，她也就听之任之。

　　曾有很多事落在她身上。她生过孩子，但都夭折了。她的丈夫也去世了。他是个和蔼可亲的人，一点小运气就能让他高兴不已。他们的孩子并非在出生时夭折，而是分别在四岁、七岁和十岁时离世，所以夫妇二人已经有自己的习惯、特征、手段去拥有爱。大兰尼的心也因爱而十分宽阔。一个孩子在交通事故中丧生，另外两个则死于疾病——其实如果有新鲜的食物、干净的房间和干净的空气，他们是有可能熬过来的。只有最小的女儿阿琳活了下来，长大成人。

阿琳是个高个子姑娘，虽然不像她母亲那么黑，但也有肤色均匀的深色皮肤。她太瘦了，瘦到骨头似乎要撑破皮肤。她的麻秆腿和宽脚掌上突出的脚跟活像是孩子用蜡笔画出来的。她低着头，双肩下垂，骨盆前倾。从她很小的时候起，就有男人追求她。

阿琳一直是个坏女孩，这也是落在大兰尼身上的问题之一。大兰尼没法解决问题，只能不停地给她带来礼物和惊喜，好让她能爱她的母亲，并且能待在家里。她给女儿带回来过几瓶香气扑鼻的香水、一双浅色薄丝袜和几枚镶着红绿玻璃的戒指。她尽量选择阿琳会喜欢的东西。但每次阿琳回家时，会带回比妈妈能买得起的更大的戒指、更柔软的袜子和更馥郁的香水。有时她会和母亲在一起待一晚上，有时则超过一个星期。某天晚上，大兰尼干完活回家时发现女儿没留下任何消息就一走了之。而大兰尼继续带回礼物，放在阿琳床上，等她回来。

阿琳要生孩子时，大兰尼还全然不知。阿琳已经有半年没回家了。大兰尼一天一天地数着过，没有关于女孩的任何消息，直到医院的人叫大兰尼去见女儿和外孙。她在那里听到阿琳说孩子一定要起名叫雷蒙德，然后亲眼看着女儿离世。起这个名字是为了纪念谁呢？还是说它只是女儿随口起的？大兰尼从来没能搞清楚。

婴儿身体很长，肤色也不算黑，一双混浊不清的大眼睛直勾勾盯着外婆。过了几天，医院的人才告诉她：他失明了。

大兰尼去找每一位曾雇用她的女士，解释说自己暂时不能工作，因为她必须照顾外孙。她多年来忠实为她们服务，因此她们感到非常不便，但她们用耸肩和冷静的语调来表达愤怒。她们各自得出的结论全是：自己对大兰尼太好才会被她骗。"老实说，那些黑鬼！"每人都对朋友说，"他们都是一丘之貉。"

大兰尼卖掉大部分生活用品，租了个有炉子的房间。医院的人一松口，她就把雷蒙德带到那儿照顾。对她来说，他代表了她曾有过的所有孩子。

她一直是个勤俭节约的女人，几乎没什么需求，也没什么欲望，她已经独自生活了很长时间。即使为阿琳举办了葬礼之后，她也还剩下足够的钱维持自己和雷蒙德一段时间的生活。慢慢地，大兰尼才对必将降临的未来感到恐惧。起初她一点也不怕，然后当她在夜深人静醒来时，恐惧才爬上心头。

雷蒙德是个好宝宝，一个安静而耐心的宝宝。他躺在木箱里，循声伸出纤巧的小手。因为对他来说，声音是明亮的，也有颜色。似乎就在一瞬间之后，对大兰尼来说极短的一瞬间之后，他就能在房间里走来走去，双手伸在身前，脚步敏捷而坚定。大兰尼的朋友们第一次见到他时，完全想不到他会是个盲童。

接下来仿佛又是弹指一挥之后，他就能自己穿衣服，能给外婆开门，并解开外婆疲惫双脚上的鞋带，温柔地同她说话。大兰尼偶尔出去打零工，比如不时有某位邻居听说她能洗一天衣服；或者有时她可能会替生病的朋友工作——这种情况很少发生，事先也不会预见。她也曾去求之前服务过的几位女士，问她们是否愿意让她再回来干活。但拜访了第一位之后，她几乎就不抱希望了。唉，现在嘛，真是的，太太们说，唉，真是的，现在嘛。

大兰尼出去找工作时，住在大厅对面的邻居会帮忙照看雷蒙德。他不会拖累他们，也不会给自己找麻烦。他坐在那里轻声哼唱，干着自己挑的工作。曾有人送他一只顶端有许多小角钉的木线轴。他用一枚拉直的发针把光亮的精纺羊毛线绕在角钉上，直到一根长长的粗羊毛线从线轴的洞里钻出来——快到令你目不暇接。邻居们为他把大钝针穿好毛线，他就能把粗毛线盘起来缝成垫子。大兰尼说这些垫子很漂亮，而当雷蒙德听她说垫子很受顾客欢迎时会非常骄傲。他晚上入睡后，她就把垫子拆开，把毛线洗净捋直——这是件困难的工作，因为她要保证第二天雷蒙德那灵敏的手指分辨不出这是之前用过的毛线。

恐惧袭击着大兰尼，使她日夜不得安宁。她可不会去任何发放救济的组织，因为害怕他们会把雷蒙德从她身边夺走，送进某个机构——她不会对自己说出这个词，而当她和邻居们说起时也要压低声音。邻居们你一言、我一语地编造出的故事在她脑中挥之不去，故事发生在城市周边煤渣地上那些整洁的方形建筑里。如果他们必须从这些建筑旁边经过，他们就会加快脚步，像经过墓地一样匆忙，然后像英雄般回到家中。"如果他们把你弄进去，"邻居们小声说，"他们就用鞭子抽断你的脊梁。如果你倒下了，他们就会踢你的头。"如果有人胆敢走进大兰尼的房间，要把雷蒙德带到盲人收容所，邻居们一定会用石头、棍子和开水保护他，为他战斗。

雷蒙德只见过生活的美好一面。当他长大到可以独自走下楼梯、走到街上时，他每天都开开心心的。他高高抬起头，走到那所脆弱木房子前的小院里，慢慢把脸从这边转到那边，仿佛周围的空气是温柔的液体。卡车和运货马车不会来这条街。街的尽头是个垃圾堆，里面有生锈的弹簧、打碎的锅和破水壶。孩子们在鹅卵石路面上玩耍，男男女女坐在窗户敞开的房子里聊天，声音有高有低，欢快得很。雷蒙德总能听到笑声，也会报之以笑声，并向笑声伸出双手。

起初，他一出来孩子们就停止玩耍，静静地围在他身边，着迷地看着他。他们听说过他的病，对他有种病态的怜悯之情。有些孩子对他说话，语调轻柔而小心。雷蒙德会高兴地笑起来，向他们的声音伸出双手，那双奇特、光滑、扁平的盲人的手。他们害怕那双奇怪的手会碰到他们，于是猛地往后缩。然后又因为他看不见他们的动作而感到有些羞愧，于是对他温和地说再见，又退回到街上去，目不转睛地望着他。

他们走了以后，雷蒙德就向街的尽头走去。他轻触泥泞人行道旁的破篱笆，把它当作向导，边走边哼着没有歌词的小曲。窗边的男女会跟他打招呼，他也会回应，并招手微笑。当孩子们忘记了他，又开始大笑着做游戏时，他会停下来把脸转向那声音，好像那是太阳一样。

晚上，他会给大兰尼讲散步时发生的事，同时拍着膝盖，想起听到的笑声就咯咯笑。天气冷到不能上街时，他就会坐着做编织活，整天说着第二天就要出去。

街坊们尽力帮助雷蒙德和大兰尼。他们把自己孩子没穿坏的衣服送给雷蒙德，如果有剩饭菜也会送来。大兰尼熬过一个星期，然后祈祷能熬过下一个星期。几个月过去了，距她上一次找到工作的日子越来越远。她不能再祈祷那样的日子到来，因为她压根不敢想。

是尤因太太救了雷蒙德和大兰尼，让他们能继续一起生活。大兰尼从那之后一直这么说，而且每天一早一晚都要为尤因太太祈祷。但她不是特别清楚，这样为德拉巴尔·尤因太太代祷是很无礼的。

尤因太太是城里的名人。报纸总会报道诸如她到访里奇蒙德，或去查尔斯顿观赏杜鹃花园这等大事。这位女士对自己高贵的义务一清二楚。她是社区筹款委员会的重要成员，也正是她策划并精心安排了一年一度的"桥上运动"，好筹集资金，在美国革命女儿会总部前的大炮周围种植鼠尾草。这些活动以及许多其他活动都是公开的，私下里她对自己的私生活也同样严格。由于没有孩子，她和丈夫的住所堪称模范。不管家务助理看上去多么值得信赖，她都不会把细节的监督权下放给其中任何一位。

早在雷蒙德出生之前，大兰尼就为尤因太太洗过衣服。那以后，尤因太太的洗衣女工换了一个又一个，每况愈下。尤因太太又雇用了大兰尼，并以她时常倚之获胜的自嘲方式向朋友们道歉。她说她知道自己是个傻瓜，因为在这么长时间之后，在大兰尼以怨报德之后她还雇用这女人。但她仍然会相信那些可怜人——她嘲笑自己这个弱点。她知道这太蠢了，但她说自己就是这样。她私下告诉别人——尤因先生总说她是个易受利用的标准小傻瓜。

大兰尼讲不出感谢尤因太太的漂亮话，也讲不出每周有两天固定工作对自己意味着什么。至少这工作相当有保障。正如尤因太太向大兰尼指出的，她已经不再年轻，而且一向行动迟缓。尤因太太以完美的事实举例，提到许多同样想上工的女人——她们更强壮、干活更快，以此刺激大兰尼，使她总是忐忑不安。

一星期工作两天挣到的钱能付房租、买柴火，而且差不多够雷蒙德和大兰尼糊口。此外若有支出，她就必须依赖能找到的任何零活，而且还要一刻不停地找活干。在恐惧和感激的驱使下，她在尤因太太那里干得很不错，有时尤因太太会对自己的亚麻家居服以及丈夫的衣饰表示满意。大兰尼偶尔会瞥见尤因先生一眼——有时她来时他正好离家，有时她做完活离开时他正好进门。他身材矮小，并不比雷蒙德高大多少。

雷蒙德长得太快了，似乎每天早上都会比前一天长得更高。每天他都盼着去街上散步、享受散步的过程，并在晚上讲给大兰尼听。他已不再是街上一景了。孩子们已经习惯了他，连看都不看他一眼，窗口的男女也不再注意他，不再向他打招呼。他不知道这些。他听到任何欢快的叫声都会招手，然后继续走他的路、唱他的小曲、朝着笑声转过脸去。

后来，他那些愉快的日子像被从某本明快鲜艳的日历上撕下来一样戛然而止。凛冬骤至，在城里居民的记忆中，冬天从没这样冷过。雷蒙德没有能穿出去的衣服。大兰尼尽其所能地修补他那件已经小到穿不下的衣服，可是衣服已经烂掉。她试图把破洞的边缘缝在一起，但衣服上又随之出现新的裂口。

邻居们不能再送衣食来了，因为他们必须把所有东西都留给自己。附近某个城市里，有个发疯的黑人男子杀死了雇用他的女士，于是恐惧像野火一样蔓延。由于怕受到报复，黑人员工被解雇，再也找不到新工作。然而，尤因太太——大家公认她面对错误时肯定会心软，但面对危险时就说不定了——仍然雇用黑人女工洗衣服。大兰尼比以往任何时候都更有理由为她祈福。

整个冬天雷蒙德都待在家里。他坐着用线轴纺线，肩上披着大兰尼的旧毛衣。当他那破烂的灯笼裤再也没法穿时，她就把一条印花布裙子围在他腰上。在他这个年龄，他就活在了回忆里。他回忆自己能骄傲快乐地走在街上，耳朵里灌满笑声的那些日子。每当他谈起这件事时，定会对记忆中的笑声报以大笑。

自从他记事以来，如果大兰尼认为天气不合适，就不允许他出去。这一点他已经能全盘接受，所以他像囚犯一样待在屋里熬过了那个寒冷的冬天。可是春天来了，他确信这一点，即使是在烟雾缭绕、臭气熏天的房间里也一样。他开心地大叫，因为现在能再次去街上走走了。大兰尼不得不解释说，他的破衣服太薄，没法遮蔽他的身体；而且她找不到零活干，所以没有衣服和鞋子给他穿。

雷蒙德不再说上街的事，他的线轴也越转越慢。

大兰尼破例去求雇主。她求尤因太太把尤因先生的旧衣服送给雷蒙德。她盯着地板，咕哝了几句，声音是那么低，尤因太太只好要求她大声点说话。尤因太太听明白大兰尼的来意后很惊讶。她说自己是个仁爱宽厚的人，有那么多、那么多的人向她提出各种恼人的要求。她之前认为大兰尼可能是最明白她已经竭尽全力的人，实际上她做得远远超出自己的本分。她谈到得寸进尺。她说自己去看看还能不能匀出任何东西，但请大兰尼一定记住下不为例。

大兰尼那天下工离开时，尤因太太亲手给她拿来个包裹，说

他叽叽喳喳地说起明天什么时候能上街,
笑得话都说不出来。

里面有一套西装和一双鞋子，都是漂亮体面的衣物。人们会认为她把这样的衣服送人真是疯了。她说不知道尤因先生会对这样疯狂的做法说什么。她解释说当有人求她时，自己总会这样。她说这些话时，从始至终大兰尼一直试图表达自己的感激之情。

大兰尼把包裹带回家给雷蒙德，她从未见过他那天的样子。他跳啊舞啊，拍手叫好。他想说话，结果只是尖叫。他亲手撕下包装纸，抚摸细密的布料，把衣服贴在脸上并亲吻。他穿上鞋子，咔嗒咔嗒地走来走去，脚指头和脚后跟拼命往鞋里钻，好让它们不从脚上掉下来。他让大兰尼用别针把裤腰别好，卷起裤腿露出小腿。他叽叽喳喳地说起明天什么时候能上街，笑得话都说不出来。

第二天，大兰尼必须为尤因太太干活，她本想让雷蒙德等到她能待在家里帮他穿上新衣服那天再出去。可她听到他又笑了，于是这话也就说不出口。她说也许第二天中午他可以出去，因为那时阳光很暖和，不会让好久不出门的他着凉。对门的邻居可以帮他穿衣服。雷蒙德咯咯地笑着，哼着小曲睡着了。

大兰尼早上离开后，那邻居来找雷蒙德，还带来一平底锅的冷猪肉和玉米面包当他的午餐。有人找她去干半天活，因此她不能留下来看他散步。她帮他穿上裤子，别好别针，替他把裤子卷起来，又把鞋带系紧，使鞋尽量跟脚。然后她叫他在中午汽笛响之前不要出去，吻了吻他就离开了。

雷蒙德高兴得无法再耐心等待。他坐着，想着街道，微笑着唱歌。直到听到汽笛声，他才走到一个抽屉旁，大兰尼把外套放在那里。他把衣服拿出来穿上。能感觉到它温柔地贴在自己的裸背上。他扭了扭肩膀，让外套从肩上落下来，宽大又暖和。他卷起袖子露出瘦削的手臂。他的心怦怦地跳得那么厉害，甚至震得前襟也在颤抖。

脚小鞋大，他走楼梯很困难。但对他来说这慢慢下楼的过程也仿佛美味佳肴，期待之情就像嘴里含着的蜂蜜。

然后他走到院子里，在柔和的空气中转动脸庞。一切都再次好起来了，一切又都回来了。他以最快的速度走上人行道，扶着篱笆往前走去。他等不及了。他叫了一声，这样他就能听到快乐的呼唤作为回报。他笑起来，想得到笑声回应。

他听到笑声。他高兴极了，于是放开篱笆，转身伸出双臂，仰起笑脸欢迎它的到来。他站在那里，脸上的笑容消失，表示欢迎的双臂僵硬颤抖。

那不是他知道的笑声，不是他赖以生存的笑声。它就像巨大的连枷把他砸扁，就像巨大的尖刺把他的肉从骨头上撕下来。它向他扑来，要杀死他。它狡猾地退后，然后撞在他身上。它围着他转来转去，又跳到他身上，他喘不过气来。他尖叫着试图逃开却摔倒了。它舔他，更响亮地咆哮。他的衣服散开，鞋子挂在脚上晃。每一次能站起来时他都会再次跌倒。仿佛街道在他面前直竖起来，仿佛笑声跳起来撞上他的背。他找不到篱笆，也不知道该往哪个方向走。他躺在鲜血、尘土和黑暗中尖叫。

大兰尼回家时发现雷蒙德躺在房间角落的地板上呻吟呜咽。他仍然穿着新衣服，但衣服上全是裂口和灰尘。他的嘴和手掌上都是干了的血痕。他没有一听到她的脚步声就来开门时，她的心已经警觉地怦怦跳起来。她发疯地叫喊，想问他发生了什么事，吓得他放声大哭。她听不懂他说的话。他说的跟大街有关，什么嘲笑他啦、让他走开、别让他再到街上去、永远不再上街了，等等。她没让他解释，而是把他抱在怀里摇晃，一遍又一遍地告诉他：没关系，不要在意，一切都好。尽管这些话他们两人都不相信。

　　但她的声音很温柔，怀抱温暖。雷蒙德的呜咽声缓和下来，身体也渐渐停止颤抖。她抱着他，有节奏地默默摇晃了很久。然后她轻轻扶他站起来，把尤因先生的旧礼服外套从他身上脱了下来。

拉里表哥

COUSIN LARRY

这位年轻女子穿着件中国绉纱连衣裙,裙子上印满小宝塔,宝塔四周还有大朵矢车菊。她跷着二郎腿,打量着脚上带涡卷装饰的绿凉鞋的鞋尖,那种满足的神态令人羡慕。她神情平静愉悦,转而看向自己厚涂着红色亮甲油的指甲,那鲜红的指甲看起来就像她刚徒手撕开一头牛一样。她突然低下头,低到下巴几乎杵进胸口,忙着整理脖子后面的假发卷。发卷紧密干燥,仿佛刨花。她似乎再次被心满意足的情绪包裹。然后她又点起一支香烟,似乎觉得这支烟和与自己有关的一切一样,都令人十分满意。接下来她捡起之前的话头。

"没有,但说真的,"她说,"说实话,谈到莱拉我就厌恶得要命——'哦,可怜的莱拉'这样呀,'哦,可怜的东西'那样呀。如果他们真为她难过——毕竟这是个自由的国家,我只能说他们疯了。我想他们一定是疯了。如果他们真想为哪个人难过,那也应该是为拉里表哥感到难过吧,对不对?换一个人,这种难过好歹算是有意义。听着,没人需要非得为莱拉难过。她那段时间过得很开心。她不想做的事就不做。她是我认识的人中最快乐的。不管怎么说,都是她自己的错。她就是那样的人,态度恶劣又卑鄙。没人指望你为那些自己种下苦果的人感到难过,不是吗?我问你,这有什么意义呢?

"听着。我很了解莱拉。我认识她很多年了。实际上我差不多天天都能见到她。唔,你知道我经常去乡下看他们。在你拜访过谁之后,才会知道自己有多了解他。唔,我就是这样了解莱拉的。我喜欢她。我真的挺喜欢她。她能够维持体面的时候,我很喜欢她。只有当她开始自怨自艾、抱怨连连、问东问西地毁了大家兴致时,我才会烦她。很多时候她都好到完美。只是她太自私了,就是这样。她是个卑鄙自私的女人。还有,人们说拉里待在城里,到处乱逛,却不带她一起!听我说,她待在家里是因为她愿意。她宁愿早点睡觉。我去他们家拜访时,看到她每晚都这样。我对她了如指掌。我就没看到过她干自己不喜欢的事。

"老实说,听到有人说拉里的坏话,我很生气。让他们当着我的面批评他试试,就这样。哎呀,那是位活着的圣人,他就是这样的人。和那个女人生活了十年后,他到底变成什么样子了,我搞不明白。她不让他独自待着,哪怕一小会儿,她总是想参与他的大事小情,总是想知道刚才讲的那个笑话是什么意思,想知道他在笑什么。噢,告诉她,告诉她吧,这样她也可以跟着一起笑。她就是那种不能发现趣事也不会开玩笑的蠢货,然后她也试着变得可爱,学会玩乐——哎呀,你就是看不到她的幽默,就是这样。可怜的拉里，他没法变得更有趣，也没法有更多的幽默感。我想她已经把他的幽默感都挤干了。我想几年前她就把他逼疯了。

"然后，当她看到那可怜人有那么一小会儿在别人身上找到一丝半点的乐趣，她就——好吧，她不会忌妒，她太以自我为中心，不会忌妒的——她总是犯疑心病，她的思想真是卑鄙肮脏，她变得越发刻薄。尤其是对我。现在我问你！我，大家都知道我实际上从出生起就认识拉里。哎呀，我多年来一直叫他拉里表哥——你从这个称呼里就能看出他在我心中的地位。我第一次去他们家住时，她就开始问我为什么叫他拉里表哥。我说：'哦，我和他太熟了，就像是彼此的亲戚一样。'然后她就开始撒娇，那个老蠢货，她说：'好吧，我也把她当作我们家的一分子。'于是我说是的，那太好了。我确实试着叫她莱拉嫂子，但心里可不那样想。无论如何，这似乎并没有让她更开心。好吧，她就是那种除非卑鄙否则就永远不会快乐的人。她喜欢做个卑鄙的人。所以她才这么做。我就没看到过她干自己不喜欢的事。

"老实说，拉里表哥真可怜。想象一下，就因为我叫他拉里表哥，那个肮脏的老东西就想搞点事出来。哎呀，她当然没能阻止我。我想我和拉里的友谊总比这更有价值。他也叫我小甜心，就像他以前那样。他总说我是他的小甜心。如果这里面有问题，她会看出来的，对不对？他不会一直当着她的面这么叫我，对吧？

"说真的，我还年轻，她这样影响不到我什么，我只是感到特别对不起拉里。如果不是为了他，我不会再进他们家的门。当然，他从来没有说过她一句不好，无论他娶谁，他都不会说对方的坏话。他说没人知道和莱拉单独在一起是什么感觉。这也是为什么我开始住在他家。我明白他的意思。哎呀，我住在他们家的第一天晚上，她十点钟就上床睡觉了。我和拉里表哥在听旧唱片——好吧，我们总得做点什么，她不笑，不开玩笑，也不跟我们一起做任何事，只像泥塑木雕一样坐在那里。碰巧当时我发现了很多老唱片，是过去经常让我和拉里唱唱跳跳的歌曲。嗯，你知道跟某个男人非常熟是怎么回事，总会有什么东西让你想起你们曾经一起度过的时光，我们笑着听这些唱片，说些诸如这样的话：'你还记得那次吗？'还有'这让你想起了什么？'等等，这种话大家都会说的。首先你要知道，莱拉站起来说，她很疲倦，说想上床睡觉，她觉得我们不会介意的。拉里告诉我，当周围的人都玩得开心时，她总是这么做。如果她觉得很累，而家里又有客人，场面就会很难看。就是这样。这种小事她才不管。她想睡觉就去睡。

"所以我经常去那儿。你不知道对拉里来说，在亲爱的莱拉十点钟上床睡觉后，上天能送他一个同伴是多么幸运。恰好我还是个能在白天跟这个可怜人打高尔夫球的人。莱拉玩不了——哦，她的身体不太好，不是吗？如果不是为了拉里，我是不会走进那地方的。你知道他有多想玩得开心点。莱拉老了——她是个勒——袄，老太婆！老实说，拉里——哎呀，当然，男人多老都无所谓，我指的是年龄——重要的是心理年龄。拉里就像个孩子。我不断地告诉莱拉这一点，想让她别再转那些龌龊的念头，我和拉里表哥只不过是一对玩在一起的疯孩子。我现在问问你，她全程在场，但唯一能做的就是坐着看人们尽情开心，你觉得她能受得了这个吗？她就喜欢开心地玩一会儿,然后早早上床睡觉,她就喜欢这样。没人干涉她——你觉得她会管好自己,不再东问西问,把一切问个遍吗?

"好吧,听着。有次我偶然戴着兰花去了他们家。莱拉说:'哦,它们真可爱,是谁送给你的?'老实说,她是有意问这个问题的。所以我想,好吧,这会对你有好处,我就告诉她是拉里表哥送的。我告诉她,某种意义上这算是我们的周年纪念。你知道,如果你和哪个男人认识了很长时间,你们就总会有某种小纪念日,比如他第一次带你去吃午餐那天,或者他第一次给你送花那天。总之这就是其中一个纪念日,我告诉莱拉,对我来说,拉里表哥是个多么贴心的朋友,他总是记得这些小事,他觉得做这些事很有意思,好像他也从中得到了很多快乐。我问你,如果我告诉别人这件事,所有的人都会明白这是多么清白,对不对?你知道她说什么吗?她说:'我也喜欢兰花。'所以我就想,嗯,宝贝,如果你年轻十五岁,可能会有个男人送你几朵,但我什么也没说。我只是说:'哦,戴上这几朵,莱拉,好吗?'就说了这个。上帝知道,我没必要这么说,对吗?但是,不,她才不会领情。她只会想着如果我不介意的话,她就去躺一会儿。她感觉非常疲倦。

"然后——哦,亲爱的,我差点忘了告诉你。你听了可能会死,可能会完全崩溃。好吧,上次我去时,拉里表哥送了我几条雪纺小内裤。它们可爱得要命。你知道,这只是个玩笑,这些粉红色的雪纺小玩意上用黑线绣着法文'爱会来'。你知道。他就是在橱窗里看到,然后买来送我,就为开个玩笑。他总是做这样的事——嘿,看在上帝的分上,别告诉别人好吗?因为上帝知道,如果这见不得人的话，我就不会告诉你，你知道的，但你知道人们会怎么看。闲话已经满天飞了，就因为在莱拉睡觉时，我有时会陪这个可怜人一起出去。

"好吧，总之他把它们送给了我，所以我下楼吃饭时——只有我们三个人。那是她干的另一件好事——除非他绝对坚持，否则她不会请人来家里吃饭。我对拉里说：'我已经穿上了，拉里表哥。'所以莱拉当然想知道这话是什么意思呀。她说：'你穿什么了？'她不停地问啊问，我自然不会告诉她，这让我觉得很好笑，我差点笑死了，每次我和拉里对视，我们就会爆笑。莱拉不停地说，哦，这是什么笑话，哦，告诉我吧。最后她看到我们不愿意说，就只好上床睡觉，不管我们会怎么想。天哪，人们就不能开玩笑吗？这是一个自由的国家，不是吗？

"说实话，她越来越过分。我为拉里感到恶心。我不知道他会做什么。你知道，那种女人绝不会跟男人离婚，等一百万年也不会，虽然他才是有钱的那一方。拉里从来没有说过一句话，但我敢打赌有时他希望她死掉。每个人都说：'哦，可怜的莱拉。''哦，可怜的莱拉，亲爱的莱拉，这不是很丢人吗？'因为她把他们带到角落里，向他们哭诉自己没有孩子。哦，她多么希望自己有个孩子啊。哦，哪怕她和拉里能有一个孩子也行，等等。然后她眼里噙着泪水——你知道，你见过她这样。热泪盈眶！有很多事会让她哭，她总是随心所欲。我打赌孩子的事不过是说说而已。她不过是想让人同情自己。她太自私了，不会愿意牺牲自己的舒适生活来生孩子。因为如果有了孩子，她就不能十点上床睡觉了。

"可怜的莱拉！说真的，我可能会把午饭都吐出来。他们为什么不换一换，说'可怜的拉里'呢？他才是那个大家应为之遗憾的人。好吧。我只知道我会尽我所能帮助拉里表哥。我只知道这些。"

身穿印花绉纱旗袍的年轻女子从硬纸烟嘴上取下熄灭的烟头，同时仿佛在熟悉的色彩鲜艳的指甲上找到了更多乐趣。然后她从膝上取下一只金盒子或类似的什么东西，在一面小镜子里仔细端详自己的脸，仿佛那是一首诗。她皱起眉头，眯缝着眼睛。她转头，好像在表达惋惜的否定之意。她把嘴撇到一边，好像一条亚热带鱼。当这一切都做完后，她似乎对自己的幸福更有信心了。然后她点燃了一支新的香烟，似乎发现这也是无可挑剔的。然后她捡起之前的话头。

好吧。我只知道我会尽我所能帮助拉里表哥。
我只知道这些。

人约黄昏后

DUSK BEFORE FIREWORKS

这年轻人长得实在英俊,生来就是要被蜂缠蝶恋。他的声音如同翻动纸张的沙沙声一样撩人,而且他轻易就会亲吻别人。他收到不计其数的礼物:夏尔凡手帕、现代风格的烟灰缸、绣有姓名字母的晨衣、镀金钥匙链和薄木片做成的烟盒——上面还镶着巴黎洗手间的画片。这些礼物出自那些很快陷入一段感情的女士之手,由她们不知情的丈夫买单——这种事在世界任何一个角落都可以接受。每位来过他那间方方正正的小公寓的女人都会迫不及待地想要将它重新装饰。在他租住期间,有三位女士曾实现这一伟大目标。每位女士离开时都留下了大量有光泽的印花棉布,作为她们短暂停留的纪念。

四月份的黄昏减弱了最新一批家具装饰品的耀眼光芒。淡紫和灰色的椅垫及窗帘,颜色柔和,图案模糊成一片,在白天清晰可见的大朵重瓣罂粟花和悲伤小象的图案已经看不清了。(最近一位自告奋勇装饰的女士将搜集各种大象作为自己的兴趣爱好——除了现实中的大象和毛绒玩具大象。她选择印花棉布的目的，与其说是为了现代设计，还不如说是希望他能永远珍藏这些展示她爱好的纪念物，从而珍藏有关她本人的记忆。不幸的是，花语为"遗忘"的罂粟花在图案中更为醒目。）

那位帅小伙在一把缺腿短背的扶手椅上伸展身体。在那把椅子上，除了看到飞速发展的当代设计以外，想看到其他任何优点都是奢望。当然，所有坐在上面的人都会很危险。在椅子的怀抱中，所有人都远达不到最舒服的状态，而且他们肯定不希望自己慢慢陷进椅子或从中挣扎出来时的样子被别人记在心里——所有人——除了那个年轻人。他身材高大、肩宽胸阔，身体其他部位都很狭窄，筋肉反应极灵敏。或立或躺，或动或静，皆有美处。有少数男人不喜欢他，但只有一个女人真心讨厌他——就是他的妹妹。她身材矮胖，头发平直。

那把难打交道的椅子对面是个沙发，有个衣着轻薄柔软的年轻女人坐在上面。她的连衣裙由几片暗色的丝绸和一小块雪纺绸缝制而成，别无其他。但是定制服装定期寄来的账单上白纸黑字地写着将近二百元的钱数。有一次这位年轻的帅小伙说，他喜欢女人的衣饰精心制作，风格文静保守。很不幸，有些人能记住别人说的每一个字，而这位年轻女人就是那些不幸者中的一员。这使她的生活变得特别难受，后来证明，这位年轻人也偏爱女士穿着剪裁大胆、颜色像大铜管乐器一样靓丽抢眼的衣服。

在大多数旁观者看来，这个年轻女人还算漂亮，但也有少数人——主要是勉强糊口的人、艺术家等——对她观之不足。半年前她看上去比现在更可爱。现在的她，嘴角紧绷，眉头紧皱，眼神疲惫不安。她就是温柔黄昏的化身。那位和她一起享受这黄昏的年轻人却看不到这些。她伸开双臂举过头顶，手指交叉在一起。

"哦，真好，"她说，"这里真好。"

"这里很好，很平静，"他说，"哦，上帝。为什么人们不能安分些呢？这个愿望小到不值一提，不是吗？为什么总有那么多烦恼呢？"

她的手落在膝盖上。

"根本不需要。"她说。她的声音很平静，彬彬有礼地吐出每个字，仿佛对语言非常尊重。"根本没必要烦恼。"

"到处都是烦恼，亲爱的。"他说。

"当然是，"她说，"烦恼就像地狱里挤满了吵闹多余的人一样，下等人制造烦恼，上等人不会。你美好的生活中本不必有烦恼，如果你不介意我指出——你的熟人过多了，而其中就包括那些乱嚼舌根的泼妇，你该硬起心肠来对付她们，我的小可怜。啊，我是认真的，霍比，亲爱的。我早就想告诉你了，但总是开不了口。如果我说出口，这让我看起来也像是其中一员——低劣又善妒。当然，我们认识这么长时间了，你知道我不是那样的人。我只是很担心你。你太好了，又那么可爱。看到你被像玛戈·沃兹沃思、霍尔特太太、埃薇·梅纳德那类家伙吃干抹净，差点让我没命。那不配你的身份。你知道我为什么这么说。你知道我一点也不忌妒。忌妒！天哪。如果我要忌妒，我也得找个值得让我忌妒的对象，而不是为某个不明事理、愚蠢、懒惰、毫无价值、自私、歇斯底里、粗俗、滥交的性虐狂——"

"亲爱的！"他说。

"哎呀，对不起，我很抱歉。我并不是有意要谈论你的某些朋友。她会咬牙切齿地说，也许那样的行为不是她们的错。毕竟，你不能指望她们知道这是怎么回事。可怜的家伙们，她们永远不会知道这有多甜蜜，我们单独待在一起的时光总是那么甜蜜。很甜蜜，不是吗？啊，霍比，不是吗？"

年轻人慢悠悠地抬起眼皮看她，挑起漂亮小胡子下面的嘴角笑了笑。

"嗯——哼。"他说。

他把目光从她身上移开，忙着去对付烟灰缸和一支吸过的香烟，但他仍然笑着。

"啊，别这样，"她说，"你答应过你会忘记——忘记上周三的事。你说你再也不会提起。哦，不管我是为什么才那么做的！讲道理。发脾气。冲进黑夜。然后卑躬屈膝地回来。是我想让你知道女人可以有多不一样！哦，求你了，我们忘了这事吧。只要告诉我，我并不像自己以为得那么可怕就行。"

"亲爱的，"他说——这个年轻人通常言简意赅，"你是我见过的最坏的人。"

"这不是休伯特爵士的原话吗？"她说。

"哦，亲爱的。哦，亲爱的。哦，亲爱的。我能说什么呢？说'对不起'远远不够。我的心都碎了。都是碎片了，你不介意帮我重新振作起来吧？"

卧室里的隐秘与起居室之间只有拱门上的一帘之隔。

她向他伸出双臂。

年轻人起身走到沙发前,吻了她。他本来心情很好,打算蜻蜓点水地吻她一下,稍做停留就去食品储藏室调鸡尾酒。但她把他搂得那么紧、那么欢喜。于是他放弃原计划。他抱着她站起来,没有放开手。

不一会儿,她把头移开,把脸埋在他的心口上。

"听着,"她对着他的衣服说,"我现在想把一切都说出来,以后再也不说了。我想告诉你,再也不会有,再也不会有像上周三那样的事了。我们拥有的东西是如此可爱,永远不会被贬低。我保证,哦,我保证,我永远不会像别人一样。"

"你不会的,基特。"他说。

"啊,一直这样想,"她说,"有时候也得说出来。听你这么说我很高兴。你能做到吗,霍比?"

"你个头这么小,话又这么多。"他的手指滑过她的下巴,抬起她的脸,更方便自己吻她。过了一会儿,她又移开了。

"此时此刻,让我做全世界的任何人我都不干,只除了一个人,猜猜是谁?"她说。

"是谁?"他说。

"是我。"她说。

电话铃响了。

电话放在年轻人卧室里的小桌上,通常静默无声。卧室没有门,这个规划也有缺点。卧室里的隐秘与起居室之间只有拱门上的一帘之隔。另一个拱门上挂着印花棉布帘,撩开帘子从卧室里出来,便是一条狭窄的过道,过道上有浴室和食品储藏室。只有走进这两个房间中的某间,关上门,把水龙头开到最大,公寓里的其他

> 电话放在年轻人卧室里的小桌上,通常静默无声。
> 卧室没有门,这个规划也有缺点。

人才不会听到电话里的声音。这个年轻人有时想搬到某个布局更合理的公寓去。"该死的电话。"年轻人说。

"真是的,"年轻女人说,"会是谁打来的?"

"我们别接,"他说,"就让它响着吧。"

"不,你不能这样,"她说,"我必须坚强起来。不管怎么说,也许只是有人刚刚去世,给你留下了两千万美元。也许根本不是别的女人。如果是又能怎么样呢?看到我多么温柔,多么通情达理了吗?看我多大方。"

"你有这个资本大方,亲爱的。"他说。

"我知道我能,"她说,"毕竟不管她是谁,她不过是在电话线另一端,而我就在这里。"

她抬头朝他微笑。过了近半分钟他才去接电话。

年轻女子保持微笑,仰着头,闭上眼睛,张开双臂。一声长长的叹息从她胸腔中逸出。她就这样站了一会儿,然后走回去坐在沙发上。她轻声地吹着口哨,但发出的声音好像与预期的音调有些不同。她虽然觉得这很有意思,却隐隐有遭到背叛的感觉。她环顾已被暮色笼罩的房间。紧接着仔细端详起指甲,把弯曲的手指依次凑近眼睛,没有发现任何毛病。再之后她把裙子沿着腿捋平,把手腕上的雪纺褶边抖开。然后把小手绢摊在膝盖上,小心翼翼地在手绢一角摹写绣着的"凯瑟琳"字样。最后她什么也不做了,只凝神倾听。

"喂?"年轻人正在说话,"你好?喂!我告诉过你我是奥格登先生。好吧,我在线。我一直在线。是你那边掉线了。喂?啊,现在听着——喂？嘿。这是什么鬼东西？快说话，可以听到吗？接线员！喂，是的，我是奥格登先生。谁？噢，你好，康妮。亲爱的，你好吗？什么？你怎么了？哦，那太糟糕了。有什么事吗？你为什么不能呢？你在哪里，在格林尼治？哦，我明白了。什么时候，现在？哎呀，康妮，只是我马上要出去。所以就算你现在进城也没用——哎呀，亲爱的，我不太可能那样做。那些人一直等着我呢。我要迟到了，你打电话来时我正要出门。康妮，这个我说不准，因为谁也不知道我什么时候才能脱身。听着，你怎么不等到明天某个时候进城来呢？什么？你现在不能告诉我吗？哦——哎呀——哦，康妮，你没理由这么说。哎呀，我当然愿意尽我所能去做任何事，但是今晚，我告诉你我办不到。不、不、不、不、不，根本不是那样的。不，我告诉你，根本不是那样的。那些人是我妹妹的朋友，这只是每个人都得尽的社交责任。你为什么不乖乖的，早点上床睡觉，明天你就会感觉好点了吧？嗯？你会那样做吗？什么？我当然会的，康妮。如果可以的话，我以后会努力的，亲爱的。好吧，如果你愿意，但我不知道自己几点能到家。我当然会的。我当然会的。是的，肯定，康妮。你是个好女孩，对吗？再见，亲爱的。"

年轻人穿过印花棉布帘回来了。他看上去很憔悴。当然，这很适合他。

"上帝。"他只简单地说了一句。

坐在沙发上的年轻女人看着他，就像眼前有透明的冰一样。

"亲爱的霍尔特太太好吗？"她说。

"很好，"他说，"我听到了起瓶塞的声音。她喝高了。"

他疲倦地跌坐在那把矮椅子上。"她说有件事要告诉我。"

"不可能是她的年龄。"她说。

他笑了，但笑容中看不到喜悦。"她说在电话里不好说。"

"那就有可能是她的年龄，她担心那串数字听起来像她的电话号码。"

"大约一个星期有两次会这样，"他说，"康妮有事就必须得马上倾诉，而又不可能在电话里说。通常情况下，可能只是她发现男管家又在喝酒了。"

"我明白了。"她说。

"哎呀，"他说，"可怜的小康妮。"

"可怜的小康妮，噢，我的上帝。那个牙尖尖的母老虎。可怜的小康妮。"

"亲爱的，我们为什么要浪费时间谈论康妮·霍尔特？难道我们就不能安静地待会儿吗？"

"当那母兽在街上徘徊的时候是不成的。她今晚会来城里吗？"

"嗯，她会来的，但后来她好像说了句她不会。"

"哦，她会的，别那么天真了。如果她觉得有机会见到你，就会像蝙蝠一样从格林尼治嗖地飞过来。啊，霍比，你真的不想看见那老东西，对吗？对吗？因为如果你愿意的话——好吧，我想也许你愿意。如果她有什么事必须马上告诉你，你自然想见她。听着，霍比，你知道你随时都能见到我。今晚见我一点也不重要。你为什么不打电话给霍尔特太太，告诉她乘下一班火车进城呢？她乘火车比乘汽车来得快，是吗？去打电话吧。我没关系。真的。"

"你知道,"他说,"我就知道要开始了。我接完电话回来时,我从你的样子就能看出来。哦,基特,你为什么要那样说话?你他妈的知道我最不想做的事就是见康妮·霍尔特。你知道我多想和你在一起。你为什么要这样说?我看着你坐在那里,故意无中生有地说服自己相信这些话。这是怎么回事?哦,天哪,女人都怎么了?"

"请不要把我当作你口中'女人'中的一员。"她说。

"对不起,亲爱的,"他说,"我不是故意用这词的。"他朝她笑了笑。她觉得自己的心要化了,但她尽最大努力争取更大的胜利。

"毫无疑问,"她的言语就像无风时连绵飘落的雪花,"我这样说话很欠考虑。但我又不得不说,尽管这会让你难过,我只能请求你相信,那是我的不幸,而不是我的本意。在我看来,我只是出于礼貌,建议你不必觉得有义务陪我度过这个晚上,若你本来就想和霍尔特太太在一起。我只是觉得——哦,见鬼去吧!我不擅长这个。我当然不是那个意思,我最亲爱的。如果你当时说'好吧',然后走开去叫她进来,我会当场死去的。我这样做只是想听你说想和我在一起。我要听你说,霍比。我就是——我就指望这个活着了,亲爱的。"

"基特,我不说你也该知道。你知道的。正是这种感觉迫使你说某些话——那是破坏一切的罪魁祸首。"

"我想是的,"她说,"我想我知道是这样。只是——问题是我太迷茫了,我只是——只是没法继续下去了。我需要安全感,亲爱的。一开始我不需要这些,当时一切都令人快乐,令人安心,但现在——唉，现在一切都变了。似乎还有很多其他人——所以我特别想让你告诉我你爱的是我，而不是别人。哦，几分钟前，我就让你这么说。听着，霍比。我坐在这里听你对康妮·霍尔特撒谎——听你说你得和妹妹的朋友出去玩，你知道我有什么感觉吗？你当时为什么不说在和我约会？我让你感到羞耻吗，霍比？是吗？"

"啊，基特，看在上帝的分上！我不知道自己当时为什么要那么说。我甚至连想都没想。我那样做——好吧，我猜是出于本能，因为这似乎是最容易做出的反应。我想我只是太软弱了。"

"不！"她说，"你软弱？好吧！今晚还有比这更大的新闻吗？"

"我知道自己软弱，"他说，"我知道为了避免吵闹，做任何事情都是软弱的。"

"霍尔特太太对你，以及你对她究竟是怎么回事？如果她知道你和另一个女人订婚了，她会大吵大闹吗？"

"哦，上帝！我说过我一点也不在乎康妮·霍尔特。对我来说，她没有任何意义。现在看在上帝的分上，咱能别说这事了吗？"

"哦，她对你没有任何意义。我明白了。所以你才一口一个地叫她'亲爱的'。"

"如果我叫了，那不过是随口说说。上帝啊，那没什么意义。我想这只是——只是紧张的表现。当我想不出该怎么称呼别人时，我就这么说。哎呀，我还叫电话接线员'亲爱的'呢。"

"我肯定你会的！"她说。

他们彼此怒目而视。是那个年轻人先投降。他走过去，紧挨着她坐在沙发上,有一阵子,只能听到两个人的低语。然后他说:"能别说了吗?你能别说这事了吗?你能否一直保持原样——甜甜蜜蜜,就像你本来的那个样子,不那么好斗。"

"我会的。这是我的真心话。我们再也别因为任何事分开了。霍尔特太太,真的!让她去死吧。"

"让她去死吧。"他说。又一次沉默,在沉默中,年轻人做了几件他拿手的事。

突然,那个年轻的女人用僵硬的胳膊把他推开了。

"康妮·霍尔特不在时,你同我这样说她,那我不在场时,你同她是怎样谈论我的呢?我怎样才能知道呢?"

"哦,上帝。哦,亲爱的,可爱的上帝。一切都好起来时你却说这个。啊,别纠结了,好吗,宝贝?让我们安静点。像这样。好吗?"

过了一小会儿他说:"听着,甜心,来杯鸡尾酒怎么样?这主意好不好?我去调酒。你需要开灯吗?"

"哦,不,我更喜欢待在暮色中。像这样,多么甜美。不知为什么,黄昏有私密性。而且这样你就看不到那些灯罩了。霍比,真想让你知道我有多讨厌你的灯罩!"

"你是认真的吗?"他说,听起来更像是困惑,而不是受伤。他看着那些灯罩,好像是第一次看到它们似的。它们是丝绒的,或是某种近似的材质,每个灯罩上面都绘着塞纳河右岸的全景。画者匠心独运,建筑物上的小窗户都被细致入微地镂空,以便灯光穿过。"它们怎么了,基特?"

"最亲爱的,如果你真不知道,我也没法解释。另外,它们平庸、过时,还很丑。"

这正是埃薇·梅纳德的心头好。她认为它们精美得要命,就因为它们展示了巴黎的景色。她是那种常见的女人,认为只要提及"美丽的法国"就是对跳一场华尔兹的邀请。

"'常见。'如果这都不算是最温和的口头描述的话——"

"你不喜欢她选的装饰品吗?"他说。

"亲爱的,我认为它很讨厌。你知道的。"

"你想重新装饰吗?"他说。

"我应该说不,"她说,"听着,霍比,你不记得我是什么样的人了吗?我就是那个不想装饰你公寓的人。现在你想起我是什么人了吗?可是,如果我真要装饰,我要做的第一件事就是把这些墙漆成浅灰褐色——不,我想得先把所有印花棉布扯下来,扔到风里去,然后我会——"

电话铃响了。

那年轻人向年轻女人投去惊愕的目光,然后一动不动地坐着。丁零零的声音像小剪刀一样剪断了暮色。

"你的电话响了,"年轻女子敏锐地说,"别让我耽误你接电话。我得去擤鼻涕了。"

她跳起来,冲过卧室,冲进浴室。传来关门的声音,钥匙稳稳转动,咔嗒一响,接着是哗哗的流水声。

当她最终回到客厅时,年轻人正在往小玻璃杯里倒一种苍白冰冷的液体。他递给她一只玻璃杯,面带笑意。是那种渴望的笑容——是他笑得最恰到好处的一次。

"霍比,"她说,"这附近有马棚吗?出租那种疯狂的马的。"

"什么?"他说。

"如果有的话,"她说,"我希望你能打电话让他们派几支马队过来。我想让你看看,就算是马队也没法硬拖着我问那个打电话的人是谁。"

"哦,"他尝了尝鸡尾酒,"够爽口了吗,甜心?因为你喜欢没有甜味的酒,是不是?你确定这还可以吧?真的?啊,等等,亲爱的。让我给你点支烟。好了。你确定你没事吧?"

"我受不了了,"她说,"我失去了所有意志力——也许女仆早上会在地板上发现我的意志力。霍巴特·奥格登,刚才是谁在打电话?"

"哦,那个电话吗?"他说,"唔,是位不愿透露姓名的女士。"

"我相信她应该不愿透露姓名。毫无疑问,她还有其他别的品质,我还没说完呢,我还有话要说。我要控制好别发疯。啊,最亲爱的,又是康妮·霍尔特吗?"

"不,这事再滑稽不过了。是埃薇·梅纳德。我们刚才还在聊她。"

"好吧,好吧,好吧。世界真小,不是吗?她脑子里在想什么?——我说她有脑子算是在奉承她啦。她的管家也喝醉了吗?"

"埃薇没有男管家,"他又试着微笑,但发现最好还是放弃,集中精力把年轻女子的杯子重新倒满,"不,她只是头晕,和往常一样。她在公寓里举办了个鸡尾酒会,他们都想进城玩,就这样。"

"幸运的是，你不得不和妹妹的朋友出去。她打电话来时，你正要出门。"

"我从来没有对她说过这样的话！"他说，"我说我有一个期待了整整一周的约会。"

"哦，你没有提到任何人的名字吗？"她说。

"我对埃薇·梅纳德说这些做什么？这不关她的事，就像她在做什么、和谁在一起也不关我的事一样。她在我的生活中没有任何意义。你知道的。自从她布置完公寓后，我就很少见到她了。即使我再也见不到她，我也不在乎。我宁愿再也见不到她。"

"如果你真的下定决心，我想这是可以做到的。"她说。

"好吧，我尽力而为。她现在想来喝杯鸡尾酒，她和几个做室内装潢师的小伙子一起，我断然拒绝了。"

"你认为这能让她离你远点？哦，不，她会来的。她和她那些玩伴。让我们看看——他们应该正好在霍尔特太太反复考虑最后进城时到达。哎呀。这个夜晚越来越妙了，不是吗？"

"真棒。恕我直言，你在尽你所能让事情变得更复杂，你这个小甜心。"他又倒了些鸡尾酒，"哦，基特，你为什么这么令人讨厌？别这样，亲爱的。你不该这样。这与你很不相称。"

"我知道这很可怕。这是——哎呀，我这么做是为了保护自己，我想，霍比。如果我不说这些讨厌的话，我会哭出来的。我害怕哭泣。我一旦哭起来，就要花很长时间才能止住。我——噢，亲爱的，我很受伤。我不知道该怎么看待这事。所有这些女人。这些可怕的女人。如果她们很优秀，如果她们很可爱、温柔、聪明，我是不会介意的。也许我应该介意。我不知道。我什么都不知道，再也不会知道了。我开始胡思乱想。我以为我们之间的感情与众不同。唉——并不是啊。有时候我想最好还是不要再见你了。但我知道我受不了。我已经没法回头。为了和你在一起，我愿意做任何事！但在你眼里，我只是那些女人中的一个。而我以前总是排在她们前面的，霍比——噢，我之前是的！我之前是的！"

"你过去是，现在也是！"

"将来呢？永远是吗？"

"永远，"他说，"只要你做自己就好。请像之前那样温柔，基特。像这样，亲爱的。像这样，宝贝。"

他们又靠近彼此，房间又归于沉寂。

电话铃响了。

他们吓了一跳，好像是被同一支箭射穿了。然后那个年轻的女人慢慢移回原处。

"你知道，"她沉思着说，"这是我的错。我犯的错。是我说要在这里，而不是在我家里见面。我说过在这里会安静些，我有很多事想和你谈。我说过我们可以在这里安静独处。是的，我就是这么说的。"

"我向你保证，那该死的东西有一个星期没响过了。"

"我很幸运，不是吗？我上次在这儿时它碰巧也响了。我该被称为幸运小姐啦。好吧。哦，拜托你一定要去接电话，霍比。任它这样响更让我抓狂。"

"上帝，我希望是有人拨错了号。"他紧紧把她搂在怀里，"亲爱的。"他说。然后他去接电话。

"你好,"他对着话筒说,"喂?哦,你好。你好吗,亲爱的?——你好吗?哦,是吗?啊,那太糟糕了。哎呀,你看,我当时和朋友一起出门了——我在外面待到了很晚。哦,是吗?哦,太糟糕了,亲爱的,你等了那么久。不,我没那么说,玛戈,我说如果可能的话我会来的。我就是这么说的。我也是这样做的。那你误解我了。哎呀,你一定是误解我了。现在,没有必要为这事无理取闹。听着,我说过,我说过如果可能的话我会来的,但我觉得没有这种可能。如果仔细想想,你会想起来的,亲爱的。嗯,我非常抱歉,但我不明白你为什么这么大惊小怪。这只是个误会,就是这样。你为什么不冷静下来,乖乖的呢?你不想?亲爱的,今晚不行。因为我不能。好啦,我有个约会,这个约会我等很久了。是的。哦,不,不是那样的!噢,现在,求你了,玛戈!玛戈,请别来!别来!我说过我不会在这里的。好吧,你来吧,但我到时候不会在的。听着,你这样我没法跟你说话。亲爱的,我明天给你打电话。我说了我不会在家的,亲爱的!乖一点。当然我会的。听着,我现在得赶紧走了,我赶时间。我会给你打电话的,亲爱的。再见。"

年轻人回到客厅,人未进,声先至。他的声音有点颤抖。

"再来杯鸡尾酒怎么样,甜心?你不认为我们真的应该——"透过越来越浓的黑暗,他看见那个年轻的女人正紧张而笔直地站着。她的裘皮围巾在肩上打了个结,她已戴好一只手套,正在戴第二只。

"这是干什么呢?"年轻人说。

"我很抱歉,"年轻女子说,"但我真的必须回家了。"

"哦,真的吗?"他说,"我能问为什么吗?"

"你人真好,还有兴趣关心这事。非常感谢。哎呀,事情就是这样,我再也受不了了。我想,在某个地方有句谚语,说泥人也有个土性。应该是阿拉伯谚语。他们经常如此。好吧,晚安,霍比,非常感谢你的美味鸡尾酒。它们让我精神振奋。"

她伸出手来。他双手紧紧抓住它。

"啊,现在听我说,请不要这样,基特。请不要,亲爱的。拜托。你上周三就这样。"

"是的,而且出于完全相同的原因。请放开我的手。谢谢你!好吧,晚安,霍比,祝你永远好运。"

"好吧,如果你想这样的话。"

"想这样!不是我想这样。我只是觉得你一个人接电话会更容易。我突然有点不舒服,你当然不会怪我的。"

"我的天,你以为我想跟那些傻瓜说话吗?我能怎么办?把电话听筒拿下来?你就想让我这么做,对不对?"

"你这花招不错,我想你上周三晚上就是这么干的。我回家后一直试着给你打电话,当时我在家里,痛苦得要命。"

"我没有!他们一定接错线了。我告诉过你,你走以后我一直自己在这儿。"

"你是这么说的。"

"我没有骗你,基特。"

"那是你对我说过的最无耻的谎话。晚安,霍比。"

只有从年轻人的眼睛和声音中才能看出怒火。抿成美丽弧线的嘴一直没放松。他握住她的手,向她躬身为礼。

"晚安,基特。"他说。

"晚安,好吧,晚安。很抱歉事情会这样结束。但是如果你想要其他的东西——好啦,她们就是你想要的。有她们没我,有我就没她们。晚安,霍比。"

"晚安,基特。"

"对不起,这确实太糟糕了。不是吗?"

"这就是你想要的。"

"我?这是你所做的。"

"哦,基特,你难道不明白吗?你总是这样。你不知道我是什么样的人吗?我只是说了些毫无意义的话,做了些毫无意义的事,仅仅是为了息事宁人,仅仅是为了不跟人结仇。因为怕这些事给我带来麻烦。我知道你不必这么做。你比我幸运。"

"更幸运?好奇怪的说法。"

"好吧,那就是更强大,更出色,更诚实,更得体。所有那些说法。啊,别这样,基特。拜托。请把那些都脱下来,然后坐下。"

"坐下?等那些女士们都过来吗?"

"她们不会来的。"他说。

"你怎么知道?她们以前来过这里,不是吗?你怎么知道她们今晚不会来?"

"我不知道!见鬼,我不知道她们会干什么。我也不会知道你他妈会干什么。我还以为你和她们不一样呢!"

"只要你认为我和她们不一样,我就和她们不一样。"

"啊,基特,基特。亲爱的,来吧,让我们像过去那样。过来,温柔些,平静些。来。让我们喝杯鸡尾酒,就我们两个,然后出去找个安静的地方吃饭,在那里我们可以聊天。怎么样?"

"唉——"她说,"如果你想——"

"我想……"他说。

电话铃响了。

"哦,我的上帝!"年轻的女人尖叫着,"去接电话吧,你这该死的——你这该死的种马!"

她冲过去打开门离开。她毕竟还是跟她们不一样,因为她既没有砰的一声把门关上,也没有任它在身后大开着。

年轻人站起身,慢慢摇了摇他非凡的脑袋瓜,然后慢慢地转身走进卧室。

他起初闷闷不乐地对着电话听筒说着话,后来似乎听得很开心,说得也很开心。他用女人的名字称呼对方——不是康妮,不是埃薇,也不是玛戈。他容光焕发地恳求那个看不见的人来见他,他不冷不热地答应在这里等她。然后他恳求她先按三次铃,再按两次铃,然后他再开门让她进去。不、不、不,他说这不是出于她可能想到的任何理由。这只是因为他有个生意上的朋友说要来拜访,他想确保不会有此类闯入者。他谈到希望有个甜蜜平静的夜晚,实际上是在保证。他说了声"再见",又说了声"亲爱的"。

这位帅气的年轻人挂了电话,久久地盯着手表的表盘——它现在正闪烁着微光。他似乎在计算时间。这会儿年轻女人应该回到家了,扑倒在长沙发上;这会儿她应该能止住泪水了,这会儿她应该精疲力竭了,这会儿她应该悔之不及,这会儿她心中应该重又充溢柔情。他若有所思地把听筒从插簧上拿下来,放在小桌的一端。

然后他走进客厅,在灯罩上巴黎风景画里的小窗中漏出来的纤细光线面前,加快脚步穿过黑暗。

摘自纽约某女士的日记

FROM THE DIARY OF A NEW YORK LADY

在恐惧、绝望、世界剧变的岁月里

星期一,十一点,早餐盘端上来,不想吃饭。昨晚阿莫里斯餐厅的香槟太令人厌恶了,但是你又能做什么呢?你又不能一直待到五点什么都不喝。他们让那些极出色的匈牙利音乐家身穿绿色外套,而史蒂维·亨特脱下一只鞋,用它来指挥演奏,这真是再好笑不过了。他是全世界最聪明的人,再完美不过。奥利·马丁送我回家,我们都在车里睡着了——太可笑了。大约中午,罗丝小姐来帮我修指甲,还带来了惊天大八卦。莫里斯夫妇随时都会分居;弗雷迪·沃伦肯定得了溃疡;即使杰克·伦纳德就在房间里,格蒂·伦纳德也不准比尔·克劳弗德离开她的视线;关于希拉·菲利普斯和芭布丝·迪林的一切传言都是真的。这真是再令人兴奋不过了。罗丝小姐真是了不起。我真的认为很多时候这类人比许多人都聪明。她走后我才注意到那个该死的傻瓜把讨厌的橘红色指甲油涂在我指甲上了,我气得要死。开始看书,但是太紧张。打电话,发现我可以用四十八美元买到两张今天晚上《像兔子一样奔跑》首演的票。

告诉他们：全世界都支持他们，但是你能做什么呢？想到乔说他要出去吃饭，所以拨了几个好得不得了的号码，想找人和我一起去看戏，但是都占线。终于和奥利·马丁通上话。他的风度再好不过，可就算他风度好，我又在乎什么呢？我决定不了是穿绿绸缎还是红羊毛的衣服。每次看到指甲，我都能吐出来。该死的罗丝小姐。

* * *

星期二，今天早上不到九点乔就闯进我的房间。我气得要命。开始吵架，但太累了。知道他不会回家吃饭。一整天都很冷；动不了。昨晚真是完美。奥利和我在东区三十八号吃饭，那饭菜绝对有毒，你看不到有人活着出来，因为都同归于尽了，而《像兔子一样奔跑》是世界上最糟糕的剧。带奥利去巴洛斯的派对，它棒极了——你找不到有哪个地方能聚集这么多臭烘烘的人。他们让那些匈牙利人穿绿色外套，而史蒂维·亨特拿着叉子指挥他们演奏——大家都累死了。他脖子上挂着好几码绿色的卫生纸，像个花环；他从来没这么帅过。遇到个从未见过的家伙，非常高，真神奇，是那种你能真正聊聊天的人。我告诉他，有时我会非常恶心，要叫出来，我觉得我绝对要做些事，比如写作或绘画。他问我为什么没写字或绘画。独自回家；奥利僵硬地昏倒了。给新认识的家伙打了三次电话，请他来吃晚饭，再和我一起去看《永远不要说早上好》的首映。但他先是不在家，然后说妈妈不让他出去。最后找到奥利·马丁。试着看书，但坐不住。不能决定是穿红色蕾丝还是带羽毛的粉色衣服。感觉太累了,但你又能做什么呢?

* * *

星期三,就在此时最可怕的事情发生了。我的一个手指甲突然断了。这绝对是我一生中最可怕的事情。打电话请罗丝小姐过来修整它,但她今天出去了。我真是全世界最倒霉的人。现在我必须全天带着它到处走,但你又能做什么呢?该死的罗丝小姐。昨晚太兴奋了。《永远不要说早上好》真差劲,从来没有在舞台上见过这么多讨厌的衣服。带奥利去参加巴拉兹的聚会,真是美妙。他们让那些匈牙利人穿上绿色外套,而史蒂维·亨特用一朵小苍兰指挥他们演奏——完美。他穿着佩吉·库珀的貂皮大衣,戴着菲利斯·明顿的银色头巾,简直难以置信。简单邀请几拨相当棒的人星期五晚上到这里来。从贝蒂·巴拉德那里得到穿绿外套的匈牙利乐队的地址。她说只要雇他们到四点,然后无论是谁再给他们三百块钱,他们就能待到五点。真是划算。和奥利一起动身回家,但不得不把他送到家里。他马上就要吐出来。打电话给那个新认识的家伙,想请他来吃晚饭,然后晚上和我一起去看《大家一起来》的首演。可是他脱不了身。乔要出去。当然,他没有屈尊说要去什么地方。开始读报纸,但除了莫娜·惠特利在里诺指控难以忍受的残酷行为外,报纸上什么也没有。给吉姆·惠特利打电话,问他今晚有什么事要做,但他脱不开身。最后找到奥利·马丁。我决定不了是穿白缎子、黑色雪纺还是黄色的泡泡绉我真是全世界最倒霉的人。

我不知道还有谁能遇到这种难以置信的事。

这世上有谁能遇到比这更可怕的事。

纱的衣服。我的指甲裂开了一半。真受不了。我不知道还有谁能遇到这种难以置信的事。

* * *

星期四，累到站都站不起来。昨晚太精彩了。《大家一起来》太棒了，下流得要命。新认识的家伙也在那里，像天人下凡，只是他没有看见我。他和弗洛伦斯·基勒在一起，后者穿着那件讨厌的金色伊莎夏帕丽模特服装——天知道从什么时候开始，每个女店员都有这件衣服。他一定是疯了。她连看都不看男人一眼。带着奥利去参加沃特森的聚会。好激动。大家都失去理智了。他们让那些匈牙利人穿上绿色外套，史蒂维·亨特拿着盏灯指挥他们。灯坏了之后，他和汤米·托马斯跳慢板舞——跳得太棒了。有人跟我说汤米的医生让他务必马上出城，他的胃病严重得不得了，但你永远不会知道。一个人回家，到处都找不到奥利。中午罗丝小姐来帮我修指甲，太开心了。西尔维娅·伊顿不做皮下注射就不能出门。多丽丝·梅森对道格·梅森和哈莱姆区的那个女孩所有的消息都了如指掌。什么也无法引诱伊夫琳·诺斯离开那三个杂技演员，他们也不敢告诉斯图伊维·雷蒙德他会有什么麻烦。没有谁的生活比罗丝小姐的更精彩。让她把那肮脏的橘红色指甲油去掉，再涂上深红色。直到她走后我才注意到：在电灯下它几乎成了黑色。真糟糕。该死的罗丝小姐。乔留了张纸条，说要到外面吃晚饭。于是打电话给那个新结识的家伙，请他晚上和我一起去吃晚饭，再一起去看那个新上映的电影。可他没有接电话。给他发了三封电报，请他明晚务必要来。最后找到奥利·马丁一起度过今晚。看了看报纸,上面什么也没有,只有哈利·莫特一家在星期天听着匈牙利音乐喝茶。想请新认识的家伙跟我一起去;他们一定有意邀请我。开始读书,但太累了。不能决定是穿新的蓝白相间的外套呢,还是把它留到明天晚上再穿。今天就穿那件象牙色云纹绸的衣服?每次一想到我的指甲就会心痛。气死了气死了。又不能杀了罗丝小姐,你又能做什么呢?

* * *

星期五,彻底完蛋,糟糕到底。昨晚真快活,电影简直无聊透顶。带奥利去了金斯兰的聚会,不可思议,每个人都转个不停。他们让那些匈牙利人穿着绿色外套,但史蒂维·亨特不在。他完全精神崩溃了。担心生病,担心今晚他会不舒服。如果他不来,绝对不会原谅他。和奥利动身回家,但他在家门口下了车,因为他哭得停不下来。乔给管家留了话,说他今天下午要去哪个国家过周末。他当然不会屈尊说出是哪个国家。给不少妙人儿打电话,找个人来吃饭,和我一起去《白人的讽刺剧》的首映,然后去某个地方跳会儿舞。忍不住要在自己的派对上跳第一支舞。所有人都忙得不可开交。终于找到奥利·马丁。心情糟透了。我就不该把香槟和苏格兰威士忌混在一起喝。开始读书,但定不下心。打电话给安妮·莱曼问刚出生的宝宝怎么样,但不记得是个男孩还是女孩——下周一定要找个秘书。安妮真是天才小帮手。她说不知道该给它取名叫帕特丽夏还是格洛丽亚,所以,当然了,我马上就知道那是个女孩了。

建议取名芭芭拉,但忘了她已经有个孩子叫这名字了。整天像豹一样在地板上走。可能会对史蒂维·亨特吐口水。不能决定是穿蓝白外套还是紫色底配米色玫瑰的衣服。每次看到那些令人反感的黑指甲,我都会想大叫起来。这世上有谁能遇到比这更可怕的事。该死的罗丝小姐。

台下人生

GLORY IN THE DAYTIME

默多克先生对戏剧和戏剧演员兴致缺缺，这太糟糕了，因为他们对小默多克太太有举足轻重的意义。她总是对那些为戏剧服务的自由、热情、光彩照人的天选之人怀着虔诚而激动的心情。她总是和众人一起在巨大的公共祭坛上，满怀渴望地完成敬神仪式。说真的，她还是个小丫头时，有次受爱驱使给莫德·亚当斯小姐写了封信，信的开头是"最亲爱的彼得"。她还收到过亚当斯小姐寄来的小顶针，上面刻着"来自彼得·潘的吻"。（多么幸福的一天！）还有一次，母亲在假期带她去购物，一辆豪华轿车的门打开，有个由紫貂、紫罗兰和红色发卷组成的奇迹从她身边掠过，她仿佛能听到空中有铃声叮当作响。从那以后，她一直确信自己当时离比利·伯克小姐不到一英尺[1]远。但直到她结婚大约三年后，这仍然只是她单方面与闪亮荣耀之人的接触。

1　1英尺约等于0.3米。——编者注

诺伊斯小姐是小默多克太太桥牌俱乐部的新成员,她认识一位女演员。她确实认识某位女演员,就像你我认识菜谱收藏家、花园俱乐部成员和针绣业余爱好者一样。

这位女演员的名字叫莉莉·温顿,她很有名。她身材高挑,举止舒缓,声音如银铃般悦耳,常常扮演公爵夫人、帕姆夫人或某位"莫伊拉阁下"。批评家们经常称她为"我们舞台上的那位伟大女士"。多年来,小默多克太太一直去看温顿的日场演出。她想不到有一天自己有机会能和莉莉·温顿面对面地见面,甚至比想象中更好——哎呀,就像她没想过自己能飞起来一样!

然而,诺伊斯小姐能在这富有魅力的人群中从容行走并不令人吃惊。诺伊斯小姐深不可测,是个神秘的人。她能叼着香烟说话。她总是做些费力的事情,比如设计自己的睡衣、读法国文学家普鲁斯特的书,或者用黏土塑半身像。她打得一手好桥牌。她喜欢小默多克太太,叫她"小家伙"。

"明天来喝茶怎么样,小家伙?莉莉·温顿会顺道来看看,"她在桥牌俱乐部一次难忘的会面上说,"你可能想见她。"

她轻而易举地吐出这些词句,却没有意识到它们的分量。莉莉·温顿要来喝茶。小默多克太太可能想见见她。小默多克太太在薄暮中走回家,天上的星星在歌唱。

她到家时,默多克先生已经回来了。只要看一眼就知道,那天晚上他头顶没有星星在唱歌。他坐在那里对着报纸的财经版,心里充满愁苦。现在不是向他高兴地大叫,告诉他诺伊斯小姐即将殷勤款待自己的好时机,也不太可能得到感同身受的赞叹。默多克先生不喜欢诺伊斯小姐。追问之下,他回答说自己就是不喜欢她。偶尔他会用某种可能会博得一定赞赏的口气加上一句,说那类女人让他恶心。通常小默多克太太跟他谈起桥牌俱乐部有节制的活动时,总会留心避开诺伊斯小姐的名字。她发现这会使夜晚过得更愉快。可是现在,她被激情的旋涡搅昏了头脑。她顾不上吻他,就开始讲自己的故事。"哦,吉姆,"她喊道,"噢,你觉得怎么样?哈莉·诺伊斯约我明天去喝茶,去见莉莉·温顿!"

"莉莉·温顿是谁?"他说。

"啊,吉姆,"她说,"啊,真是的,吉姆。谁是莉莉·温顿!我想你还不如问葛丽泰·嘉宝是谁。"

"她是演员还是做什么的?"他说。

小默多克太太的肩膀耷拉下来。"是的,吉姆,"她说,"是的。莉莉·温顿是个演员。"

她拿起手提袋,慢慢向门口走去。但还没走三步,她又被卷入欣喜的旋涡。她转向他,眼睛闪闪发亮。

"老实说,这会是你这辈子听到的最有趣的事。我们刚打完最后一圈牌——哦,我忘了告诉你,我赢了三美元,是不是件好事?——哈莉·诺伊斯对我说:'明天来喝茶吧。莉莉·温顿顺便要来。'她就是这么说的。就像说到的是随便什么人一样。"

"要顺便过来?"他说,"一个人怎么能顺便过来呢?"

"说实话,我忘了她问我的时候我是怎么说的。"小默多克太太说,"我想我说的是很乐意——也可能说的是我必须来。我就是这么坦白——嗯,你知道我一定是这么说的。我就是这么坦白——哎呀,你知道莉莉·温顿在我心里的地位。哎呀,当我还是个小女孩的时候,我就经常收集她的照片。我看过她演的,哦,她演过的所有戏。我还读过关于她的每一篇文章还有采访。真的,真的,当我想到要见到她时——哦,我真会死的。我到底该对她说什么呢?"

"你可以问问她想不想顺便离开。"默多克先生说。

"好吧,吉姆,"小默多克太太说,"随你吧。"

她疲惫不堪地走向门口,这次她走到门口才转身朝向他。她的眼睛里不再有光。

"这——这可真的不太好,"她说,"这样扫别人的兴。因为这事我很高兴。你不知道我与莉莉·温顿见面意味着什么。认识这样的人,看看她们是什么样的,听听她们说什么,也许还能跟她们变得更熟悉——好吧,这样的人对我来说意味着截然不同的生活。她们和我不是同路人。她们不像我。我曾见过谁?我曾听过什么故事?我这辈子都盼着知道——我之前几乎要祈祷哪天能见到——唉。算了,吉姆。"

她走出去,回到自己的卧室。

默多克先生只好与报纸和对公司的怨恨为伍。

"'顺便要来'!"他说,"'顺便要来',看在上帝的分上!"

默多克夫妇一同吃晚餐时,并不是无言,而是寂静。默多克先生的安静中有窘迫的成分,而小默多克太太则是那种置身于梦境中的甜蜜安静。她已经忘记了自己对丈夫讲的那些厌倦的话。她已经度过了激动和失望的阶段。她美美地徜徉在天真无邪的幻想中,幻想着后天的一切。她听到了未来某天自己正同人聊天……

真的,真的,当我想到要见到她时——哦,我真会死的。
我到底该对她说什么呢?

几天前我在哈莉家见到了莉莉·温顿,她告诉我关于新剧本的一切——不,我,非常抱歉,这是个秘密,我答应过她,不把剧本的名字告诉任何人……莉莉·温顿昨天顺便来喝茶,我们刚开始聊天,她就跟我分享了她生活中最有趣的事情,还说从未想过要把它们告诉别人……哎呀,我很想去,但我答应和莉莉·温顿一起吃午饭……我收到一封莉莉·温顿的长信……莉莉·温顿今天早上打电话给我……每当我感到沮丧的时候,我就去和莉莉·温顿谈谈,然后我就又好起来了……莉莉·温顿告诉我……莉莉·温顿和我……我对莉莉说……

第二天早上,默多克先生在小默多克太太起床之前就去了办公室。这种事以前有过几次,但不常发生。小默多克太太觉得有点奇怪。然后她对自己说,这样也好。随后她就把这事抛到脑后,一心只想挑选一件配得上下午那个大场合的衣服。她深深地感到她的小衣橱里没有哪件衣服适合这种场合,当然,这也是因为她以前从没遇到过这种场合。她最后选了件深蓝色哔叽连衣裙,裙子颈口和手腕处都镶着白色平纹细布。这是她的风格,她对它的评价最多如此,蓝色哔叽和白色小褶边——那就是她。

这件衣服与她十分相配,这让她情绪十分低落。一个无名小卒穿着无名小卒的连衣裙。她回想起头天晚上编织的梦,回想起与莉莉·温顿亲密平等相处的疯狂幻想。她的脸涨得通红,浑身发热。羞怯使她的心化成了水,她想给诺伊斯小姐打个电话,说自己得了重感冒,不能去了。但琢磨下午茶时间该如何表现时,她逐渐镇定下来。她什么也不想说。如果她保持沉默,就不会显得愚蠢。她会倾听、观察、崇拜，然后回家，她一生都会以这一小时为傲，她要在这一小时里表现得更强大、更勇敢、更优秀。

诺伊斯小姐的起居室是早期现代风格。有许多斜线和锐角，铝制尖锐锯齿形线条和水平延伸的镜面。配色方案是锯屑和钢的颜色。没有一个座位高出地面超过十二英寸，没有一张桌子是木头做的。正如人们所说，如果地方再大一点，十分值得去参观一下。

小默多克太太是第一个到的。她为此感到很高兴。不，也许在莉莉·温顿之后到会更好。不，也许这样才是对的。女仆带她到客厅去，诺伊斯小姐以特有的冷静声调和温暖话语向她打招呼。

她穿着黑丝绒裤子和白丝绸衬衫，系着红腰带，领口敞开。一根香烟黏在她的下唇上。她习惯性地眯着眼睛避开烟雾。

"进来，快进来，小家伙，"她说，"上帝保佑。脱掉小外套。天哪，你穿那件衣服看上去才十一岁。坐吧，坐在我旁边。马上就能喝茶了。"

小默多克太太坐在那张巨大低矮的长沙发上。她一直不知道该如何倚在靠垫中，所以把背挺得笔直。她和女主人之间的距离还能容纳六个身材跟她差不多的人。诺伊斯小姐躺下来望着她，脚踝搁在另一条腿的膝盖上。

"我累惨了，"诺伊斯小姐说道，"我整晚都在疯狂地做雕塑。它夺走了我的一切。我就像是被妖法迷住了一样。"

"哦，做的是什么？"小默多克太太喊道。

"哦，是夏娃，"诺伊斯小姐说，"我总是做夏娃。还能做什么？有空你得过来当模特摆个姿势，小家伙。你当模特一定很棒。

是——的，你会很棒的。我的小家伙。"

"哎呀，我——"小默多克太太停了下来，"不过还是非常感谢你。"

"我想知道莉莉在哪儿，"诺伊斯小姐说，"她说会早点来的——好吧，她总是这么说。你会喜欢她的，小家伙。她真的很少见。她是个真实的人。她经历过地狱般的痛苦。天哪，那段时间可真够她受的！"

"啊，出什么事了？"小默多克太太说。

"男人呗，"诺伊斯小姐说，"男人。她的男人都是卑鄙的家伙。"她沮丧地盯着那双漆皮平跟轻便鞋的鞋尖。"一群卑鄙之徒，总是如此。所有人都是。遇到一个小荡妇就跟着跑，把莉莉甩掉。"

"可是——"小默多克太太说。不，她想必是听错了。怎么可能？莉莉·温顿是伟大的女演员。伟大的女演员意味着浪漫。浪漫意味着鬓角花白的大公、王储和外交官，还有他们瘦削劲健、皮肤晒成古铜色的年轻鲁莽的子侄；意味着珍珠、绿宝石、青紫兰兔毛和红宝石——红得像人们为它们而流的血；意味着脸色阴沉的男孩独坐在可怕的印度午夜，在印度布屏风扇沉闷的呼呼声中，给只见过一次的女士写信倾吐可怜的心声，随后转头去看桌上手边的那支佩枪；意味着有位受贵族赏识的诗人，他的尸体脸朝下漂浮在海中，口袋里装着写给那位如象牙雕像般美丽女士的最后一首伟大的十四行诗；它还意味着勇敢帅气的男人，为这位苍白的艺术之新娘而生，也为她而死。这位新娘不过因为同情他们才会心软，才会目光柔和。

一群卑鄙之徒。跟在小荡妇后面谄媚奉承。小默多克太太马上对这群人有了朦胧的印象：不过是一群蚂蚁。

"可是——"小默多克太太说。

"她把所有的钱都给了他们，"诺伊斯小姐说，"她总是这样。就算她不给，他们也会把钱拿走的。一分钱都不会给她留下，然后还会朝她脸上啐一口。唉，也许我现在该教她聪明些。噢，门铃响了——莉莉来了。不，坐吧，小家伙。就坐那儿。"

诺伊斯小姐站起身来，走向隔开客厅和门厅的那道拱门。她经过小默多克太太身边时突然弯下身子，捧起她的圆下巴，蜻蜓点水般吻了她的嘴。

"别告诉莉莉。"她低声说。

小默多克太太糊涂了。别告诉莉莉什么？哈莉·诺伊斯该不会认为自己会把莉莉·温顿这些奇怪私事说漏嘴吧？或者她的意思是——但是她没时间去思考了。莉莉·温顿就站在拱门前。她站在那里，一只手搭在木脚线上，身体靠过去，就像站在上场口，马上要出演她最新戏剧的第三幕一样。她这样站了有半分钟之久。

无论在哪里，你都会认出她的，小默多克太太想。哦，是的，任何地方。或者至少你会惊呼："那个女人长得有点像莉莉·温顿。"因为在自然光线中，她多少同在舞台上不一样。她的身材看上去更粗重，而且她的脸——她脸上的赘肉从强壮精美的骨骼上耷拉下来。还有她的眼睛，那著名的清澈黑眼睛。是的，它们是黑色的，而且很清澈。但它们嵌在层叠的眼袋中，看上去像被固定住了，但实际上周围的空间很宽松，因此转动起来毫无阻碍。虹膜周围能看见眼白上细小的猩红色静脉。

"我想舞台上的脚灯对她们的眼睛是可怕的折磨。"小默多克太太想。

莉莉·温顿果然穿着黑缎子和貂皮大衣,长长的白手套在手腕处随意皱起来。不过手套褶里有一道道细细的尘垢,华丽长袍上有形状不规则的、仿佛补丁的污迹。食物或饮料的残渣——或者两者兼而有之——想必曾从袍子上滑下,在途中找到了临时避难所。她的帽子——哦,她的帽子是浪漫和神秘的化身,是奇怪而甜蜜的悲伤。它是莉莉·温顿的帽子,除了她世上没人敢戴。它是黑色的,斜在一边,一根柔软的大羽毛从上面垂下来拂过她的面颊,蜷曲着横过喉咙。帽子下面的头发疏于打理,呈现深浅不一的黄铜色。但是,哦,她的帽子。

"亲爱的!"诺伊斯小姐叫道。

"天使,"莉莉·温顿说,"我的甜心。"

就是那个声音。就是那个深沉、柔和、洪亮的声音,"就像紫色天鹅绒",有人曾如此写道。小默多克太太的心怦怦直跳。

莉莉·温顿扑到女主人高耸的胸脯上喃喃低语。她越过诺伊斯小姐的肩膀看见了小默多克太太。

"这是谁?"她挣脱出来问到。

"那是我的小家伙,"诺伊斯小姐说,"小默多克太太。"

"多聪明的一张小脸啊,"莉莉·温顿说,"聪明、聪明的小脸。她是做什么的,亲爱的哈莉?我敢说她是作家,对吗?是的,我能感觉到。她能写出非常优秀、出色的文章。不是吗,孩子?"

"哦,不,真的,我——"小默多克太太说。

"你必须给我写个剧本,"莉莉·温顿说,"一出出色的好戏。我会在里面表演,一遍又一遍地表演,直到我变成非常非常老的女人,直到我死去。但我永远不会被忘记,因为我在你那出色的好戏里表演了很多年。"

她穿过房间,脚步犹疑,似乎有点心神不定。她要坐到椅子上时,她的身体好像往右边歪了两英寸。但是她及时恢复平衡,保持了仪态。

"写作,"她对小默多克太太苦笑着说,"写作,这么小的一件事,却换来这么大的礼物。哦,它带来光荣,也带来了痛苦。痛苦。"

"可是您瞧,我——"小默多克太太说。

"小家伙不会写文章,莉莉,"诺伊斯小姐倒在长沙发上,"她是博物馆的镇馆之宝,一位忠诚的太太。"

"太太!"莉莉·温顿说,"太太。你没离过婚吗,孩子?"

"哦,没有。"小默多克太太说。

"真甜蜜,"莉莉·温顿说,"真甜蜜、甜蜜、甜蜜。告诉我,孩子,你非常非常爱他吗?"

"哎呀,我——"小默多克太太红着脸说,"我结婚很多年了。"

"你爱他,"莉莉·温顿说,"你爱他。和他上床睡觉也很甜蜜吗?"

"哦——"默多克太太的脸越来越红,直到疼起来。

"第一次婚姻,"莉莉·温顿说,"青春,青春。是的,我像你这么大的时候也结过婚。噢,珍惜你的爱吧,孩子,保护它,生活在爱中吧。在你爱人的爱里欢笑跳跃。直到你发现他的真实面目。"

她似乎突然受到重重一击,肩膀猛地前倾、鼓起双颊、眼珠差点瞪出眼眶。她这样坐了一会儿,然后慢慢地平静下来,靠回椅背,轻轻地拍着胸口。她伤心地摇了摇头,用悲伤的眼神看着小默多克太太。

"胃病,"莉莉·温顿用那著名的声音说,"是胃病。没人知道它给我造成多大痛苦。"

"哦,对不起,"小默多克太太说,"有什么——"

"没什么,"莉莉·温顿说,"没什么。我们对此无能为力。能看的医生我都看过了。"

"喝杯茶怎么样?"诺伊斯小姐说,"你可能会好些。"她把脸转向拱门,提高嗓门:"玛丽!怎么还不上茶!"

"你不知道,"莉莉·温顿说,悲伤的眼睛盯着小默多克太太,"你不知道什么是胃病。除非你自己也患有胃病,否则你永远也不会知道。我已经得胃病很多年了。年复一年,年复一年。"

"我很遗憾。"小默多克太太说。

"没人知道这种痛苦,"莉莉·温顿说,"痛苦。"

女仆端着个三角形的托盘出现了。托盘上放着明亮的六角形白瓷茶具,尺寸大得夸张。她把托盘放在诺伊斯小姐伸手可及的桌子上,就像来时一样害羞地退了出去。

"可爱的哈莉,"莉莉·温顿说,"我的甜心。茶——我喜欢茶。我很爱它。但我的胃病,喝下它,它在我的身体里就变成了苦艾。苦艾草,一连好几小时我都会不得安宁。我把茶换成你那可爱的、可爱的白兰地吧。"

"你真的觉得能喝吗,亲爱的?"诺伊斯小姐说,"你知道——"

"我的天使,"莉莉·温顿说,"这是唯一能治疗胃酸过多的东西。"

"好吧,"诺伊斯小姐说,"但别忘了你今晚还有场演出。"她又朝拱门大喊:"玛丽!拿白兰地来,再多拿点苏打水、冰和其他东西。"

"哦,不,我的圣人,"莉莉·温顿说,"不,不,亲爱的哈莉。苏打水和冰对我来说是毒药。你想把我可怜虚弱的胃冻起来吗?你想杀死可怜的莉莉吗?"

"玛丽!"诺伊斯小姐吼道,"拿白兰地和一只杯子来就好。"她转向小默多克太太:"你的茶里要加什么,小家伙?奶油?柠檬?"

"奶油,劳驾,"小默多克太太说,"如果可以的话,请给我来两块糖。"

"哦,青春,青春,"莉莉·温顿说,"青春和爱。"

女仆端个八角形托盘回来了,托盘上放着瓶白兰地和一只矮且重的大玻璃杯。她因一时缺乏自信而把头扭过去。

"给我倒酒吧,好吗,亲爱的?"莉莉·温顿说,"谢谢。把漂亮的、漂亮的酒瓶放在这张迷人的小桌子上。谢谢你!你对我真好。"

女仆匆匆退下。莉莉·温顿靠在椅背上,戴着手套,手里拿着那只装满酒的大而矮的玻璃杯。小默多克太太垂下眼睛看着茶杯，小心翼翼地把它凑到嘴边，抿了一口，又把茶杯放到茶碟上。她抬起眼睛时，看到莉莉·温顿靠在椅背上，戴着手套，手里拿着那只装满酒的、大而矮的透明玻璃杯。

"我的生活，"莉莉·温顿慢慢地说，"一团糟。十分糟糕。过去一直如此，将来也会如此。直到我变得非常、非常老。啊，聪明的小脸，你们这些作家不知道什么是苦苦挣扎。"

"可我真的不是——"小默多克太太说。

"写作，"莉莉·温顿说，"写作。以美好的方式把某个词放在另一个词旁边。它有特权。那个受到祝福的词，被以美好的方式放在另一个词旁边。那是它的特权。它的安宁受到上帝祝福。哦，为了安静，为了休息。但你认为那些卑鄙的浑蛋会在这部剧还能挣到五分钱时就停止它上演吗？哦，不。虽然我很累，还生了病，但我必须坚持下去。哦，孩子，孩子，保护好你珍贵的礼物。感谢它。这是最伟大的事情，也是唯一的事情。写作。"

"亲爱的，我告诉过你，小家伙不会写作，"诺伊斯小姐说，"说点更有意义的话吧。她是位妻子。"

"啊，是的，她告诉我。她告诉过我，说她拥有一段充满激情的完美爱情，"莉莉·温顿说，"年轻人的爱。这是最伟大的事。除了这个没有别的。"她抓住了酒瓶。那只矮胖的玻璃杯又一次全身变成棕色。

"你今天什么时候开始喝酒的，亲爱的？"诺伊斯小姐说。

"哦，别责备我了，亲爱的，"莉莉·温顿说，"莉莉没淘气。

她一点也不淘气。我一直到很晚才起床,很晚很晚。虽然我很渴,虽然我很热,但我直到早餐后才喝了一杯。'敬哈莉。'我当时说。"

她把杯子举到嘴边,倾斜一下又拿开——杯子又变成透明的了。

"天哪,莉莉,"诺伊斯小姐说,"注意点。今晚你得上台,我的姑娘。"

"这世界就是舞台,"莉莉·温顿说,"所有的男女不过是演员。他们上场又下场,每个人在台上都要扮演许多角色,他的表演分为七个阶段。首先是婴儿,哭叫着,还要呕吐——"

"这部戏演得怎么样?"诺伊斯小姐说。

"噢,讨厌,"莉莉·温顿说,"讨厌、讨厌、讨厌。但什么不讨厌呢?在这个可怕的世界上,什么不讨厌呢?回答我的问题?在这个可怕、可怕的世界上,有什么不讨厌呢?回答我。"她伸手去拿酒瓶。

"莉莉,听着,"诺伊斯小姐说,"别喝了。你听到了吗?"

"求求你,亲爱的哈莉,"莉莉·温顿说,"求你了。可怜的、可怜的莉莉。"

"你想让我再来一回吗?上次我就只能那么做。"诺伊斯小姐说,"你想让我就在这个小家伙面前给你一下吗?"

莉莉·温顿挺直身体。"你不知道,"她冷冰冰地说,"胃酸是什么。"她斟满杯子拿在手里,透过它看出去,仿佛它是一副夹鼻眼镜。她突然改变态度,抬起头来朝小默多克太太微笑。

"你一定得让我读它,"她说,"你不必这么谦虚。"

"读？"小默多克太太说。

"你的剧本，"莉莉·温顿说，"你的剧本真美、真美。别以为我很忙。我总是有时间。我有时间做所有事。噢，天哪，我明天得去看牙医。噢，我的牙齿让我受的罪啊。看！"她放下杯子，把戴着手套的食指塞进嘴里，把嘴角扯到一边。"啊——"她坚持说，"啊——"

小默多克太太害羞地抻长脖子，瞥见闪光的金牙。

"哦，真遗憾。"她说。

"这酒丝杭次卡阿呃的耶哥。"莉莉·温顿说。她收回食指，让嘴恢复原形。"这就是上次看牙医的结果，"她重复道，"这很痛苦。痛苦啊。你的牙齿疼吗，聪明的小脸蛋？"

"哎呀，恐怕我太幸运了，"小默多克太太说，"我——"

"你不知道，"莉莉·温顿说，"没人知道什么是痛苦。你们这些作家——你不知道。"她拿起杯子，叹口气，把酒喝光了。

"唉，"诺伊斯小姐说，"继续吧，昏倒吧，然后，亲爱的，你在开演前还有时间睡一会儿。"

"睡觉，"莉莉·温顿说，"睡觉，偶然入梦。是它的特权。噢，哈莉，亲爱的、亲爱的哈莉，可怜的莉莉感觉糟透了，帮我揉揉头，小天使，帮帮我。"

"我去拿古龙水。"诺伊斯小姐说。她离开房间，从小默多克太太身边走过时轻轻拍拍她的膝盖。莉莉·温顿坐在椅子上，闭上那双著名的眼睛。

"睡觉，"她说，"睡觉，偶然入梦。"

"我恐怕,"小默多克太太开口说,"我恐怕真的得回家了。我恐怕没意识到已经这么晚了。"

"是的,去吧,孩子,"莉莉·温顿没有睁开眼睛,"去找他吧。去找他吧,住在他心里,爱他。永远和他在一起。可当他把她们带回家时——走吧。"

"我恐怕——恐怕我不太明白。"小默多克太太说。

"当他开始带漂亮女人回家时,"莉莉·温顿说,"你一定要保持骄傲。你必须离开。我总是这样。但总是走得太晚。他们得到了我所有的钱。不管你嫁不嫁给他们,他们只想要钱。他们说这是爱,但事实并非如此。爱是唯一的东西。珍惜你的爱,孩子。回到他身边吧。跟他上床。这是唯一的事。还有你出色、优美的剧本。"

"哦,亲爱的,"小默多克太太说,"我——恐怕真的太晚了。"

莉莉·温顿躺在椅子里,只能听见她有节奏的呼吸声。紫色天鹅绒般的声音不再在空中飘荡。

小默多克太太蹑手蹑脚地走到放大衣的椅子那儿。她小心翼翼地抚平白色细布褶边,这样穿上外套时它们就不会被压皱。看着自己的连衣裙,她心中涌起一股柔情。她想保护它。蓝哔叽布和小褶边——它们是她的。

她在诺伊斯小姐公寓的外门停了一会儿,她的教养敦促她勇敢地朝诺伊斯小姐的卧室走去。

"再见,诺伊斯小姐,"她说,"我得赶快回去了。我没想到已经这么晚了。我玩得很开心——非常感谢。"

"哦,再见,小家伙,"诺伊斯小姐叫道,"对不起,莉莉就是那样。别介意——她是个真性情的人。我会给你打电话,小家伙。我想见你。那该死的古龙水在哪儿?"

"非常感谢。"小默多克太太说。她离开了公寓。

小默多克太太穿过凝聚成一团的黑暗走回家。她脑子里乱成一团,但没想着莉莉·温顿。她想着吉姆。早上她还没起床吉姆就去上班了。吉姆,那天早上她还没起床。吉姆,她还没跟他吻别呢。亲爱的吉姆。他生来就是最独特的人,没有人跟他一样。有趣的吉姆,僵硬、暴躁、沉默,但这只是因为他是那么见多识广。只是因为他知道,在远方寻找魅力、美丽和浪漫无异于缘木求鱼。当他们一直待在家里时,就像那只青鸟[1]的故事,小默多克太太想。

亲爱的吉姆。小默多克太太转身走进一家大商店,那里以昂贵的价格出售最精美稀有的食品。吉姆喜欢红鱼子酱。小默多克太太买了一罐又亮又黏的鱼子。那天晚上他们会喝鸡尾酒,虽说没有客人来访,但红鱼子酱将成为他们的惊喜。这将是一次小型秘密派对,庆祝吉姆重新使她心满意足。它也将纪念她快乐地与世上一切光荣一刀两断。她还买了一大块进口奶酪。她需要它给晚餐带来某种情趣。那天早晨,小默多克太太曾心不在焉地吩咐晚餐。"噢,吃什么都行,西格娜。"当时她对女仆说。她不愿去想这事。她带着包裹回家了。

她到家时,默多克先生已经回来了。他坐在那里,把报纸翻到财经版。小默多克太太跑向他,双眼发光。糟糕的是:眼睛里的光

---

[1] 西方文化里幸福的象征,旨在说明幸福就在自己身边。

不过是光，你不能看一下就明白光源何在——是看见你时的兴奋，还是别的什么东西。头天晚上，小默多克太太就曾这样双眼放光地跑到默多克先生面前。

"哦，你好，"他又去看报纸，眼睛一直盯着它，"今天做什么了？有没有顺便去汉克·诺伊斯家？"

小默多克太太停在原地。

"你很清楚的，吉姆，"她说，"哈莉·诺伊斯的名字叫哈莉。"

"对我来说是汉克，"他说，"汉克或比尔。不管她叫什么名字，她出现了吗？我指的是'顺便'来访了吗？不好意思。"

"你指的是谁？"小默多克太太的态度堪称完美。

"就那个——叫什么来的？"默多克先生说，"那电影明星。"

"如果你是说莉莉·温顿，"小默多克太太说，"她不是电影明星。她是个演员。她是个伟大的演员。"

"她'顺便'来了吗？"他说。

小默多克太太的肩膀耷拉下来。"是的，"她说，"是的，她来了，吉姆。"

"我想你现在要当演员了。"他说。

"啊，吉姆，"小默多克太太说，"啊，吉姆，拜托。我今天去了哈莉·诺伊斯家，一点也不遗憾。见到莉莉·温顿真是——真是值得纪念的经历。这事我一辈子都忘不了。"

"她做了什么？"默多克说，"把自己倒吊起来吗？"

"她没做过这种事！"小默多克太太说，"如果你想知道的话，她背诵了莎士比亚的作品。"

"哦，天哪，"默多克先生说，"那一定很棒。"

"好吧，吉姆，"默多克太太说，"随你说吧。"

她疲倦地离开房间，下楼到厅里，在食品储藏室门前停下推开门，对那个可爱的小女佣说话。

"哦，西格娜，"她说，"哦，晚上好，西格娜。给这些东西找个地方放，好吗？我在回家的路上买的。我想可能会有机会吃吧。"

小默多克太太疲倦地沿着走廊向卧室走去。

我们结婚了

HERE WE ARE

    穿崭新蓝西装的年轻人终于设法把闪亮的行李箱挤进了卧铺车厢的小角落里。火车逢弯道跳跃,走直道颠簸,因此保持身体平衡也成为值得称道的成就,然而这种成就也不是每次都能达成的。年轻人全神贯注地对行李箱又推又提、又塞又挪。

    但就两个手提箱和一个帽盒来说,花八分钟才把它们安置好也算是很久了。

    他坐下来,向后靠在绿色长毛绒椅子靠背上,对面坐着个穿米色衣服的女孩。她看起来焕然一新,像剥了皮的鸡蛋一样。她的帽子、皮衣、连衣裙和手套光滑而挺括,明显都是新上身的。在一只米色皮鞋薄而滑的鞋底弓起处粘着一小块长方形白纸,上面印着那只拖鞋及其另一个同伴的定价,还有出售它们的店名。

    她一直全神贯注地望着窗外,研读着窗外饱经风霜的大广告牌,大肆宣扬无骨鳕鱼和任何铁锈都无法腐蚀的隔板。年轻人坐下时,她礼貌地自窗户那边转过身来,迎着他的目光,似有若无地露出笑脸,盯着他右肩上方的某个地方。

"好吧!"年轻人说。

"唔!"她说。

"哎呀,我们结婚了。"他说。

"我们结婚了,不是吗?"

"我同意,我们结婚了。"

"哎呀!"她说。

"哎呀!"他说,"呃。作为已婚的年长女士,你感觉怎样?"

"哦,现在问我还为时过早,至少——我的意思是。呃,我的意思是,天哪,我们结婚才三小时,不是吗?"

年轻人仔细研究手表,好像刚学会看表一样。

"我们已经结婚——"他说,"准确地说,是两小时二十六分钟。"

"我的天哪,"她说,"我觉得好像比这要久。"

"不,"他说,"现在还不到六点半呢。"

"我还以为会更晚些,"她说,"我想是因为天黑得太早了。"

"确实如此,"他说,"从现在起就是昼短夜长了。我的意思是。我的意思是——好吧,天会黑得越来越早。"

"我根本不知道现在几点了,"她说,"一切都乱套了,我有点搞不清楚自己在哪里,也不知道所有这些是怎么回事。从教堂回来,然后看到大家都在那里,然后换掉我所有衣服,然后每个人都扔东西。天哪,我真搞不清人们怎么能每天都做这事。"

"做什么?"他问。

"结婚呀,"她说,"你想想全世界的所有人,结起婚来若无其事。中国人啊,其他国家的人啊,就好像结婚是再小不过的小事一样。"

"哎呀,我们管不着全世界的人,"他说,"我们别管中国人的事了。我们有更好的事情要考虑。我的意思是。我的意思是——好吧,他们跟我们有什么关系呢?"

"我知道,"她说,"但我只是不由自主地往他们身上想,所有地方的人,每时每刻都在结婚。至少,我的意思是——结婚,你知道的。而且它——呃,从某种意义上来说是件大事,会让你觉得很奇怪。你想到他们,想到他们所有人轻轻松松就结婚了。他们怎么知道结婚后会发生什么事呢?"

"让他们自己去操心吧,"他说,"我们没有必要替他们担心。我们非常清楚接下来会发生什么。我的意思是。我是说——呃,我们都知道婚后生活会很棒的。哎呀,我们知道自己会幸福的,对不对?"

"哦,当然,"她说,"只是,你一想到那些人,脑子就会不受控制地一路想下去。你会觉得好笑。很多人结了婚,但婚后并不幸福。我想他们婚前也一定都对婚后的幸福生活充满信心。"

"行了行了,"他说,"我们刚开始度蜜月,不要总想着这些。看看我们——结婚了,事事顺利。我的意思是。比如说,婚礼都圆满结束了。"

"啊,婚礼很成功,对不对?"她说,"你真的喜欢我的面纱吗?"

"你当时看上去真漂亮，真漂亮。"

"哦，我开心坏了，"她说，"伊利和路易丝看上去很可爱，不是吗？我特别高兴，因为她们最终决定穿粉色的伴娘服。她们看起来非常可爱。"

"听着，"他说，"我想告诉你一件事。当我站在那座古老的教堂里等你过来时，我看到了那两个伴娘，我暗自想：'哟，我从来不知道路易丝能这么好看！'哎呀，她会让所有人都大跌眼镜的。"

"哦，真的吗？"她说，"有趣。当然大家都认为她的裙子和帽子很可爱，但有不少人似乎认为她有点憔悴。最近人们经常这么说。我说他们这样背后讲她真是太刻薄了。我让他们别忘了路易丝已经不年轻，有那种状态是很正常的。虽说路易丝愿意说自己是二十三岁，可实际她已经快二十七岁了。"

"哎呀，可她在婚礼上的确光彩照人，"他说，"天哪！"

"我真高兴你能这么想，"她说，"我高兴得不得了。你觉得伊利看起来怎样？"

"哎呀，老实说我一眼都没看她。"他说。

"哦，真的吗？"她说，"哎呀，我真觉得太糟了。虽说我不该偏心地夸自己妹妹，但是我从没见过谁能像今天的伊利这么漂亮。而且她总是那么贴心，那么无私。但你甚至都没看她。你从来没注意过伊利。别以为我没看到。这让我心情很不好。你不喜欢我妹妹，我很难过。"

"我真的很喜欢她！"他说，"我非常爱伊利。我觉得她是个很棒的孩子。"

"你喜不喜欢她无所谓!"她说,"迷上伊利的人多了。你喜不喜欢对她来说没什么大不了。别自以为她会在乎!唯一的问题是,你不喜欢她会让我难过。我一直在想,我们度蜜月回来后住进公寓,你却不想让我亲妹妹来家里看我。你永远不会想让我的家人过来,这太冷酷无情了。我知道你怎么想我家里人。别以为我没看出来。但如果你不想见他们,那就是你的损失。不是他们的损失。别自以为了不起!"

"哦,得了吧!"他说,"说我不想让你的家人过来,这从何说起?哎呀,你知道你家里人在我心里的地位。我认为你家老太太——我认为你妈妈很了不起。伊利和你爸爸也是。你为什么会说这种话?"

"嗯,我已经看出来了,"她说,"别当我傻。很多人结婚时认为未来会一帆风顺,结果因为不喜欢对方家人而分手。别哄我了!这种情况我见得多了。"

"亲爱的,"他说,"到底怎么回事?你这么气冲冲的到底因为什么?嗨,看哪,我们在度蜜月。你为什么要跟我吵架?啊,我猜你有点紧张吧。"

"我?"她说,"我有什么好紧张的?我是说,天哪,我不紧张。"

"你知道,我的意思是,有人说女孩一般会因为胡思乱想而紧张。我是说——好吧,就像你说的,现在所有事都乱成一团。但之后一切都会好起来的。我的意思是。我是说——好吧,听着,亲爱的,你看起来不太舒服。把帽子摘下来好不好?我们永远别吵架,永远别吵。好不好?"

"啊,抱歉我发脾气了,"她说,"真是可笑。先是一切都乱了套,接着我想到全世界的人,然后想到要远离这里,只有你陪伴。这跟我之前的生活完全不同。这对我来说是件大事。你不会因为这些想法怪我,对吗?是的,我们永远、永远别吵架。我们不会像其他人一样。我们不会打架,不会互相厌恶,或者有其他糟心事。对吗?"

"我们绝对不会,我可以用生命打赌。"他说。

"我要把这顶该死的旧帽子摘下来,"她说,"它有点箍得慌。帮我把它挂在架子上好吗,亲爱的?你喜欢它吗,甜心?"

"你戴着它时,它很好看。"他说。

"不,我的意思是,你真的喜欢它吗?"

"好吧,这么说吧,我知道这是新款或者类似的什么款,可能很棒。但我对时尚一无所知。但我喜欢你戴过的那顶蓝帽子。哎呀,我喜欢那顶帽子。"

"哦,真的吗?"她说,"嗯,很好,你真体贴。我坐火车离开家人和一切时,你说的第一件事就是不喜欢我的帽子。你对妻子说的第一件事就是你认为她挑帽子的品位很差。真好,不是吗?"

"别说了,亲爱的,我从来没有说过那样的话。我只是说——"

"你好像还不知道,这顶帽子要二十二美元。二十二美元。而那个你喜欢的可怕蓝色旧玩意儿只值三美元九十五美分。"

"我根本不在乎价格,"他说,"我只是说——我说喜欢那顶蓝帽子。我对帽子一无所知。一旦我看习惯你这顶帽子,我也会喜欢它的。只是它不太像你其他的帽子。我不懂流行款。我怎么会了解女人的帽子呢?"

"太糟了,"她说,"你没能娶个跟你对帽子品位相同的女人。就那种三美元九十五美分的玩意儿!你为什么不娶路易丝?你总认为她很漂亮。你会喜欢她选帽子的品位。你为什么不娶她呢?"

"啊,行了,亲爱的,看在上帝的分上!"

"你为什么不娶她呢?自从我们上了车你就一直谈论她。我坐在这儿等了又等,只听到你说路易丝有多令人惊艳。这不错,把我独自一人带到这里,然后当着我的面倾吐对路易丝的爱慕之情。你为什么不向她求婚呢?我肯定她能抓住这个机会。她的求婚者可没那么多。你没娶她真是太遗憾了。我相信你本可以更幸福的。"

"听着,宝贝,要这么说,那你怎么不嫁给乔·布鲁克斯呢?你要是嫁给他,他会把你想要的所有值二十二美元的帽子都买给你的!"

"哎呀,我不确定自己有没有后悔。听着!乔·布鲁克斯不会等到我孤立无援时再来嘲笑我的品位。乔·布鲁克斯永远不会伤害我的感情。乔·布鲁克斯一直喜欢我。我把话放这儿!"

"是,他喜欢你。他太喜欢你了,喜欢到连结婚礼物都没送。他就是这样喜欢你的。"

"我碰巧知道他出差了,他一回来就会把我想要的任何东西送给我,让我装饰那套公寓。"

"听着,我不想在我们的公寓里看到他送的任何东西。他要是给你,我就把它扔出窗外。我就要这样对待乔·布鲁克斯。话说回来，你怎么知道他现在在哪里、做什么呢？他一直在给你写信吗？"

"我的朋友可以和我通信，我从没听说过这犯法。"

"哎呀，我想今后他们不能再写了！"他说，"你觉得呢？我可不会让一个穷光蛋旅行推销员老是给我妻子写信！"

"乔·布鲁克斯可不是穷光蛋旅行推销员！他不是！他挣得很多。"

"哦，是吗？你听谁说的？"

"他亲口告诉我的。"

"哦，他亲口告诉你的。我明白了。这是他亲口告诉你的。"

"你完全有权利谈论乔·布鲁克斯，"她说，"你和你的朋友路易丝都有权谈论他。你的话题总离不开她。"

"啊，看在上帝的分上！我跟路易丝有什么关系？我还以为她是你朋友呢，就是这样。因为你我才注意到她。"

"哎呀，今天你当然会盯着她，就在我们结婚当天！你说自己站在教堂里时一直在想她。就在祭坛上。哦，当着上帝的面！你满脑子都是路易丝。"

"听着，亲爱的，我当时不该那么说。男人们站在那里等婚礼开始时，谁知道他们脑子里会想些什么疯狂的事情呢？我告诉你是因为这些念头太疯狂了。我还以为这能把你逗笑呢。"

"我知道，我的脑子今天也有点乱。我告诉过你的。一切都那么奇怪，一切。我一直在想全世界的人，还在想我们终于摆脱别人单独待在一起了，所有这些事。所以我知道你的脑子也乱了套。

| 123

但我觉得,你不停地说路易丝很漂亮是怀着恶意的,是有意这么说的。"

"我做什么事都不会心怀恶意,也不会事先有预谋。我提起路易丝,是因为觉得能让你笑一笑。"

"唉,这并没能让我笑。"她说。

"是的,现在我知道了。你当然不会因为这个笑。啊,宝贝,我们也该笑一笑了。该死,亲爱的宝贝,这是我们的蜜月啊。我们到底怎么了?"

"我不知道。我们之前谈恋爱还有订婚时就经常吵架,但我以为一结婚就会大不一样。但现在我们结婚了,我却觉得很奇怪,还觉得有点孤单。"

"唔,你是知道的,亲爱的,我们还没有真正结合。我是说。我是说——好吧,以后就会大不一样。哦,该死。我的意思是,我们结婚还没多久。"

"是的。"她说。

"唔,我们也不用再等了。我的意思是——唔,我们大约二十分钟后就到纽约了。然后我们可以吃晚饭,之后看看要做什么。或者我是说,你今晚有什么特别想做的吗?"

"做什么?"她说。

"我的意思是说,你想去看演出吗?或者去别的什么地方?"

"啊,随你吧,我觉得人们一般不会在这天去看演出——我是说,我有几封信必须得写。提醒我一下。"

"哦,你今晚要写信吗?"

"嗯，你看，我一直太兴奋，把所有事搞得一团糟。我还没感谢过可怜的斯普拉格老太太送来的浆果汤匙，也没对麦克马斯特斯家送的书挡做过任何表示。真是太不应该了。我今天晚上就得给他们写信。"

"你写完信以后，也许我可以给你拿本杂志或一包花生。"

"什么？"

"我的意思是，好让你不觉得无聊。"

"好像我会对你感到厌倦似的！真傻！我们不是结婚了吗？怎么会无聊！"

"我是想，到纽约后我们可以直接去比特摩尔酒店，不管怎样先放下行李，也许在房间里吃点东西，平静一下，然后想做什么就做什么。我是说。我是说——好吧，我们下了火车就直接过去吧。"

"哦，是的，好的。我很喜欢比特摩尔。我就是喜欢它。爸爸、妈妈、伊利和我去过两次纽约，总是住在那儿，我非常喜欢它。我在那儿总是睡得很好。头一挨在枕头上，我就睡着了。"

"哦，是吗？"他说。

"至少住高楼层时是这样。高楼层很安静。"

"我们明天晚上可能去看演出，而不是今晚，这样是不是更好？"

"是的，我想是的。"

他站起身来，花几秒钟找一下平衡，然后走到对面坐在她身旁。"你今晚真得写那些信吗？"他说。

"唔，我想无论明天还是今天写，他们收到信的时间应该是一样的。"

静谧笼罩车厢。平静的水面下，有情欲的暗流在深处温柔涌动。

"而且我们再也不会吵架了，好吗？"他说。

"哦，好的。我们再也不吵了！我不知道自己怎么了。一切都那么可笑，有点像噩梦。每时每刻都有人结婚，但他们关我什么事呢？有很多人的婚姻因为打架或别的原因毁掉了。我一想到他们就心烦意乱。哦，我不愿意和他们一样。但我们不会落到他们那样的下场，对不对？"

"当然不会。"他说。

"我们不会搞得一地鸡毛，"她说，"我们不会吵架。一切都会不一样。一切都会很美好。把我的帽子拿下来，好吗，甜心？我该戴上它了。谢谢。啊，你不喜欢它，真是遗憾。"

"我确实非常喜欢它！"他说。

"你说你不喜欢，说它太可怕了。"

"我从来没这么说过。你疯了。"

"好吧，我可能是疯了，"她说，"劳您指出。但你就是这么说的。这并不重要——小事罢了。但是，一想到嫁的人认为我对帽子的品位差，我就觉得非常可笑。然后还说我疯了。"

"行了，没有人说过这种话。我喜欢那顶帽子。我越看越喜欢。我觉得它很棒。"

"你刚才可不是这么说的。"

"亲爱的，到此为止，好吗？你现在说这些又想做什么？我喜

"我的意思是,好让你不觉得无聊。"

"好像我会对你感到厌倦似的!"

"真傻!我们不是结婚了吗?怎么会无聊!"

欢这顶该死的帽子。我是说，我喜欢你的帽子。你穿的戴的我都喜欢。你还想让我说什么？"

"嗯，我不希望你这样说。"

"我说我觉得它很棒。这是我的原话。"

"真的吗？你说的是实话吗？啊，我真高兴。要是你不喜欢我的帽子，我会难过的。这会——我不知道，这会是个糟糕的开始。"

"好啦，我爱死它了。看在上帝的分上，就让这事到此为止吧。啊，亲爱的，小羊羔。我们肯定会有个好的开始的。看看我们，我们正在度蜜月。很快我们就会像结婚好久的老夫老妻一样。我是说，再过几分钟我们就要到纽约了，接下来我们要去酒店，然后一切都会好起来的。我是说——好吧，看看我们哪！我们结婚啦！"

"是的，我们结婚啦，"她说，"不是吗？"

提灯女人

LADY WITH A LAMP

　　哎呀，莫娜！唉，你这个可怜的病人，你！啊，你看上去那么小，脸色那么苍白，真是，躺在这么一张大床上。你就是这样——看上去那么孩子气，那么可怜，没人能忍心责备你。而我应该责备你，莫娜。哦，是的，我应该责备你。你不让我知道你病了。你病了也不告诉认识你时间最长的老朋友。亲爱的，不管你做了什么，你都应该知道我会理解你的。我是什么意思？哎呀，你问我什么意思又是什么意思，莫娜？我当然理解，如果你不愿意谈起——即使和认识时间最长的老朋友也不愿谈起。我想说的是，你该知道，无论发生什么事我永远支持你。我承认有时候真搞不懂你究竟怎么会弄成这样——好吧。老天知道，你现在病得这么重，我不想跟你唠叨。

　　好吧，莫娜，那么你没病。如果你就想说这个，即使在我面前也这么说的话——哎呀，好吧，亲爱的。我猜健康的人不用在床上躺两星期；我猜健康的人看起来就是你现在这样。你只是神经有问

哦，别逞强了，孩子。别跟我逞强了。退一步吧——
会有很大帮助的。把前因后果都告诉我吧。你知道
我嘴很严的。至少你应该知道。

题？你不过是累坏了？我明白了，只是神经的问题。你只是太疲倦了。是的。噢，莫娜，莫娜，你为什么信不过我？

哎呀，你就这样对我，这就是你想要的？关于这件事我就不多说了。只是我觉得你之前该让我知道你已经——唔，知道你已经太累了，如果你想让我这么说的话。哎呀，你非得让我这么说话，我还从来没有这么累过。哎呀，要不是遇见爱丽丝·帕特森，我完全不会知道你病了。她说给你打过电话，你的女仆说你病了十天了。当然，没能听你亲口告诉我你病了，我觉得这挺滑稽的，但你知道自己是怎么做的——你只是让别人走开，日子就这样一周周地过去，就像，哎呀，就像一周周的日子，你却没有任何表示。唉，就像你知道的那样，我可能死过一次又一次。二十次吧。现在你病了，我不会责备你，但是坦白地说，莫娜，这次我对自己说："嗯，她得等很久，我才会给她打电话。我让步的次数已经够多了，天知道。现在她可以先打电话给我。"老实说，坦白说，我就是这么说的！

然后我见到了爱丽丝，确实觉得自己很刻薄，确实刻薄。现在看到你躺在那儿——哎呀，我觉得自己是个彻头彻尾的坏人。你总是这样对待别人，这是不对的，你这个小坏东西，你！啊，可怜的、亲爱的人！觉得真难受，是不是？

哦，别逞强了，孩子。别跟我逞强了。退一步吧——会有很大帮助的。把前因后果都告诉我吧。你知道我嘴很严的。至少你应该知道。爱丽丝告诉我，你的女仆说你累坏了，神经也出了问题，我当时自然什么也没说，但我心里想："好吧，也许莫娜也只能这么说。这也许是她能想到的最好借口了。"当然，我永远不会否认这一点——但也许说你得了流感或食物中毒会好些。毕竟没人会因为神经紧张在床上躺整整十天。好吧，莫娜，他们会的。他们会的。是的，亲爱的。

啊，想想看，你经历了这一切，一个人爬到这里，就像只受伤的小动物似的。只有那个黑人伊迪照顾你。亲爱的，难道你不请个受过训的护士吗？我的意思是你难道真没请吗？你一定有很多事情需要人做。哎呀，莫娜！莫娜，求你了！亲爱的，你不必这么激动。很好，亲爱的，你说得对——你没有任何事需要别人帮忙。我弄错了，就是这样。我只是在想在那以后——哦，现在，你不必那么做了。对我，你永远不必说对不起。我明白了。事实上，我很高兴看到你发脾气。病人生气是个好迹象。这意味着他们正在康复。哦，我知道！你请便，想怎样就怎样。

看，我该坐在哪儿？我想找个地方，让你不用转身就能看到我，这样你就可以和我说话。你躺在那儿别动，我会——因为你不应该乱动，我敢肯定。那对你来说一定很糟糕。好吧，亲爱的，你想怎么动就怎么动。好的，我一定是疯了。那么是我疯了。我们别说这个话题了。只是拜托，求你别那么激动了。

我只想把椅子搬过来放——哎呀，对不起，我碰到床了——放到这儿来，在这儿你能看见我。好了。但坐下来之前，我想先把你的枕头整理一下。哎呀，它们当然不太对劲，莫娜。刚才那几分钟里，你一直绞着它，还抻它。现在听着，亲爱的，我会帮你非——常、非——常慢地坐起来。哦。你当然可以自己坐起来，亲爱的。你当然可以。没人说过你不行。从来没人这样想过。现在，你的枕头平整又可爱。你可以再次直接躺下来，小心别把自己弄疼了。这样不是更好吗？嗯，我想是的！

等一下，我去拿我的缝纫活。哦，是的，我把它带来了，这样我们就都能舒舒服服地待着。说实话，坦白地说实话，你觉得它漂亮吗？我很高兴。你知道，它不过是块托盘布。但是你不能存太多。自己做也很有趣，锁这个边——它很快就能做完。噢，莫娜我亲爱的，我经常想，如果你有自己的家，就可以一直忙活着为它做些漂亮的小东西，就像这个一样，它对你很有用的。我很担心你。你住在带家具的小公寓里，这里没有任何东西是属于你的，没有根基，什么都没有。这对女人不合适。对你这样的女人来说不是正确的选择。哦，我希望你能忘掉那个什么加里·麦克维克！如果你能遇到个善良、可爱、体贴的男人，并且嫁给他，拥有自己的家，按自己的品位布置它，莫娜！——而且可能还有几个孩子。孩子们是那么喜欢你。哎呀，莫娜·莫里森，你在哭吗？哦，你感冒了？你也感冒了？刚才那一瞬间我还以为你在哭呢。需要我的手帕吗，小羊羔？哦，你有手帕。你不会用的是条粉色雪纺手帕吧，你这个怪人！你躺在床上，没人能看到你，那你到底为什么不用纸巾？你这个小白痴，你！奢侈的小傻瓜！

不，但说真的，我是认真的。我经常对弗雷德说："噢，要是我们能让莫娜结婚就好了！"老实说，你不知道婚姻是什么样子。有自己甜蜜的家，还有受主赐福的孩子，还有每天晚上回家的好丈夫。这就是女人的生活啊，莫娜。你之前一直做的那些事真是太可怕了。整天四处飘荡，没有别的。你会怎样呢，亲爱的，你将会怎样呢？但不——你甚至不去想这些。我行我素，还爱上那个加里。好吧，我亲爱的，你得相信我的话——我从一开始就说："他永远不会娶她。"你知道我说过的。什么？你和加里从没想过结婚？噢，莫娜，现在听我说！这世界上所有女人，一旦爱上男人，就会想到结婚。所有女人都一样。

哦，只要你结了婚就好了！整个世界都会因此大变样。我想孩子会为你做一切事的，莫娜。天知道，加里这样对待你，我是不会为他说好话的——好吧，你很明白，没有一个朋友——除了我——能坦诚地跟你讲心里话：如果他娶了你，我绝对既往不咎，而且我会由衷地为你高兴。如果他就是你想要的人。而且我会说，你长得这么漂亮，他又那么帅，你们的孩子肯定会很漂亮。莫娜，宝贝，你真的得了重感冒，是吗？我再给你拿条手帕好吗？真的吗？

我真是傻，没给你带花来。但我本以为这里会到处堆满花。好吧，我回家路上会顺路买些花，让花店送过来。房间里一朵花也没有，看起来太沉闷了。加里给你送花了吗？哦，他不知道你病了。好吧，不管因为什么，他不给你送花吗？听我说，难道他一直不给你打电话，看看你是不是病了还是怎样？他这十天来都没打电话吗？好吧，那么，你没给他打电话，告诉他这件事吗？啊，现在，莫娜，别太逞强了。让他多少担心一下吧，亲爱的，这对他有很大好处。也许这就是问题所在——你总是为两个人承担所有的烦恼。没送过花！甚至没打过电话！好吧，我真想跟那年轻人谈几分钟。毕竟这是他的责任。

他不在？他去做什么了？哦，他两周前去芝加哥了。嗯，我觉得咱们这里和芝加哥之间是有电话线的,但当然——你会认为,既然他回来了,他至少能做点什么。他还没回来?他还没回来?莫娜,你想告诉我什么?哎呀,就在前天晚上——你说他一到家就会告诉你?在我一生中听过的低级卑劣的事中,这真是——莫娜,亲爱的,请躺下。拜托。哎呀,我什么都没说。我不知道我要说什么了,老实说,我不知道,这也不可能是别的。看在上帝的分上,我们谈谈别的吧。

让我们想想。哦,你真该看看朱莉娅·波斯特现在把客厅布置成什么样了。她把墙弄成棕色——不是米色的,你知道,也不是棕褐色的或别的什么颜色,而是棕色的——还有这些米色的塔夫绸窗帘和——莫娜,我告诉你,我之前完全不知道自己要说什么。我完全想不起来了。所以你看,我想说的也不是什么大事。亲爱的,请安静地躺着,试着放松。不管怎样,请把那个男人忘掉几分钟。无论如何,没有哪个男人值得你花几分钟像这样想念他。没人值得你为此生气。听我的,就这样做!你知道,如果这么激动,你不可能迅速康复。你知道的。

亲爱的,你请了哪位医生?或者你不想说?你的私人医生吗?你自己的布里顿医生?你不是认真的吧!哎呀,我当然从没想过他会看这种——是的,亲爱的,他当然是位神经专家。是的,亲爱的。是的,亲爱的。是的,亲爱的,你当然完全相信他。我只希望你偶尔能相信我;我们曾一起上学,一起做过那么多事。你也许知道我绝对同情你。我不知道你还能做什么。我知道你一直在说愿意以一切为代价生个孩子,但如果不结婚就把孩子生下来,这对他来说就太不公平了。你就得去国外生活，永远见不到任何熟人，而且——即使那样做，总有一天这事会被宣扬出来的。他们总是那样。这种事只有一个可能的解决办法，我想你已经这么做了。莫娜，看在上帝的分上！别那样尖叫。你知道，我不是聋子。好吧，亲爱的，好吧，好吧，好吧。好吧，我当然相信你。我当然相信你的话。相信你说的任何事。只是请你尽量保持安静。躺下来休息，我们好好谈谈。

啊，别再反复问了。我告诉过你一百次：如果我曾经说过一次，就不想再重复。我告诉你，我不记得要说什么了。"前天晚上"？我什么时候提过"前天晚上"？我从来没有说过这句话——唉，也许这样更好，莫娜。我越想越觉得你还是从我这里听到比较好。因为一定会有人告诉你的。好事不出门，坏事传千里。我知道你更愿意从老朋友嘴里听到，不是吗？慈悲的主知道，只要能让你看清那个男人的真面目，我什么都可以做！

放松点就好，亲爱的。就算是为了我。亲爱的，加里不在芝加哥。前天晚上我和弗雷德在彗星俱乐部看见他在跳舞。而且星期二晚上爱丽丝在埃尔伦巴舞厅见过他。还有，我数不清有多少人说在剧院、夜总会之类的地方见过他。啊，他在芝加哥待的时间不可能超过一天——姑且算他真的去了那里。

我们看到他和她在一起，亲爱的。显然他一直和她在一起，没人见过他和别的什么人在一起。你真得下定决心了，亲爱的。只有这条路可走。到处都有人说他直接向她求婚，但我不知道这是不是真的。我不明白他为什么要这样，但你永远也猜不出像他那样的人会做什么。我跟人说，如果他娶了她，就能万事无忧。然后他会看明白这一点。她绝不会容忍他胡言乱语。她会让他乖乖听话的。她是个聪明的女人。

但是，哦，太普通了。那天晚上我们看到他们时，我想："嗯，她看起来真令人讨厌，她就是给人这种感觉。"我想那一定是他喜欢的类型。我必须承认他看起来很棒。我从没见过他这么帅。当然你知道我对他的看法，但我还是得说，他是我这辈子见过的最英俊的人之一。我能理解女人一开始都会被他吸引，直到她们看透他的本质。哦，如果你能看见他和那个平平无奇的讨厌生物在一起，看见他眼睛眨都不眨地盯着她，看见他把她说的每一句话都奉作圣旨！这让我只是——

莫娜，天使，你在哭吗？亲爱的，哭什么，简直太傻了。那个人不值得你再去想。你想他想得太多了，这就是问题所在。三年！你把生命中最美好的三年给了他，而他一直和那个女人在一起，一直在欺骗你。想想你所经历的一切，他一次又一次答应离开她，而你，你这个可怜的小傻瓜，你会相信他，然后他又会回到她身边。每个人都知道。想想看，然后看还能不能跟我说那个男人值得你为之哭泣！真的，莫娜！我要是你，我才不会这样卑微。

你知道，我很高兴这件事终于被捅出来了。我很高兴你知道了。这次有点太过分了。在芝加哥，真的！他一回来就该让你知道！最仁慈的事莫过于告诉你真相，并帮你清醒过来。我这样做一点也不后悔。每当我想到他在外面逍遥自在，而你为了他躺在这里病入膏肓时，我只能——是的，这笔账要算在他身上。即使你没能有个——唉，你不说自己得的是什么病，就算你误导我，我也会自然得出结论，认为他已经把你逼得精神崩溃——这已经够糟糕了。都是为了那个男人！那个卑鄙的家伙！忘了他吧。

哎呀，你当然能做到，莫娜。你要振作起来，孩子。你只要对自己说："好吧，我浪费了三年时光，不过如此。"别再为他担心了。主知道，亲爱的，他可不担心你。

亲爱的，你这么激动只是因为你还在病着，身体虚弱。我理解。但你会没事的。你活着总得做点什么。你得振作起来，莫娜，你知道的。因为毕竟——唉，当然，你现在是最美的时候，我不是那个意思；但你已经不再年轻。你在这里浪费时间，从来不见朋友、不出去、也不结识新朋友，只是坐在这里等着加里打电话，或者他本人来——如果他没有更好的事做的话。三年来，你脑子里除了那个男人，什么都没想过。现在你得忘掉他。

啊，宝贝，你这样哭对自己不好。别这样。他根本不值一提。看看他爱上的那个女人，你就会知道他是什么样的人。你对他太好了。你太体贴他了。你太容易让步了。从他拥有你的那一刻起，他就不再需要你了。他就是这样。哎呀，他爱你的程度可不比那个——

莫娜，不要！莫娜，停下！拜托，莫娜！你不能那样说，你不能说那种话。别哭了，你的病情会加重的。停下，噢，停下，噢，请停下！我该拿她怎么办？莫娜，亲爱的——莫娜！噢，那个傻用人到底在哪儿？

伊迪。哦，伊迪！伊迪，我想你最好给布里顿医生打电话，请他过来，给莫里森小姐开点镇静药。恐怕她有点不舒服。

洛丽塔

LOLITA

尤因太太个子不高，因此同许多矮个儿女人一样，她只能以活泼的举止弥补那几英寸的高度差。她动不动就轻拍或戳人一下；她眼角起褶，鼻翼有细纹；她迈着小碎步跑，时不时迸出几个字，做些小动作；她的笑声打着小旋儿。尤因太太所到之处总是热闹得不得了。

你如果不是她的校友，想知道她的年纪就只能靠猜。她自称不在乎生日——从来不在乎。实际情况是，如果你手头已有几十件同类东西，那么它们那种令收藏家兴奋不已的稀有属性就会烟消云散。夏天她穿小号棉质运动服——虽说她从事的唯一运动是打桥牌，还穿能露出腿肚上的静脉的短袜。冬天她选择沙沙作响的塔夫绸连衫裙——褶边打了一层又一层，还有不算受欢迎的低等动物的皮做的短外套。晚上她往往会在头上系条浅色丝带。尤因太太总是冒着热浪或刺骨寒风，艰难地走到理发店。她总去护理头发，发丝看起来无比光亮，也会频繁烫发，以至于抚弄它时，你会觉得好像在拨弄土豆切成的细丝。对于自己那张小方脸，她采用的化妆手法不同于一般的南部和西南部的女子：她用粉把鼻子和下巴扑得特别白，再在双颊上晕开一团胭脂。在光线柔和的房间里远远看去，尤因太太堪称漂亮女人。

她已孀居多年。甚至在尤因先生去世前他们就已分居，而镇上人的同情心都在她这一边。离婚的念头曾使她犹豫，因为大家都知道，绅士们哪怕仅仅想起开心的离婚女人就会气得像牛一样用蹄子刨地、用鼻子喷粗气，更别说此人就站在眼前了。但在她打定主意之前，"再喝一杯就回家"主义的忠实信奉者尤因先生就死于车祸了。不过世人皆知：一位未亡人，一位小巧柔弱的未亡人会让绅士们的热情四溢、心跳加速。尤因太太和朋友们都确信她会再婚。然而时间流逝，她至今没再嫁人。

尤因太太从不自命孤独，也从不躲在阴影里为丧偶流泪。她继续参与镇上各种社交活动，蹦蹦跳跳、叮叮当当地走来走去。每周她都要在家里主持愉快的小型聚餐，每天晚上都要热情地打桥牌。尽管男人在场时她最兴奋，但她总是那个样子，对每个人的态度也都一样。在餐桌上，她与朋友的可靠丈夫或镇上两三位单身汉——他们都是把药片倒在手掌里的胆小老古板——调情，愉快地在粗俗的边缘试探。如果有位陌生人在观察她，可能会认为尤因太太是个不会轻易放弃希望的女人。

尤因太太有个女儿名叫洛丽塔。当然，做父母的有权给孩子起喜欢的名字。然而如果他们能预见未来，看看小家伙日后会长成什么样子，有时就可以使起名这件事更容易些。洛丽塔毫无姿色可言。她很瘦，骨头末端在皮肤下引人注目地突出来。她的头发太细了，因此看起来很少，而且还是笔直的。曾有段时间，尤因太太可能渴望有个鬈发宝贝，于是在睡觉前把洛丽塔的头发弄湿，再用布条把它卷起来。但第二天早上一解开布条，头发就又垂落下来，和之前一样笔直。该工程最后只是使洛丽塔失眠，因为她要枕在坚硬的布结上睡觉。于是整件事到此为止，之后她的头发就一直垂着。她在低年级时，小男孩们会在课间休息时追着她在校园里转，抓起细软的发丝大喊："噢，洛丽塔，给我们弄个卷出来，好不好？啊，洛丽塔，把你漂亮的发卷送我一个吧！"小女孩，也就是她的小伙伴们会聚在一起说："哦，那头发真可怕，是不是？"她们一边说一边捂着嘴，免得自己咯咯地笑出声来。

尤因太太和女儿在一起时总是那么光彩夺目，但她的朋友们，那些生了漂亮孩子的母亲们，却试着把自己代入她的处境，并为她痛心。有些心宽的朋友找到类似例子，说有的女孩起初平平无奇，后来"女大十八变"，突然变成夺目的美人，其中比较博学的还引《丑小鸭》的故事为证。但洛丽塔从少女长大成人后，唯一与之前不同的是个头更高了。

她的朋友们并不讨厌洛丽塔。她们亲切地跟她讲话；她不在场时，她们尽管知道不会有什么新消息，也会向她母亲问起她。她们怒火的目标并不是她，而是命运，因为命运把这个苍白腼腆的孩子塞给尤因太太，而且这孩子整天无精打采，从来不主动说话。洛丽塔是那么安静，安静到如果她的眼镜片不反光，你就常常意识不到她在房间里。对此大家都无能为力。关于这种情况也没有令人鼓舞的逸闻。朋友们想到自己跑来跑去、叽叽喳喳的孩子，不禁再次为尤因太太叹气。

傍晚时分，尤因家门廊的栏杆旁边见不到追求者，也没有年轻小伙子打电话来约洛丽塔。起初其他女孩很少邀请她去参加聚会，到后来更是根本没人来请。这并不是因为大家讨厌她，而是因为大家想不起来。她们都已完成学业，不会每天都见到她。尤因太太总是带她出席自己办的小型晚会，虽说上帝知道她来或不来都对晚会没有任何影响。此外，尤因太太勇敢地带她参加那些老少皆宜的公共活动，比如教堂、慈善组织或市民团体举办的节日庆典。即使被带到这样的庆典中，洛丽塔也会找到个角落，静静地待在那儿。她妈妈会从公共大厅的另一边向她高喊，声音在人群的嘈杂声中仍清晰可闻："喂，过来，年轻的老古板小姐！站起来，跟你周围的人打打交道！"洛丽塔只会微笑着待在原地，继续保持安静。她沉静，但并不阴郁。你如果看到她的脸后还能回忆起来，就会从她脸上辨认出羞怯的欢迎表情，而且她的微笑可能是她最吸引人的特征之一——虽说她能吸引人的地方着实不多。但这些迷人之处只有被迅速识别出来时才会有价值。谁会有时间认真搜寻它们呢？

无人追求的未婚女儿和漂亮快活的小个儿母亲常会按如下模式生活：女孩接管家务，从母亲丰满的肩膀上卸下重担。但洛丽塔不是这样。她没有做家务的天赋。缝纫对她来说是个阴暗的秘密；而如果她敢于冒险进入厨房，尝试做些简单菜色，充其量也只能得到"滑稽可笑"的评语。她也不能把房间整理得井井有条。还不等她碰到，灯就会颤抖，装饰品会碎裂，水也会从花瓶里溅出来。尤因太太从未责备过她笨手笨脚，只是拿这些事来开玩笑。别人讲这些笑话时，洛丽塔的双手就会颤抖，结果只是有更多水溅出来、更多的牧羊女饰品被摔碎。

尽管带着母亲用卷曲笔迹写的当天购物清单而去，但她甚至连采购都做不好。她到市场时，那里正好挤满女人们。她似乎无法从人群中挤过去。她站在一边，直到比她晚到的顾客也买完东西才会走向柜台，低声说出需求。于是尤因太太的午餐就会推迟。

如果没有马迪——尤因太太多年来雇用的女仆、超级厨师、精力充沛的清洁工，这个家早就维持不下去了。主妇和仆人们相处时会很不自在，要么担心她们辞职，要么担心她们被惯坏；但尤因太太和马迪相处融洽。尤因太太对这女仆十分有好感，和对待出身较高的人一样。她们喜欢一起大笑，而洛丽塔的无能就是现成的笑料。

实验一再失败，而最后洛丽塔被免除家务官一职。她一动不动地、安静地待着。时间流逝，尤因太太仍然像空中的肥皂泡一样鲜明欢快。

然后"忽如一夜春风来"，之后很长一段时间里，人们谈起这个春天时会说："就是约翰·马布尔来我们这里时。"小镇人之前从未见过约翰·马布尔那样的男子。他好像驾着太阳战车从天而降。他高大英俊，举止不笨拙，讲话也不结巴。女孩们把当地年轻人完全抛到脑后，因为他们在约翰·马布尔面前相形见绌。他已过而立之年，比他们都要年长，而且想必很有钱，因为他在韦德·汉普顿酒店定了最好的房间，还开着一辆底盘低、车身狭窄的汽车。这辆车有个外国名字，外观优雅、马力强大。此外，他的过客身份也使他更具吸引力。当地年轻人总是待在镇上，日复一日，年复一年。

但约翰·马布尔是来为他的公司交易不动产的，而这些不动产位于镇外。处理完事务后，他就会回到他居住的那座光彩夺目的伟大城市。时不我待，群情激昂。

约翰·马布尔处理事务时要与镇上的头面人物打交道，这些头面人物家里都有女儿，于是热切地款待这位出众的陌生人。姑娘们穿上最蓬松的白衣服，把几束粉红玫瑰塞进淡蓝色的腰带里。她们闪亮的发卷像铃铛一样晃来晃去。黄昏时分，她们为约翰·马布尔唱了几首短歌，其中一位用吉他伴奏。当地年轻人只能闷闷不乐地成群结队去保龄球馆或电影院，以打发那几个像湿漉漉的海草一样缠在脖子上的夜晚。那些为约翰·马布尔举办聚会的热情有所降温，因为他遗憾地解释说由于事务繁忙而无法出席。虽说如此，姑娘们还是不耐烦地拒绝与当地年轻人的约会，待在家里盼着约翰·马布尔能打电话过来。她们等待电话时还在电话簿上勾勒约翰·马布尔的肖像，以此消磨时间。有时她们把受到的培训都抛开，甚至晚上十点钟还主动打电话给他。他接电话时语气温文尔雅，充满了动人的痛苦，说是讨厌的工作不允许自己和她们共度美好时光。接下来，她们的电话无人应答的次数越来越频繁。旅馆的总机接线员只说马布尔先生不在。莫名其妙的是，这些困难似乎鼓舞姑娘们去努力接近约翰·马布尔。她们甩着芬芳的发卷放声大笑。她们经过韦德·汉普顿酒店时走得比跳滑步舞还慢。她们的长辈说，在他们的记忆中，年轻女孩们从未像那年春天里那样美丽且充满活力。

全镇鲜艳的花朵任他采撷，约翰·马布尔却选了那朵名叫洛丽塔·尤因的花。

没人知道这次奇怪求爱的细节。晚上，约翰·马布尔不打电话就直接来到尤因家。他和洛丽塔会坐在门廊上，而尤因太太和朋友们会一起出去。她回家时，会砰地带上门。她走上砖砌的小路时会大声清清嗓子"嗯——哼"，警告年轻人自己回来了，好给他们时间分开。但是门廊的秋千上从没传来过尖叫声，地板也从未吱吱响着，以表明有人正忙乱地找个新位置坐下。唯一的声音来自约翰·马布尔，如水般潺潺流动。尤因太太走到门廊上时，会发现约翰·马布尔正躺在秋千上，而洛丽塔正坐在离他五英尺远的柳条椅上，手放在膝盖上。当然，她一言不发。知道约翰·马布尔整晚都在唱独角戏，尤因太太深感不安，于是她会坐下来喋喋不休地谈论看过的电影情节，或是在桥牌游戏中抽到的牌。当她中间停顿的时候（即使是她也会有这种时候），约翰·马布尔会起身，说第二天的工作会很忙，因此他得走了。尤因太太会站在门廊台阶上，当他走过小径时在他后面恶作剧式地大喊说他不能做任何她不愿做的事。同洛丽塔从阴暗的门廊走进明亮的厅里时，尤因太太会用全新的眼光打量女儿。她眯起眼，抿起双唇，撇着嘴，一言不发地审视那女孩，随后一言不发地上楼回卧室，甚至连句晚安也不说。她会狠狠地关上卧室门，那声音能震动整栋房子。

消磨夜晚的方式改变了。约翰·马布尔不再坐在门廊上，而是开着漂亮的汽车过来，载着洛丽塔驶进柔和的暗夜中。尤因太太的思绪一直跟着他们。他们会开车去乡下，会在某处开下公路，开进平坦的小山谷。那里有茂密的树木，挡住路人的视线。汽车会在那里停下。然后会发生什么事呢？他们会——他们将会——但尤因太太想不下去了。洛丽塔的样子会跳到她眼前，于是她会大笑一阵，不再想这些了。

现在她每天都继续垂着眼皮看那女孩，而且嘴角下撇也成了她的习惯——尽管这种习惯让她看起来不那么可爱了。她鲜少直接与洛丽塔说话，但仍然拿女儿来开玩笑。如果需要更多听众，她就会去找马迪。"嗨，马迪！"她会大喊，"到这儿来，好不好？进来看看她，像位女王一样坐在那儿。真是位大小姐。现在她觉得已经逮住个男朋友了！"

没有订婚宣告。没这个必要，因为全镇人都起劲地议论约翰·马布尔和洛丽塔·尤因。人们对这桩姻缘有两种看法：一种认为上天垂怜，让洛丽塔得到了个男人；另一种则为这个冷酷无情的女孩感到悲哀，因为她会离开，留母亲孤独一人。然而在这个镇的地方志上少见奇迹，所以持第一种看法的人更多。来不及办订婚仪式。约翰·马布尔的事办完了，他必须回去。几乎没有足够的时间准备婚礼。

那是一场盛大的婚礼。约翰·马布尔先是提出建议，然后阐明态度，说自己计划带洛丽塔走，结婚，然后马上动身去纽约；但尤因太太根本不理他。"不，先生，"她说，"没人能把我排除在一场宏大美丽的婚礼之外！"果然没人能做到这点。

穿着婚纱的洛丽塔正印证了她母亲"惨不忍睹"的评语。闪亮的纯白礼服面料衬得她暗淡的皮肤更难看，别在头发上的面纱也别别扭扭。但尤因太太不仅弥补了女儿造成的缺憾，而且更上一层楼。她的衣服上满是粉色褶边，配着一簇簇"勿忘我"花结，她立刻成为灿烂的太阳和初升的月亮。她如同枝头的嫩芽、绽放的花

洛丽塔的样子会跳到她眼前,于是她会大笑一阵,不再想这些了。

朵、任性的微风。屋里到处挂着百合花环，她轻快地从人群中穿过，一路洒落笑声。她拍拍新郎的胳膊和脸颊，对每个客人都大声喊：只需两美分，她自己就会嫁给他。婚礼进行到要在离开的新婚夫妇身后洒米粒这一环节时，她积极到不顾一切。实际上她有点过分，因为她把一大把刺人的小谷粒直扔到新娘脸上。

但当汽车开走时，她一动不动地站在那儿目送它，撇着嘴笑了一声，完全不像她平日那种笑。"喂，"她说，"我们等着瞧吧。"然后她又变回了尤因太太，跑上跑下、叽叽喳喳地说话、拿潘趣酒灌宾客们喝。

洛丽塔每周必定给妈妈写信，告诉她关于公寓和购买布置家具的事，以及每次都如同冒险的购物之旅。每封信都以"约翰希望尤因太太一切都好，并向她问好"作为结尾。朋友们热切询问新娘的情况，最想知道的是她是否幸福。尤因太太回答说哎呀，是的，她说自己很幸福。"我每次写信时都告诉她，"她说，"我说：'没错，亲爱的，你过你的日子吧，能快乐多久是多久。'"

说镇上还有人想念洛丽塔，这话有些靠不住；但在尤因家、在尤因太太自己身上，却有某种东西一去不返。她的朋友实在弄不清那究竟是什么，因为她照常生活，挑逗地玩弄裙摆、在头上试发带，动作也一如既往地轻快。尽管如此，她已不再像从前那样光彩照人。她仍然主持聚餐、玩桥牌游戏，但不知为何这些活动不再跟过去一样了。

然而朋友们都意识到她受到了重重一击，因为马迪离开了她，而且居然是出于嫁人这一荒谬理由。马迪！这么多年后居然嫁人了！而且尤因太太对她那么好！朋友们都大摇其头。但尤因太太从最初的震惊中清醒后，反倒对此感到开心。"我宣布，"她的笑声打着旋儿地拔高，"我周围的人都走了，都嫁人了。我不过是小个子丘比特老太太，永远。"在一长串新女仆中没有马迪。曾经令人愉快的小型聚餐也因为菜太油腻而沉闷无趣。尤因太太去看过几次女儿女婿，还带去黑眼豌豆和听装鲱鱼子作为礼物，因为纽约人不懂生活，而且这种美味在北方很难买到。她隔很长时间才会去拜访他们一次，有时要间隔一年之久，因为当时洛丽塔和约翰·马布尔在欧洲旅行，然后去了墨西哥。（"好像热锅上的蚂蚁，"尤因太太说，"人应该安分些。"）

每次她从纽约回来，朋友们都会聚拢来，吵着要听她带回来的消息。自然，如果听说这对夫妻要生宝宝，她们会激动得发抖。然而一直没有这类消息。那诱人的男人身体和平板似的女人身体从未有过任何结晶。"哦，这样也好。"尤因太太舒服地说，随后转开话题。

她告诉朋友们：约翰·马布尔和洛丽塔都没变。约翰·马布尔和第一次来到镇上时一样令人倾倒，而洛丽塔仍然不会主动说话。尽管结婚十周年的纪念日就要到了，她仍然不会整理衣服。她的昂贵衣物挂满好几个衣柜——当尤因太太报出其中几件的价格时，朋友们深吸一口气。但无论新衣旧衣，在她身上都无甚分别。他们也有朋友，款待朋友时也很尽心；他们有时也出去。哎呀，是的，他们确实看起来是这样；他们看起来确实很幸福。

"我告诉过洛丽塔，"尤因太太说，"我在信里也一直写道：'你过你的日子吧,能快乐多久是多久。'因为——哎呀,你知道的。约翰·马布尔这样的男人娶了洛丽塔这样的女孩!但她知道自己总有地方可以回。这座房子是她的娘家。她总能回到母亲身边。"

因为尤因太太不是那种会轻易放弃希望的女人。

小柯蒂斯

LITTLE CURTIS

马特森太太在"G. 福斯迪克之子"百货公司的前厅里停下脚步。她用右手把一个小包裹塞到左臂弯里,紧握购物袋上的锌白铜框架,轻按一下把它打开,从整齐有序的包里抽出一个黑色精装笔记本和一支削得整整齐齐的铅笔。

她挡在路上,进出的顾客有时会撞到她,但他们既没有分散马特森太太的注意力,也没有使她加快动作。其中比较心软的人会随口说:"噢,请原谅。"她也没有回应。马特森太太平静、坚定、超然地站着,打开笔记本,泰然自若地用铅笔写下精美漂亮的斜体字:"4个绉纸糖果篮,28美分。"

美元符号画得令人满意,小数点清晰深刻,"2"的笔迹弧度优美,"8"上下均衡,令人赞叹。马特森太太赞许地看着自己的字。她依旧不慌不忙地合上本子,和铅笔一起放回包里,检查搭扣是否已安全合上。然后她带着"任务圆满完成"的舒畅神气,猛地推开百货公司的门走了出去,派头相当大——虽说那扇门上还贴着"请走另一扇门"的标志。

马特森太太慢慢地沿着枫树街走。清晨的阳光洒满城市主干道,她既不眯眼,也不低头,而是高昂着头环顾四周,好像在说:"我们的好人民,我们对你们很满意。"

她偶尔会停在商店橱窗旁,把里面陈列的早秋新装打量个遍。困扰周围底层妇女的妒意并没让她的心有所波澜。她身上那件黑色长外套——就是那种蓬蓬袖、腰部特别修身的老式经典款——已经污迹斑斑,被磨得发亮。随着岁月流逝,她的帽子给人一种优柔寡断、无精打采的感觉,而那双有年头的黑手套有多处被磨成粗糙的灰色,好像一块块补丁。但马特森太太对面前这套剪裁精良的新装一点也不感兴趣。她想到的是那些新款衣服——每件都罩着印花棉布衣罩,挂在涂着清漆的衣架上——在她卧室衣柜的横杆上一字排开。

有些人把已经过时,但考虑到保暖和庄重等方面尚可一穿的衣服丢掉,她对这类人成见很深。她发现"每天"穿新衣显然是下等人的行为,暗示着令人不快的奢侈放荡生活。正如马特森太太经常向朋友们解释的那样,一有点钱就去买电冰箱和收音机的工人阶级才干这种事。

在衣橱里的衣服还没来得及被穿破或享用过之前,她可能会突然死去——她才不会让这种病态想法折磨自己。生活的不确定性并不适用于她这种地位的人。马特森太太会在七十岁至八十岁之间去世,也许会晚些,但绝不会早于这个时间段。

有个瞎眼的黑人妇女走在前面的人行道上,用一根手杖在身前点来点去，脖子上还挂着一托盘铅笔。马特森太太马上转向路边好绕开她，同时极其轻蔑地瞥了她一眼。马特森太太首先想到的是这女人的眼神和自己一样好。她从不在街上向穷人买东西，如果看到别人这样做，她也会很生气。她经常说这些乞丐都有巨额银行存款。

她走到轨道前，等着搭电车回家。那个女人扰乱了她的平静心态。"说不定她拥有一栋公寓楼呢。"她自言自语，同时愤怒地瞥了那瞎女人的背影一眼。

然而，向彬彬有礼的售票员付过车费后，她恢复了镇静。马特森太太相当享受向会适当表示感激的人支付少量合法款项这一过程。她给了他五分镍币，样子就像把公园赠给全城人一样。她派头很大地上了车，找个满意的位子坐下。

马特森太太舒舒服服地坐着，把包裹牢牢夹在臀部和窗户之间，以防丢失或被抢。然后她又拿出本子和铅笔。"车费5美分。"她写到。那优美的笔迹和整洁的数字又一次取悦了她。

在拐角处下车时，马特森太太如王后般地接受售票员的帮助，但没有向对方道谢。她走在洒满阳光的人行道上，不时向在门廊上打毛线的邻居们鞠躬，或者热情地弯下腰去看他们的鸢尾花床。她缓慢而庄重地鞠躬，脸上不带一丝笑容，也不打招呼。毕竟她是艾伯特·马特森太太，她曾是劳拉·惠特莫尔小姐，她娘家开着"惠特莫尔铁匠铺和工具厂"。有眼睛的人都看得见。

回家路上看到房子的第一眼总让她觉得非常享受。这第一眼会让她觉得这宅子更安全、更靠得住。房子矗立在没有树木的整齐草坪上，方正、结实、耐用。它会让你联想到钢版画和书架玻璃门后一排排斯科特的小说，还有星期日中午的正餐。你马上就能知道，这里住的人从不会大声关门，也不会啪嗒啪嗒地在楼梯上跑上跑下；没人撒面包屑、掉落灰尘，也不会有人用完浴室后不关灯。

离宅子越近，马特森太太心中的期盼之情越炽。她总是称之为她的家。"有时间你一定要来我家"，她亲切地命令新交的朋友。比起"宅子"一词，"家"的含义更古老，更广博。她喜欢想起那高敞凉爽的房间、忙碌的女仆，还有等着毕恭毕敬地吻她的小柯蒂斯。一年前她收养了这个4岁的孩子。她对朋友说自己从没后悔过。

但她不在场时，朋友们总是悲伤地评论说马特森和惠特莫尔两家那么有钱，但艾伯特·马特森一家还没有孩子，这太可惜了。朋友们指出，两人都有离世的那一天，那么这些家产将只能由亨利·马特森的孩子们继承。当他们发现那些孩子长大后会大肆挥霍财产时，也只会引用艾伯特·马特森太太自己的话来说他们果然是这样的人。

马特森夫妇都认为，如果侄儿侄女因得到马特森和惠特莫尔两家的财产而放纵自己，将会是灾难。鉴于这种情况经常发生，忧虑促使他们赞美另一家马特森的美德，依据的是对方从没想到过的计划和心愿。

艾伯特·马特森夫妻看到亲戚们正以围捕者的耐心等待他们两个离世。多年来，他们不断想象出更可怕的画面：另一家马特森的

你可以想象她像挑选商品一样挑选孩子:

一件好用的东西,一件能用很长时间的东西。

孩子们像谢尔曼[1]实行"向海洋进军"的战略一样糟蹋钱财。多年来他们一直认为有人正热切盼望自己去世,并会为之痛饮狂欢。

艾伯特·马特森夫妻俩面对任何问题意见都很统一,就像是同一个人,在这件事上也是如此。他们的思想、举止、意见和说话风格都极其相似。人们甚至说夫妇二人长得也很像。大家认为如此的"天作之合"居然没有后代,简直是这世界的大不幸。当然,话题总是要回到那笔当着你的面不断膨胀的财富上,那是马特森和惠特莫尔两家人的所有财富。

不过,没有人会直接就无子一事宽慰马特森太太。没人会在她面前提生孩子之类的话题。有人把婴儿抱给她看时,她也接受世上会有婴儿这一事实。她一丝不苟地无视他们到来的方式。

她没有向任何朋友透露过收养一个小男孩的计划。直到他们签署文件并确立了这孩子在马特森府的地位,大家才知道这事。马特森太太解释说自己是在"纽约最好的地方"找到他的。没人对此感到惊讶。马特森太太在纽约购物时总是去最好的地方。你可以想象她像挑选商品一样挑选孩子:一件好用的东西,一件能用很长时间的东西。

她在门口突然停下来,皱起眉。两个小男孩正在大太阳下的篱笆边玩耍,由于玩得太投入,没有听见她的脚步声。这两个可爱小家伙的年龄、身材和衣着都很相似。他们都矮小健壮,皮肤粉粉嫩嫩。他们兴致勃勃,脸蛋涨红,后脖颈上都出了不少汗。他们用鹅卵石、

---

[1] 威廉·特库赛·谢尔曼(1820—1891)是美国南北战争时期联邦军著名将领,陆军上将。他成功地实施了"向海洋进军"的作战方案。

小树枝，还有一辆锡制的小有轨电车没完没了地玩一个神秘的游戏。

马特森太太走进院子。

"柯蒂斯！"她说。

两个小男孩吓了一跳，抬起头来。其中一个站起来，面对她皱起的眉毛垂下头。

"是谁，"马特森太太从喉咙里挤出话来，"谁让乔吉来这儿的？"

没人回答。乔吉仍然蹲在地上，好奇地看看她，又看看柯蒂斯。他觉得眼前的一幕很有意思，并没有被吓到。

"是你吗，柯蒂斯？"马特森太太问。

柯蒂斯点了点头。他的头垂得那么低，这动作几乎看不出来。

"说'是的，亲爱的妈妈'！"马特森太太说。

"是的，亲爱的妈妈。"柯蒂斯低声说。

"我跟你说过多少次，"马特森太太问，"让你别和乔吉一起玩？多少次，柯蒂斯？"

柯蒂斯含糊不清地咕哝着。他希望乔吉最好能走开。

"你不知道吗？"马特森太太难以置信地问，"你不知道？妈妈为你做了那么多，你还不知道她说过多少次不要和乔吉一起玩？你不记得妈妈说过如果再和乔吉一起玩她会怎么做吗？"

孩子踌躇一下，然后点头。

"说'是的，亲爱的妈妈'！"马特森太太说。

"是的，亲爱的妈妈。"柯蒂斯说。

"好吧！"马特森太太转向看得入神的乔吉，"你现在得回家了，乔吉——直接回家吧。别再来了，明白吗？我不允许柯蒂斯和你一起玩。"

乔吉站起身。

"再见。"他冷静地说，然后走开了，没人回答他。

马特森太太凝视着柯蒂斯。悲伤使她的五官都要移位了。

"玩！"她激动得语无伦次，"跟个皮匠的孩子玩！妈妈为你做了那么多！"

她抓住他的一条软弱无力的胳膊，拽着这毫不反抗的孩子向宅子走去，经过前来开门的女仆，上楼来到他的蓝色小卧室。她把他推进去，关上门。

然后她回到自己的房间，小心地把包放在桌子上，摘下手套，把它们连同包一起放在井井有条的抽屉里。她走向衣柜，挂起大衣，然后弯腰去拿一只毛毡拖鞋。这双便鞋被严谨地放在睡衣下的地板上，像芭蕾舞的一位脚一样脚尖向外撇。这是双淡紫色的便鞋，上面有贝壳和保守的玫瑰花饰，皮革鞋底轻便而柔韧，上面印着它的商标"Kumfy-Toes"。

马特森太太紧抓住鞋跟，把鞋在空中挥了几下。她拿着它去了小男孩的房间。转动门把手时，她开始说话。

"妈妈还没来得及把帽子也摘下来。"她带上门。

她不久就出来了，身后传来一阵尖叫。"行了！"她大声地说，从门口回头看。

尖叫声顺从地降低为呜咽。"行了别哭了，谢谢你。这一上午妈妈已经听够了。今天之内我也不想再听到。下午女士们要来了，妈妈要办的事有好多！哦，柯蒂斯，如果我是你，我会感到羞愧的——我会的。"

她把门关上走开了,去摘下帽子。

中午时女士们来了。共有三位。克利太太头发灰白,身体羸弱,为人不辞辛劳。她探病时总是体贴地带来生日贺卡和一罐罐汤。斯旺太太是她的小姑子,年纪比她小,喜欢戴以雏菊为装饰的帽子,还喜欢钩针编织的花边领口。她对女主人的熟人和活动表现得非常感兴趣,但这种样子转瞬即逝。还有库克太太。只有她无足轻重。她耳聋得厉害,所以总是搞不清楚状况。她看过无数专家、花了无数钱、忍受着种种疗法带来的痛苦,只为了能听明白大家正在说什么,并在其中插上一脚。最后专家们为她装上一根螺旋状的长管子,管壁呈波纹状。它与其说是根管子,还不如说像是根放大的人的肠子。她把一头塞进听觉稍灵敏的那只耳朵里,另一头伸向那些愿意和她说话的人。但这闪亮的黑色话筒似乎使人们难堪害怕。他们想不出更好的话,只好冲着管子里喊"外面变冷了",或是"你保持得不错呀"。为了能听到这些话,她多年来忍受着痛苦。

马特森太太穿着去年的春款蓝色塔夫绸衣服,把客人引到客厅里坐下。这个下午专门留给编织活和聊天。稍后会有茶和两个三角形的三明治——都是用昨晚剩下的鸡肉切碎做成的,还会有个蛋糕——马特森太太最喜欢吃这种蛋糕,因为它的配方只需要一个鸡蛋。她亲自到厨房去监督厨师干活。她并不是觉得厨师会浪费食材,而是觉得那个女人能够容忍有人旁观。

装着薄荷奶油饼干的绉纸篮子装点了茶几四角。马特森太太相信客人们不会把这些东西当作礼物带回家。

大家起劲地聊着天气。克利太太和斯旺太太争先恐后地赞美这一天。

"晴空万里。"克利太太说。

"万里无云，"斯旺太太补充说，"一片云也没有。"

"今天早晨的空气真好。"克利太太报告。

"我对自己说：'好吧，如果真有美好的一天的话，那就是今天了。'"

"几乎能闻到芳香。"斯旺太太说。

库克太太突然说话，声音特别大——失聪者往往判断不好自己说话的音量。

"哟，真是个大热天！"她说，"外面真是可怕。"

谈话立刻转到文学上。大家得知克利太太一直在读一本十分吸引人的书。她一时想不起书名和作者，但她是那么喜欢它，以至于昨天晚上"一直读到 10 点"。她特别赞美了该书对意大利某些地方的描写，并断言那些地方风景如画。这本书是"诺克小书"书店的那位年轻女子介绍给她的。按她的权威意见，这是本新书。

马特森太太皱着眉头看自己的绣品。话语如水般从她唇间潺潺流出。她以前好像聊过这个话题。

"这些新书对我没有任何用处，"她说，"我不会在家里腾出地方放它们。我不明白为什么有人会坐下来写这些东西。我经常想，估计这些作家大多数情况下都不知道自己写的是什么。我不知道他们的目标读者是谁。我肯定我不会读。"

她停顿一下，让听众们消化自己的论点。

"马特森先生，"她继续说——她总是这样提到丈夫，因为这个称呼有种贵族式的超然感，抹消了关于亲密肉体行为的暗示，"马特森先生也不读这些新书。他总是说，如果他能找到另一本像大卫·哈卢姆这样的作者写的书，他一分钟就能读完。我希望，"她热忱地补充，"每次这么说时，他都能给我一美元。"

克利太太笑了笑。斯旺太太在她停下来时轻轻笑出声来。

"哎呀，这没错，你知道，不能再对了。"克利太太告诉斯旺太太。

"哦，是的。"斯旺太太赶紧让她安心。

"我不知道我们说这些有什么意义，我说真的。"马特森太太说道。她开始做针线活，线穿过紧绷在绣花圈的亚麻布时嘣嘣作响。

谈话的中断使斯旺太太感到心头沉重。她抬起头向窗外望去。

"天哪，你的草坪真漂亮！"她说，"我没法不注意到这一点。你知道，我们一直住在纽约。"

"我经常说，我不明白人们为什么要把自己关在那样的地方，"马特森太太说，"你知道，你住在纽约那种大城市里，而我们生活在城外。"

斯旺太太有点紧张地笑了。克利太太点了点头。"没错，"她说，"那很好。"

马特森太太自己也认为这句话值得再重复一遍。她拿起库克太太的话筒。

"我刚才正对斯旺太太说呢。"她对着话筒吼出那句隽语。

"住在哪里？"库克太太问。

马特森太太耐心地对她笑笑。"纽约。你知道的,我就是在那儿收养了我的小男孩。"

"哦,是的,"斯旺太太说,"卡丽告诉过我。你真是太好了!"

马特森太太耸耸肩。"是的,"她说,"我直接去了最好的地方找他。科曼小姐的托儿所——绝对可靠。你可以在那里找到极好的孩子。他们告诉我,有很多人排着队呢。"

"天哪,想想看,他住在这里是什么感觉,"斯旺太太说,"有这么大的房子,那么可爱、光滑的草坪,还有其他一切。"

马特森太太微微一笑。"哦——哎呀。"她说。

"我希望他会感激。"斯旺太太评论道。

"我想他以后会的。"马特森太太以干练的方式说。"当然,"她也承认,"他现在还太小了。"

"太好了,"斯旺太太低声说,"这么小的时候就把他们带回来,让他们长大,真是甜蜜。"

"是的,我认为这是最好的办法。"马特森太太同意。

"而且,你知道,我真的很喜欢训练他。他既然跟我们生活在一起,就自然希望他表现得像个小绅士。"

"想想看,"斯旺太太喊道,"像这样的孩子,所有财产都是他的!你以后会让他去上学吗?"

"哦,是的,"马特森太太回答,"是的,我们希望他接受教育。要是带孩子去附近一所不错的小学的话,在那里他只会遇到最好的孩子,和他们交朋友。总有一天他会知道这是好事。"

斯旺太太抓住了重点。"我想你已经把他长大后要做什么都定好了。"她说。

"哎呀，当然了。"马特森太太说。"他要接手马特森先生的业务。我的丈夫，"她告诉斯旺太太，"拥有马特森加法器公司。"

"噢——噢——噢。"斯旺太太的声调越来越低。

"我想柯蒂斯会在学校表现得很好，"马特森太太预言，"他很聪明，一点也不愚笨，学什么都轻而易举。马特森先生急于把他培养成优秀精明的商人——你知道，他说国家就需要这样的人。所以我一直试着教他金钱的价值。我已经给他买了家小银行。无论多早开始也不过分。因为也许哪天柯蒂斯会拥有——唔——"

马特森太太渐渐沉入轻松的思绪，开始回忆那些小逸事。

"哦，孩子们真有趣，"她说，"有天，纽曼太太带小艾米去和柯蒂斯玩，当我上楼去看的时候，他就在那儿，想把那只崭新的法兰绒兔子送给她。所以我就把他带进我的房间，让他坐下。我对他说：'柯蒂斯，你要知道妈妈为那只兔子花了将近两美元——差不多两百便士。慷慨是好事，但你必须明白，把东西送给别人不是好主意。现在你去找艾米，告诉她你很抱歉，但她必须马上把那只兔子还给你。'"

"他照做了吗？"斯旺太太问。

"为什么不？是我让他这么做的。"马特森太太说。

"这不是很好吗？"斯旺太太向大家说，"真的，想想吧，这样一个孩子，突然间就拥有了一切。可能还有穷人会找来。他父母——还活着吗？"

"哦，不，不，"马特森太太轻快地说，"我不会让任何类似的麻烦找到我。当然，我知道关于他们的一切。他们真的很好，是清清白白的人——父亲在大学里。对于孤儿来说，柯蒂斯真的算是出身于非常好的家庭了。"

"你认为你会告诉他，说你不是——他不是——告诉他这件事吗？"克利太太问。

"天哪，是的，只要他再大一点，"马特森太太回答说，"我想让他知道这件事会好得多。他会更加感激这一切的。"

"这小东西还记得他的父母吗？"斯旺太太问。

"这个我就真的不知道了。"马特森太太说。

"茶。"女仆突然在门口出现，大声说道。

"说'茶已备好，马特森太太'。"马特森太太提高嗓门说。

"茶已备好，马特森太太。"女仆学舌。

"我不知道该拿她怎么办，"女孩消失后，马特森太太对客人们说，"昨天晚上她在厨房里招待客人，一直到将近晚上 11 点。我的问题是对仆人太宽容了。唯一的办法就是把他们当作牛一样对待。"

"他们从不会感激。"克利太太说。

马特森太太把绣活放在香草针线篮里，然后起身。

"嘿，我们去喝杯茶好吗？"她说。

"哎呀，当然好啦！"斯旺太太叫道。

一直固执地编织的库克太太通过话筒得知茶点已备好。她立刻放下手中的活，带头向餐室走去。

大家一边吃茶点一边谈论针脚和花样。斯旺太太和克利太太对三明治、蛋糕、篮子、桌布、瓷器和银器图案不吝溢美之词，马特森太太则照单全收。

有人看了眼表,随后一片惊叫。大家都觉得下午的时间流逝得飞快。随后她们带好针线包,成群结队匆匆回到大厅去戴帽子。马特森太太看着她的客人。

"哎呀,真是太可爱了,"斯旺太太紧握着她的手说,"听到那个可爱的小男孩和所有的事,我说不出有多喜欢。希望你什么时候能让我见见他。"

"喂,如果你愿意的话,现在就可以见他。"马特森太太说。她走到楼梯脚,拖长声音喊:"柯——蒂斯,柯——蒂斯。"

柯蒂斯出现在楼上大厅里,穿着灰色的高级棉布水手服,看上去干干净净的。他当时要买这套衣服,是怀着热切的期待,想要"长大后成为水手"。他低下头看她们,看见库克太太的话筒,就瞪大眼睛聚精会神地盯着它看。

"下来见见女士们,柯蒂斯。"马特森夫人命令道。

柯蒂斯走了下来,他温暖的手搓得楼梯扶手吱吱响。他把右脚踩在台阶上,小心翼翼地把左脚移下来,然后又把右脚伸下来。最后他来到她们面前。

"向女士们问个好,好吗?"马特森太太问。

他把无力的小手轮流递给每位客人。

斯旺太太突然蹲下来平视着他。

"天哪,多好的孩子!"她喊道,"我就是喜欢像你这样的小男孩,你知道吗?哦,我真想把你吃掉!我说真的!"

她紧握着他的手臂。柯蒂斯惊慌失措,偏头躲过她的脸。

| 165

"你叫什么名字？"她问他,"让我们看看你能不能告诉我名字。我打赌你不能！"

他看着她。

"你不能把名字告诉这位女士吗,柯蒂斯？"马特森太太问道。

"柯蒂斯。"他告诉那位女士。

"哎呀,多漂亮的名字啊！"她抬头看着马特森太太,"那是他的真名吗？"

"不,"马特森太太说,"他原来有个名字。但我一看到他就给他起了这个名字。我母亲叫柯蒂斯。"

有人说道:"我结婚前叫盖尔夫。"

库克太太尖锐地说:"幸运！真幸运,小家伙！"

"好吧,我得这么说,"斯旺太太附和着说,"你是不是个幸运的小男孩？是不是,是不是,是吗？"她用鼻子蹭了蹭他的鼻子。

"是的,斯旺太太。"马特森太太断言,然后对柯蒂斯皱了皱眉头。

他低声说了什么。

"噢——你！"蹲着的斯旺太太站起身来,"我想把你偷走,连你那身小水手服一起！"

"妈妈给你买了那套衣服,不是吗？"柯蒂斯的代言人马特森太太问,"他所有的好东西都是妈妈买的。"

"噢,他叫你妈妈？多甜蜜呀！"斯旺太太叫道。

"是的,我觉得很好。"马特森太太说。

门廊上响起了轻快而坚定的脚步声,随后钥匙在锁里转动。马特森先生进来了。

"唉。"马特森太太一看见她的伴侣就说。这是她对他一成不变的晚间问候。

"啊。"马特森先生说。这是他对她的问候。

克利太太唔了一声。斯旺太太快活地眨眼睛。库克太太把话筒放在耳朵上,希望能听到一些有价值的东西。

"我想你之前没见过斯旺太太,艾伯特。"马特森太太说。

他鞠了一躬。

"哦,我听说过很多关于马特森先生的事。"斯旺太太叫道。

他又鞠了一躬。

"我们一直在和你的小朋友聊天,"斯旺太太捏了捏柯蒂斯的脸颊,"你这个小甜心,真可爱!"

"好吧,柯蒂斯,"马特森先生说,"你向我问好了吗?"

柯蒂斯带着一丝礼貌的微笑,向他现在的父亲伸出手来。他谦虚地垂下眼睛。

"这还差不多。"马特森总结道。他完成了为人父母的责任,转而履行自己的社会义务。

他大胆地拿起库克太太的话筒。柯蒂斯盯着看。

"外面变冷啦。"马特森先生吼道。

"我想也是。"库克太太点点头,"这很好!"她喊道。

马特森先生上前为她开门。他身材魁梧,而厅堂狭窄,因此他外衣袖子上有颗装饰纽扣被库克太太的话筒挂住了,"啪"的一声掉在地上滚开,吓了人一跳。

柯蒂斯无法控制自己，抑制不住地大笑起来，一声高过一声。他一直在大笑，不顾马特森太太大喊"柯蒂斯"，也不管她正皱着眉头。他弯下腰，双手放在肤色较深的小膝盖上，发出疯狂的笑声。

"柯蒂斯！"马特森先生吼道。笑声消失了。柯蒂斯挺直身子，最后快乐地呻吟一声。

马特森先生气势十足地指了指。"上楼去！"他爆发了。

柯蒂斯转身爬上楼梯。旁边的栏杆衬得他那么矮小。

"好吧，在所有的——"马特森太太说，"自从他来了以后，我还不知道他会做出这种事，也从未听说过他会这样！"

"那个年轻人，"马特森先生说，"需要跟他好好谈谈。"

"他需要的不止这些。"他的妻子说。

马特森先生弯下腰，有什么东西微弱地嘎吱响了一声。他拿起话筒递给库克太太。"不用谢。"——他还以为她会说些感谢的话。他鞠了一躬。"失陪。"说完他就上楼了。

马特森太太跟着客人走到门口。她感到困惑，似乎也感到悲伤。

"我从来没有，"她肯定地说，"从来没有见过那个孩子这样。"

"噢，孩子们嘛，"克利太太安慰她说，"他们有时很有趣——尤其是像那样的小男孩。你不能期望太高。我的天哪，你会搞定的！我总是说，我不知道有哪个孩子在教养方面比他进步得更快，就算他是你自己生的也不过如此了。"

马特森太太又恢复了平静。"哦——天哪！"她说。客人离开后，她关上门，脸上浮现出一丝羞涩的笑容。

杜兰特先生

MR. DURANT

近十天来,杜兰特先生的心情第一次如此轻松自在。他投入地享受这种温暖而柔软的感觉,好像裹在昂贵的新斗篷里一样。杜兰特先生愉快地爱戴的那位上帝已经"居天堂",而在杜兰特先生的世界里,"万象皆调畅"。

令人好奇的是,这重新降临的平静心情是如何让他更能欣赏身边已经司空见惯的事物的。他回头看向结束一天工作后刚刚离开的橡胶厂,赞许地点了点头,冲着那坚实的红色建筑群,那高耸在黑暗中、令人观之难忘的整齐六层大楼。很难找到比这更积极进取的一班人马了,他想。作为其中的一分子,他心中充满主人翁的愉悦之感。

他亲切地看向面前的中央大街,注意到路灯正宁静地亮着。甚至那坑坑洼洼、水洼遍布的潮湿路面小心翼翼地反射的灯光也使他更加快乐。他等的那辆汽车拐个弯,沿着轨道远远开过来——准时到达,守时得令人钦佩,于是他舒畅的心情臻于完满。他怀着快活的柔情，想着它将载自己去的地方，依次想着他晚上要吃的海鲜杂烩浓汤、他的儿女和他的妻子。然后，他十分友善地注意到旁边那位女孩，显然她也在等中央大街的车。他因自己注意到身边女孩这件事而感到开心。他认为能重新理智地注意到这类事情显然值得称道。他觉得自己年轻了二十岁。

她穿着件到处起球的破旧外套，看上去相当寒酸。但她那廉价的漂亮头巾紧紧裹住前额，瘦小的年轻身体在宽松外衣下移动，使人有种异样的感觉。杜兰特先生伸出舌尖，优雅地舔着自己冰凉光滑的上唇。

汽车开过来，叮当一声停在他们面前。杜兰特先生殷勤地闪到一边，请那位姑娘先上车。他并没伸手扶她，但他照顾她上车的那副殷勤样子，让人觉得实际上起到了帮忙的效果。

她迈上高高的台阶，紧身短裙向上滑，露出纤细漂亮的腿。薄丝袜的一边抽了丝。毫无疑问，她没有意识到这一点。抽丝离接缝很近，可能始于吊袜带，一直延伸到小腿肚中部。杜兰特先生心头涌起奇怪的冲动：他想用拇指指甲捏住那根线头向下拉，直到裂缝延伸到她的浅口鞋上。他上了车，付了车费，一边对自己的奇思妙想露出和蔼可亲的微笑。他的嘴逐渐咧大，露出牙齿，正好回应了售票员的亲切晚间问候。

那女孩远远坐在前面，杜兰特先生则在后面找到合意的座位坐下，抻长脖子去看她。他能瞥见她头巾的一道折痕，和擦着鲜艳胭脂的一小块面颊。但他这样就必须让脑袋保持一个紧张而痛苦的姿势。所以他以"总还会有别的姑娘"安慰自己，不再去看她，安静坐好。车程约二十分钟。他把头轻轻向后仰，垂下眼皮，沉浸在回忆中。既然事情现在已妥善了结，他就可以轻松地回忆，同时甚至还带着几分笑意。上星期、现在，甚至在上上周的几天中，每次它挤进脑海，他都不得不竭尽全力把它撵出去。它使他夜不成寐。尽管有近来的愉悦心情作为缓冲，但每当回忆起杜兰特先生称之为焦躁不安的夜晚时，他还是会感到心头热血上涌，激愤难平。

大约三个月前，他第一次见到罗丝。她当时被派到他的办公室取几封信。杜兰特先生是橡胶公司信贷部的副经理，他的妻子习惯说他属于公司的管理层。尽管她这样说时他多半也在场，但他从未对自己的职位加以详细说明。按他的级别，公司为他配备了一间办公室、一张桌子和一部电话，但没有速记员。如果他想口述命令或打印信件，就得打电话给其他办公室，看有没有哪位姑娘正好有时间。罗丝就是这样来到他面前的。

她显然不漂亮。但她身上有种相当甜美的脆弱感，以及近乎无助的胆怯——就是这点曾使杜兰特先生沉迷。但他现在想起来却感到烦躁不安。她芳龄二十，浑身洋溢着青春的魅力。她俯身工作时，廉价衬衣下隐隐透出白皙的后背，干净的头发顺滑地盘在瘦削的脖子上。她稚嫩的笔直的腿在膝盖处交叉，托住便笺簿。她的吸引力让人无法抵挡。

但她并不好看——一点也不。她的头发不适合扎起来；她的睫毛和嘴唇太苍白；她的衣品很差，服饰也太廉价。杜兰特先生回忆时，十分吃惊于自己竟然会被她吸引。但这惊讶背后是宽容，而非不耐烦。在回忆中，他视自己为整场风流韵事中的大男孩。

罗丝竟然如此热切地回应他这个四十九岁的已婚男人,但他对此毫不惊讶。他从没把这个形象跟自己对上号。他过去常常笑着告诉罗丝,他的年纪大到足可以做她的父亲,但他们谁也不把这当回事。他认为她对他的爱再自然不过——就是这么个姑娘,来自某个小城,绝不是那种有众多裙下之臣的女孩,因此很自然地,她被如杜兰特先生这样正值人生巅峰的男子献的殷勤搞得眼花缭乱。想到她生活中还没有其他男人,杜兰特先生就会非常开心。但最近,作为她第一个,也是唯一一个男人,他并没感到受宠若惊,而是认为她狡猾地利用了他,刻意把自己逼到这种境地。

之前他们的关系一帆风顺得令人吃惊。几乎从见到她的第一眼起,杜兰特先生就看出这一点。但这没让他的兴趣稍减。对他来说,困难不是动力,而是阻力。不惹麻烦才是最重要的。

罗丝不是那种卖弄风情的姑娘。她身上有一些非常羞怯之人特有的奇怪直率之处。当然她也有顾虑,但杜兰特先生轻而易举地把它打消了。这倒并不是说他是个中高手。他之前曾有过经验,但他认知中的经验是实际经验的三倍。然而没有哪次经验能教他懂得求爱的微妙差别。不过话说回来,头脑简单的罗丝向他索要得极少。

不管怎样,她从来不会向他索求太多。她从未想过要在他们夫妻间制造任何麻烦,也从未哀求他离开家人和她相处哪怕一天。杜兰特先生因此很珍视她,因为这样省去了很多麻烦。

令人惊异的是,他们几乎不必对外人撒谎就能自由地待在一起。杜兰特先生发现有许多信件必须口述,于是他们下班后可以待在办公室里。没人怀疑这一点。罗丝一天中大部分时间都很忙,杜兰特先生则体贴地不去占用她上司的时间；而他又需要像她那样一位优秀的速记员来处理自己的信件，一切都很自然。

罗丝唯一的亲戚是她已婚的姐姐，住在另一个城市。她本人和名叫鲁比的熟人合住。鲁比也在橡胶厂工作，沉浸于自己的感情生活，似乎从不对罗丝晚餐迟到或是干脆完全错过晚餐表示大惊小怪。杜兰特先生轻易就瞒过妻子，说自己被繁重的业务绊住了脚。这只会让她认为他更重要，并激励她精心准备饭菜、殷勤地保温，等他回来吃饭。让他们尤其感到罪恶的是，他们有时会关上小办公室的灯，然后锁上门，以此来欺骗其他雇员，让他们以为他们俩早就回家了。但从来没有人试图转动门把手进来。

一切都那么简单，杜兰特先生一直认为事态尽在掌握。他对罗丝感兴趣，但也不会错过偶然出现的迷人双腿或挑逗眼神。这是最宁静舒适的自然状态。对他来说甚至像在家里一样自在。

然而事情不断发展，到最后一切都变了样子。"难道你不知道吗？"杜兰特先生带着深深的怨恨扪心自问。

十天前，罗丝哭着来到他的办公室。说来奇怪，她还有一丝理智尚存，居然一直等到下班后才进来，但任何人都可能走进来，发现她在屋里哭泣。杜兰特先生觉得这都是因为自己的守护神显灵保佑，才没有外人撞破这事。按他的说法，她涕泪横流。血色从她的双颊退去，集中在鼻子上，使它变得又红又湿。她苍白的睫毛周围也变成粉色。甚至她的头发也变了样。它们从发夹上脱落下来，散乱的发梢无力地卷曲在脖子上。杜兰特先生不愿看她，也不愿碰她。

他竭尽全力劝她看在上帝的分上保持安静；他没问她出了什么事。但伴随着让人心烦的、时断时续的呜咽，她还是坦白了一切。她"有麻烦了"。无论是在当时还是在后来的日子里，她和杜兰特都一直用不那么直白的词语来描述她的身体状况。即使在心里，他们也是用这个说法来称呼它。

她已经怀疑一段时间了，她说，但之前不想来烦他，直到她完全确定。"不想来烦我！"杜兰特先生想。

他自然大发脾气。天真无邪确实合人心意，文雅可爱、引人着迷；但若是天真得过了头，就只剩下可笑和荒谬。杜兰特先生向上帝祈祷，希望自己从未见过罗丝。他也把这个愿望说给了她听。

但问题不会就此解决。正如他常常快活地同朋友们谈论的，他"略知一二"。按大家的说法，像这样的情况就需要"解决"一下——按他的理解，纽约社交界妇女实际不把它当回事。这件事一定也是可以"解决"的。他送罗丝回家，告诉她别担心，他会安排好一切。他这样做主要是不想看到她，还有那只红鼻子和一对红眼睛。

但事实证明，"略知一二"和把理论付诸实践完全是两回事。杜兰特先生不知道该向谁咨询。他想象自己去询问密友："你们知不知道谁能帮这姑娘解决问题？"他能听到自己的声音，听到自己用可怕的单调语气说出这句话，其间还紧张地笑了几声。向一个人吐露心事，那么其他人也会知道。这座城市还在不断扩张，但仍然还不算大，足以让流言蜚语不胫而走。他从未想过妻子会听信此等谣言，但用这种事来使她烦恼又有什么意义呢？

时间一天天过去，杜兰特先生面色苍白、焦虑不安。他任性地在饭桌上拒绝添饭，他的妻子为此烦恼得要命。他的怒气日见高涨，因为觉得自己会被迫与他人共谋，违反自己国家的法律——也许要违反世界上每个国家的法律，或者说至少每个体面的天主教地区的法律。

最后是鲁比拯救了他们。罗丝向他坦白，说自己已经崩溃，把这事告诉了鲁比。他怒火万丈，气得一句话也说不出来。鲁比是橡胶厂副总裁的秘书。如果她把此事泄露出去，那就有得瞧了，对不对？他当晚躺在妻子身边，大睁双眼，彻夜无眠。一想到要在大厅里与鲁比碰面，他就不寒而栗。

但鲁比把他们的见面处理得很简单，简直令人愉快。她并没有眼含责备，也没有冷冷地把头转过去。她像往常一样微笑着对他说了声"早上好"，然后又自下而上飞快瞥了他一眼，眼中有调皮、理解和一丝赞赏的神情。亲密的感觉油然而生，共同的秘密把他们紧紧地绑在一起。真是位好姑娘，好个鲁比！

鲁比不显山不露水地安排好了一切。杜兰特先生没有直接参与计划，只是在少数几次被迫去看罗丝时听到了事情进展。鲁比通过几位身份不明的朋友打听到"一个女人"。总共要花二十五美元。杜兰特先生大方地坚持把钱塞给罗丝。一开始她还为这事哭鼻子，但他最终还是把钱给她了。这并不是说他自己就没地方花这二十五美元，比如当时朱尼尔正好需要这笔钱去看牙医！

好啦，现在一切都结束了。鲁比这个难得的好姑娘陪罗丝一起去找"那个女人"，然后当天下午就带她去火车站，送她坐火车去姐姐那里。鲁比甚至想到提前给罗丝姐姐拍电报，说罗丝患了流感，必须休息一段时间。

杜兰特先生劝罗丝把这当作短暂休假。还承诺无论何时她想回来上班都会为她说好话。但罗丝一想起这事，鼻子就又红了。她发出令人焦躁的抽泣声，然后放下黏糊糊的手帕抬起头，用完全陌生的坚定态度说：她再也不想看到橡胶厂、鲁比或是杜兰特先生了。他宽容地大笑，强迫自己轻拍她纤瘦的后背。事情的结果使他松了口气，因此他对这种小别扭一笑而过。

回想起这最后一幕时，他总会轻声笑起来。"我猜，她当时觉得这样说会使我心痛，"他自言自语，"我猜她认为我该跪下来讨她欢心。"

问题解决带来的这种踏实感真不错。杜兰特先生曾在某处听到个说法，似乎可以完美地形容这种情况。在他看来这是个极妙的隽语。你可能会觉得该是那些穿着高筒靴、挥舞手杖的男人无意中说出这个时髦的词。他现在也能满意地说出它了。

"好啦，就这么结束了。"他自言自语，不确定自己有没有大声说出来。

汽车放慢速度，穿粗布外套的女孩向车门走过去。车身颠簸，她随之晃了一下，碰到了杜兰特先生——他会发誓说她是故意的。她笑着道了歉，瞟了他一眼——杜兰特先生把这解读为委婉的邀请。他起身想跟着她走，但起到一半又坐回去。毕竟这是个潮湿的夜晚，而他家所在的那个拐角距此还有五个街区。他又有了那种舒适的踏实感：旧人走了，新人还会来的。

他兴高采烈地在自家那条街上下了车，向家的方向走去。今夜天气并不好，但那潜入暗夜的凉凉细雨只会把他心中温暖明亮的房子、海鲜杂烩浓汤、乖孩子和正等待着他的妻子衬托得更加鲜明生动。他走得相当慢，好让上述场景在等待结束后更加诱人。他哼着歌走在整洁的人行道上，经过那些坚固而相当破旧的房子。

两个女孩从他身边跑过，她们手举过头，遮住帽子以免它们被淋湿。他喜欢她们的鞋跟在人行道上敲出的咔嗒声，喜欢她们短促的上气不接下气的笑声，喜欢她们双臂高高举起的姿势，喜欢她们身体的优雅线条。他认识她们——她们住的地方同他家隔了三户，屋前立着根路灯杆。他常常留恋她们的青春美貌。他加快脚步，这样就能目送她们上台阶，看到她们的修身短裙顺着腿向上滑。他又回忆起那个丝袜抽丝的女孩。当他走进家门时，还在津津有味地想着这些事。

他还在用钥匙开门时，孩子们就吵吵嚷嚷地冲过来迎接他。想必是有什么令人兴奋的事情发生了，因为朱尼尔和夏洛特通常举止小心，不会乱跑或叽叽喳喳地招人烦。他们懂事、成绩优异、认真刷牙、从不说谎，也不跟讲脏话的孩子一起玩。取下牙套后，朱尼尔简直就是父亲的翻版，而小夏洛特和母亲长得非常相像。朋友们经常说上天对这家人的安排真是绝妙。

杜兰特先生在吵闹声中好脾气地笑着，把外套和帽子小心地挂好。即使是把衣物挂在冰冷闪亮的帽架把手上这件事都会使他快乐。今晚万事顺心。就算是孩子的吵嚷也没激怒他。

最后他明白孩子们为什么激动了：有只流浪狗之前来到后门。

他们当时正在厨房里帮杜兰特夫人干活，夏洛特觉得听到什么东西在搔抓，而杜兰特夫人说她胡说。但夏洛特还是走到门口，发现了那只小狗正想进屋躲雨。杜兰特夫人帮他们给它洗澡，还给了它东西吃。现在它在客厅里。哦，爸爸，我们不能留下它吗，求您了，行吗，行吗？求您了，爸爸，行吗？它没戴项圈——所以您看，它是只无主的狗。妈妈说可以，如果您也答应，妈妈会很喜欢的。

杜兰特先生仍然微笑着。"我们来看看。"他说。

孩子们看上去很失望，但并不沮丧。他们本来希望他的回应能更积极些，但根据以往经验，"我们来看看"意味着事态会向有利的方向发展。

杜兰特先生向客厅走去，打算审查一下这位客人。它并不漂亮，很明显是一条滥交的母狗留下的活生生的纪念品。这头小兽相当矮壮，白毛乱蓬蓬的，其间偶尔点缀着一簇簇俏皮的黑毛。它看起来有几分像西里汉梗犬，但在其他品种杂交混合的特征下几乎难以分辨。总之，它像《流行犬种》里不同狗狗照片拼贴起来的。但你一眼就能看出这小东西自有本事，可以让人为了它丢盔弃甲。

它正躺在壁炉边，满怀渴望地甩着长得过分的尾巴。它恳求地望着杜兰特先生，巴望他能给自己公平的裁决。孩子们之前让它躺在那儿，于是它就一动不动。它只能以此来报答他们的善意。

杜兰特先生有些心软了。他并不讨厌狗，而且他喜欢想象自己是个善人，能庇护无依无靠的小动物。他弯下腰，向它伸出一只手。

"好啦，先生，"他和蔼地说，"过来，好家伙。"

那只狗狂喜地扭动身体向他跑来。它快乐地亲吻那只冰凉的手以示恭敬，然后把自己温暖沉重的头放在他的掌中。"您无疑是全美国最伟大的人。"它的眼神如是说。

杜兰特先生很享受这种感恩戴德。他和蔼地拍着那条狗。

"好啦，先生，加入我们这一家如何？"他说，"我想你可以计划住下来了。"夏洛特不由自主地掐朱尼尔的胳膊。然而两人都觉得最好还是先别马上插话，免得好运飞走。

杜兰特夫人从厨房走进来，脸被杂烩汤熏得通红。她担忧地皱起眉——一半是因为晚餐，一半是因为这只闯进家庭生活的小狗。任何事先没有列入她当日计划的事件都会使杜兰特夫人陷入类似"炮弹休克症"的状态。她的手紧张地抽搐，不断打着手势，但总是打到一半就停下来。

她看到丈夫拍狗时松了口气，面孔也舒展开了。孩子们和她在一起时总是很放得开。他们打破沉默，在她身边跳来跳去，尖叫着说爸爸已经允许它留下来啦。

"是吧——我说过你们有个好爸爸，对吧？"她用父母在偶尔猜对某事时使用的那种语气说，"很好，孩子他爸。我们有个大院子，还有所有其他东西。我想一切都不用担心。她看起来真是个好姑娘。"

杜兰特先生的手突然刹在空中，就像狗脖子突然变成了烙铁一样。他起身盯着妻子，就像盯着个突然发狂的陌生人。

"姑娘？"他保持那种表情重复道，"姑娘？"

杜兰特夫人的双手抽搐。

"呃——"她开了个头,好像接下来马上要滔滔不绝地演讲,解释这种情况事出有因,然而最后只是说,"呃——是的。"

孩子们和狗紧张地看着杜兰特先生,觉得好像出了什么问题。夏洛特开始默默啜泣。

"安静!"父亲突然转向她,"我说过它可以留下来,对不对?父亲有不遵守承诺过吗?"

夏洛特礼貌地低声说"父不曾毁约",然而她没被说服。但这个冷静的孩子决定把这件事交给上帝处理,而且偶尔也会在祈祷时稍稍催促他一下。

杜兰特先生向妻子皱眉,把头向后歪了一下。这表明他想和她在厅对面被称为"爸爸的私室"的小房间里谈谈,这是大人间的谈话。

私室是在他的指导下布置的,相当有男性特征。墙上贴着红壁纸,一直贴到木制搁板下方。搁板上陈列着本国制造的斯坦斯啤酒杯作为装饰。红壁纸上每隔一小段距离就钉着个烟斗架。但所有的烟斗架都是空荡荡的,因为杜兰特先生只抽雪茄。一面墙上挂着幅水平欠佳的画,画的是个长着吸血蝙蝠般翅膀的年轻女子。另一面墙上有张水彩着色的照片,题为《九月的早晨》。色彩稍许漫出人物线条勾勒的范围,仿佛上色的艺术家的手曾激动地颤抖。桌子上方小心地挂着张带流苏的鞣制兽皮,绘着不知名印第安少女的侧影。摇椅上有只皮枕头,上面以烙画的形式描绘一位穿裙撑的姑娘——裙撑塑造出业已过时的难看曲线。

杜兰特先生的书排列在书架的玻璃门后。它们全都又高又厚,装帧鲜艳，能看出他以它们为傲。这些书大多与法国宫廷的红人儿有关，其中有几卷讲述了各位君主的古怪个人习惯，以及前俄罗斯僧侣在法国的冒险史。杜兰特夫人从来没能抽出时间来阅读。她怀着敬畏的心情看着它们，认为丈夫是美国重要的藏书者之一。客厅里也有书——有的是长辈传给她的，有的是别人送的。她在客厅的桌子上放了几本，看起来就像被基甸丢弃在此的。

杜兰特先生认为自己是孜孜不倦的藏书家和永不满足的读者。但收到书后，他总会失望，因为它们读起来总不如宣传中说的那么好。

杜兰特先生在他妻子前面进屋。面对她时，他仍然皱着眉头。他并未失去冷静，但多少有些烦躁。总有些烦人的事情要闯进生活。难道你不知道吗？

"现在你心知肚明，法恩，我们不能把那条狗留在身边。"他说话时用的是谈到内衣、浴室用品和类似不体面话题时常用的那种低沉声调。听语气，他好像是在和善地同一个智力迟钝的孩子讲话，但其中蕴含的坚定就像英国将直布罗陀海峡从西班牙手里纳入囊中一样。"你真是疯了，居然以为我们能留下它，哪怕一分钟也不行。哎呀，我不会收留母狗，这跟钱没关系。因为这很恶心，就是这样。"

"好吧，但是，孩子他爸——"杜兰特夫人的双手又开始抽搐。

"恶心，"他重复道，"养一条母狗，你知道会发生什么事。所有附近的公狗都会追在它后面。首先你要知道，它会生小狗的——它生完后还要照顾那些小崽子，所有这些！你觉得孩子们看到这些没问题,是不是?我还以为你能考虑到他们呢,法恩。没门,我的家里不允许有这种现象。既然我知道,我就不能让它发生。恶心!"

"但孩子们,"她说,"他们只是要……"

"现在把这件事交给我吧,"他安慰她,"我说过狗可以留下来,我说话从来都算数,对吧?等他们睡着后我再把小狗轰出去。然后早上你就说它已经连夜跑掉了,明白吗?"

她点点头。她丈夫拍拍她的肩——她身上的黑绸衣散发出可丽饼的气味。他用这种简单的方式解决了一个小难题,从而再次保全了他与世界的和睦相处。知道"万事皆调畅",新的良好开端即将到来,他又一次觉得自己被裹在了披风里。他和妻子一同走向餐桌,手仍放在她肩上。

知道"万事皆调畅",新的良好开端即将到来,他又一次觉得自己被裹在了披风里。

共和国的士兵

SOLDIERS OF THE REPUBLIC

星期天下午，我们和那个瑞典女孩坐在瓦伦西亚一家大咖啡厅里。我们把苦艾酒倒进厚壁的高脚杯，每只杯子里都有一大块多孔的灰色冰块。侍者为冰块而骄傲，简直舍不得把杯子放在桌上，因为这样他就与它永别了。他回去干活——全屋的人都在拍手，同时发出嘘声来吸引他的注意力——但他还在扭头看。

屋外已经黑下来，又一个黑夜等不及黄昏来过渡就迅速降临。街上没有路灯，所以尽管刚入夜，外面就已黑得像午夜一样。因此你不知道所有婴儿是否还醒着。餐厅里婴儿随处可见。他们看似认真，却不会一本正经，以包容的态度表示着对周边环境的兴趣。

我们旁边的桌旁有个特别小的宝宝，可能只有六个月大。他的父亲，一位小个子男人穿着大号制服，让肩膀都坠了下来。他小心地把宝宝放在膝盖上。尽管宝宝什么也没做，男人和年轻瘦削的妻子仍坐在那里看着他，脸上浮现出喜悦的赞赏之情，任面前的咖啡逐渐变冷。她的腹部在薄连衣裙下已再次隆起。婴儿穿着做礼拜的白色衣服，长褂子被精心补过。如果不是补丁的白色调各不相同，你就会以为这是件完整的衣服。他的头发上系着崭新的蓝色缎带蝴蝶结，缎带环的两端形成完美的闭环。但这缎带没有用武之地，因为他头发还没有多到能够扎起来。蝴蝶结纯粹是个装饰，能帮婴儿吸引一点注意力。

"啊，看在上帝的分上，别胡思乱想了！"我自言自语，"没错，他头发上有条蓝丝带。没错，他妈妈不吃东西省下钱，这样当爸爸休假回家时，他就可以被打扮得很漂亮了。没错，这是她的事，不关你的事。没错，那你为什么要哭呢？"

阴暗的大房间里挤满了人，十分热闹。那天早上有次空袭轰炸，更可怕的是轰炸发生在白天。但咖啡厅里坐着的人都不紧张，也没人拼命地强迫自己忘记这事。在宜人的周日下午，他们喝着咖啡或瓶装柠檬水，轻松自在地聊着令人愉悦的小事。所有人都在谈话、倾听、回答。

房间里有许多士兵，从制服来看，他们似乎属于二十支不同的军队。但你会发现其不同之处仅在于布料破损和褪色的程度。他们中伤者不多，你不时会看到某人挂着一根或两根拐杖小心翼翼地走着，但脸已经渐渐恢复血色。还有许多人穿着便服——有些是休假回家的士兵，有些是政府工作人员，还有些人谁也说不准是做什么的。丰满惬意的妻子手里拿着纸扇，活力四射，还有像孙辈一样安静的老妇人。有许多可爱的姑娘，其中有些称得上是美人。面对她们你不会评价说"是个迷人的西班牙美女"，而是会说"多漂亮的姑娘啊"。那些女人的衣服不是新的，面料也很低廉，因此经不起那天早上有次空袭轰炸,更可怕的是轰炸发生在白天。但咖啡厅里坐着的人都不紧张,也没人拼命地强迫自己忘记这事。

巧妙剪裁。

"真有趣,"我对那个瑞典姑娘说,"如果一个地方大家都不注意着装,你反而也不会注意原来大家都穿得不怎么样这件事了。"

"是吗?"她说。

除了偶尔出现的某个士兵外,没人戴帽子。我们第一次来到瓦伦西亚时,街上遇到的每个人都嘲笑我,搞得我摸不着头脑,很是烦恼。这并不是因为海关官员用粉笔在我脸上潦草地写下了"伦敦西区大道"。他们喜欢住在瓦伦西亚的美国人,因为曾在那里见过善良的美国人,比如放弃自己的诊所前来援助的医生、冷静的年轻护士和国际纵队[1]的男人。而当我走上前时,男男女女都彬彬有礼地捂住嘴——他们的嘴咧得快要把脸分成两半。天真的小孩子们则不会伪饰。他们笑弯了腰,指着我大喊"哇!"。很久以后我才发现了问题所在,于是摘下帽子。之后再没人笑话我。但我的帽子就是常见的那种,并不可笑。

咖啡馆里人满为患,我离开我们的桌位去和房间对面的一位朋友聊天。当我回到桌旁,发现六个士兵正坐在那里,把附近的空间塞得满满当当,我只好从他们身边挤过去,坐到自己的椅子上。他们看上去疲惫不堪、满身风尘、个子矮小——是像刚刚去世的人看上去的那种矮小。你首先看到的是他们脖子上的肌腱。我觉得自己像头被当作奖品的母猪。

他们都在和那个瑞典女孩谈话。她会西班牙语、法语、德语、

---

[1] 西班牙内战期间由国外共产党募集,为西班牙共和政府而战的志愿军。

斯堪的纳维亚语系的任何语言、意大利语和英语。如果能稍有时间表示后悔，她就感叹说自己的荷兰语太生疏了。她已经不会说荷兰语，只能阅读。她的罗马尼亚语也是如此。

他们告诉她，她又告诉我们，说他们有四十八小时的假期可以离开战壕，但现在假期就要结束了。为了度假，他们把钱凑在一起买香烟，结果有什么地方出错了，香烟始终没能送到他们手里。我有一包美国香烟——在西班牙，红宝石香烟根本不算什么——我把它拿出来，点头、微笑、把烟让给他们，姿势像是在蛙泳，以此让他们明白，我愿意把它送给那六个渴望吸烟的男人。懂我的意思后，他们全体起立同我握手。因为这个把香烟分给即将返回战壕的男人们的小小善举，我在他们眼里成了位可爱的人，或者是女施主，也说不定是被当作奖品的母猪。

每人都用一根特制的黄色绳子点燃香烟，这条绳子燃烧时会发出臭味，瑞典女孩翻译说，这根绳子还可以用来点燃手榴弹。每个人点的东西都已经上齐——一杯咖啡，每个人都对和咖啡一起端上来的装粗糖的小丰饶角[1]赞不绝口。然后大家开始聊天。

他们通过瑞典女孩和我们交谈，但他们采用的方式，与我们和某个语言不通的人讲话的方式一样：他们看着我们的脸，慢条斯理地讲话，煞费苦心地移动嘴唇吐出言语。他们讲故事时如此尽心竭力，并坚信我们肯定会理解。他们是如此笃定，以至于我们反而为自己的不理解而感到羞愧。

---

[1] 一种圆锥形糖果容器，是食物和丰饶的象征。——编者注

但瑞典女孩告诉我们,说他们要么本人是农民,要么父辈是农民。他们的家乡贫穷到不忍卒睹的程度。他们的村庄旁边有个斗牛场,老人、病人、妇女和儿童会在假期去看斗牛。飞机飞过,向斗牛场投下炸弹,当时在那里的老人、病人、妇女和儿童超过两百人。

* * *

他们六人都已经打了一年多的仗,大部分时间都待在战壕里。其中四人已经结婚,一人有一个孩子,两人各有三个孩子,一人有五个孩子。自从奔赴前线以来,他们一直没有得到过家人的消息。没有信件往来。其中两人跟战壕里的隔壁战友学会了写字,但他们不敢往家里写信。他们属于某个联盟,而这个联盟的人如果被抓住就会被处死。他们的村庄已被占领,如果你的妻子收到某联盟成员的来信,那么她会不会因为这层关系而被枪毙呢?

他们说已经一年多没有家人的消息了。他们说这话时没有情绪起伏,也没有表现得坚忍无怨。他们讲这事时好像——好吧,听听看。想想如果是你待在战壕里,打了一年仗,从未听到过关于妻儿的任何的消息——他们不知道你是死是活,还是瞎了眼;你也不知道他们在哪里,或者他们是否还活着——这时你就会想找人聊聊。他们就是这么说的。

其中一人在大约半年前,从在法国的姐夫那里听说了妻子和三个孩子的消息——他说他们的眼睛是那么漂亮——当时妻儿还活着,每天能有一碗豆子吃。但是他听说妻子并不抱怨食物,却为没有线缝补孩子的破衣服而感到烦恼。这也让他烦恼。

"她没有线,"他不停地跟我们讲,"我妻子没有缝补的线。没有线。"

我们坐在那里,听那个瑞典女孩为我们翻译。突然其中一人看了看钟,然后兴奋起来。他们以男人的方式跳起来,叫来侍者,和他急促地交谈了一下。每个人都过来同我们握手。我们做了更多类似游泳的动作来解释他们可以拿走剩下的香烟——六名士兵要带着十四支香烟去打仗——然后他们又和我们握手。最后我们所有人都用西班牙语说"祝您健康"——他们有六个人,而我们这边有三个人,所以我们尽可能多说几次。然后他们鱼贯走出咖啡馆,他们六个人,疲惫肮脏、个子矮小,是强大民族的男人的那种矮小。

他们走后只有那个瑞典姑娘说话。自从战争开始以来她一直待在西班牙。她曾照料过身体支离破碎的人,还把担架抬进战壕,又抬着更重的东西回到医院。她所见所闻太多了,无法保持沉默。

过了一会儿,该走了,瑞典姑娘把双手举过头顶,拍了两下,招呼侍者。他走过来,但只摇摇头,又摇摇手,就又走开了。

士兵们已为我们结了账。

缝衣曲[1]，1941

SONG OF THE SHIRT, 1941

这一天阳光明媚，触目所及，一切都仿佛大了几分。大街伸展出去，好像变得更宽更长，两旁的建筑物也仿佛更高耸入云。窗台上放着的花儿看上去也不再聚成一团，模糊不清，而是被放大到让人能看清每朵花的纹路图案，甚至能数清花瓣。那些平时因为太小而会被忽略的赏心乐事现在清晰地呈现于眼前：水箱盖上瘦削的雕像、旗杆上漂亮圆润的金色把手、别在女士们帽子上的花朵和水果以及帽檐下涂在眼皮上的化妆品。这样的日子越多越好。

这种异常的光辉想必也会影响到看不见的东西。马丁代尔太太停下脚步，打量着大街，似乎真的感觉到心脏在胸腔里膨胀得前所未有地大。马丁代尔太太的心脏大小在朋友中是有名的，而他们也曾以朋友的方式到处宣扬它。在所有发出购票请求的组织名单中，马丁代尔的名字都排在前列。在某些慈善活动中，她经常被拍到坐

---

[1] 《缝衣曲》是英国诗人托马斯·胡德（1798—1845）的作品。

在桌旁热切倾听邻座谈话的照片。和常见的情况不同,她那颗大心脏并未居于硕大胸乳之下,这真令人悲伤。马丁代尔太太的乳房令人羡慕。它们小巧而紧实,一只对着右边,一只对着左边——用俄国人的话说——像是彼此生着气。

那条大道的美丽景色使她的心更温暖。所有的旗子看起来都是崭新的。红色、白色和蓝色都那么鲜艳,仿佛在颤动。干脆分明的星星看上去仿佛正站在它们各自的位置上跳舞。马丁代尔太太也有面小旗子别在上衣翻领上。她喜欢把大量红宝石、钻石和蓝宝石组成花朵图案,镶嵌在晚宴包、粉盒和烟盒上,带着它们到处走。她曾把其中不少宝石拿去给她的珠宝商,他把它们镶成一面迷人的小星条旗。宝石的数量足以让他镶一面微微飘动的旗子。这算是十分幸运,因为平展的旗子看起来会边角锋利而死板。还有许多之前在花卉图案中组成茎叶的祖母绿。当然它们无法用于当前的设计,于是被放在压花革的箱子里。也许某一天,马丁代尔太太会和珠宝商人商量重新启用它们。但现在没时间做这个了。

在鲜明的横幅下,有许多穿制服的人走在大街上。士兵们迈着坚定的步伐快速向前,各有各的目的地。水兵们则两两结对,慢吞吞地走着,在某个拐角停下来,沿街望去,转身走向另一条路,走得越来越慢,也不知道去哪里。马丁代尔太太看着他们,心又开始变大。她有个朋友经常在街上拦住穿制服的男人,挨个儿谢过每个人,感谢他们为她做的事。马丁代尔太太觉得这有点过分。但她确实有点明白她朋友的想法了。

当然,没有士兵或水兵会反感马丁代尔太太与他们搭话。她很可爱，别的女人没人像她那样可爱。她身材高挑，线条优美流畅，如一首十四行诗。她前额宽阔，下巴尖尖，呈倒三角形，像猫咪一样。她的眼睛和头发都是蓝灰色的。她的头发在前额和太阳穴周围并没有逐渐稀少，而是突然从眉毛上方的发际线上冒出，如波浪汹涌。蓝灰色的发色让人看起来成熟。马丁代尔太太四十出头，风韵犹存。难道下午不是一天当中最美好的时光吗？

她是上帝的作品，如此优雅，如此精美，因异常美丽动人的外表而受到温柔的庇护。听说她是位职业妇女时，你可能会大笑。"接着说呀！"你可能会这样说，以这种粗俗的态度表达自己的怀疑。然而比粗俗更糟的是你大错特错。马丁代尔太太不仅有份工作，而且还很努力。她的技能并不熟练，而且她也不喜欢这份工作，因此她得付出双倍努力。但两个月来，她每天下午工作，每周五天，从不旷工。她踏实的服务没得到报酬，纯粹是责任心驱使她这样做。她去服务他人，是因为她觉得自己应该这样做。她觉得你应该尽你所能，努力而谦恭地工作。她怎么想就怎么做。

马丁代尔太太在战争救济组织的特别办公室服务，她和同事们称之为"总部"，有人已经开始叫它"司令部"。正是这伙人一直在鼓动大家，要求统一制服——设计方案还没有完全敲定，她们想参考护士服，但只取其中的伞裙、蓝色长披肩和白色长手套。马丁代尔太太并不同意这一派的意见。她一向很难提高嗓门表示反对，但她还是反对了，尽管声音很轻。她说虽然统一制服没什么问题——肯定没人会说这个主意有什么问题，但它看起来——唔，以工作为借口似乎不太合适——唔，如果她们不介意她这么说的话——在工作时穿昂贵的裙子。自然，他们在"总部"时会戴贴头帽，如果有人想为戴着帽子的你拍照，你就应该允许这种做法，因为这有助于宣传组织的工作。但请不要穿全套的制服，马丁代尔太太说。真的，拜托大家了。马丁代尔太太说。

许多人说"总部"是该市所有战争救济组织的所有办公室中最刻板的。这可不是那种你能随便走进来，然后开始织毛活的地方。一旦你掌握了织毛活的窍门，它会是令人愉快的工作，可以使你从紧张的生活中解脱。你做编织时，除了必须数针数之外，还能分心跟人聊天，能交换吸收新闻。但她们在"总部"做的是缝纫活，这种活计特别困难乏味。她们做那种后面系带子的衬衫式短外套，然后送去给医院的病人穿。每件衣服必须有两只袖子，所有的边都必须缝好。这些布料手感粗糙，气味也很刺鼻，而且新手缝着缝着也会对针不耐烦。马丁代尔太太做完了三件，又把第四件几乎做完一半。她原以为做完第一件后，其他的做起来会更容易，也更快些。但事与愿违。"总部"里也有缝纫机，但几乎没有工人懂操作。马丁代尔太太自己也暗自害怕机器。有个令人恶心的故事——但没人知道是从哪里传出来的——说的是有人把拇指放错了地方，被落下来的针扎进指甲，来了个对穿。此外，还有些你说不太清楚的东西，更倾向于说做手工活就是牺牲和服务。她继续干那项一如既往繁重的工作。希望有更多像她一样能干的人。

许多工人早在完成第一件衣服之前就放弃了。还有许多人承诺每天出勤，却只是偶尔会来。只有少数人能做到像马丁代尔太太一样。

尽管有人质疑管理"总部"的康宁太太，但所有人仍辛勤工作。康宁太太负责验收、剔除不合格的服装，并向工人们解释先缝哪片，再缝哪片。（结果并不总是如预期的那样。一位业余女裁缝辛辛苦苦地缝制了一件外套，却把一只袖子缝到了前襟中央。大家忍不住笑起来。有个说话尖刻的家伙建议说这件衣服倒是可以送给大象当睡衣。马丁代尔太太第一个说出："啊，别这么说！她辛辛苦苦把它做出来的。"）康宁太太性情乖戾，大家都讨厌她。工人们都觉得"总部"设定高标准是很重要的，但也觉得康宁太太没有必要如此尖声责骂一个女工，只因为她穿针前用唾液把线头弄湿。

"好吧，说真的，"受到责备的人中反应最激烈的人说道，"如果一点点干净的口水是他们碰到过的最糟的东西……"

此人再也没有回到"总部"，而有些人觉得她是对的。这段插曲使更多人同意"康宁太太这么做，一定是拿了报酬"这种说法。

马丁代尔太太在明亮的光线中停下来，沿着大街望去，这正是她应得的悠闲时光。她刚离开"总部"。她要过好几个星期才会回去，其他的工人也一样。毫无疑问，布谷鸟正在某个地方唱歌，因为夏天要到了。再说，大家都要出城了，把"总部"关闭到秋天再重开才是明智之举。马丁代尔太太并不为此感到内疚，她期待着做完针线活后能有个假期。

哎呀，结果她一天假也没能休成。工人们欢欢喜喜地告别，相约秋天再见时，康宁太太用力清清嗓子请大家安静，发表了一段简短的演讲。她站在一张桌子旁，桌子上堆满了已裁好的医用外套，但尚未缝合。她是一个粗野的女人，虽然可以猜想她也希望自己有吸引力，但她的话听起来只会令人讨厌。她说现在有个紧急任务，迫切需要医用服装。需要的数量可以万计。组织那天早上曾打来电报催促求。"总部"要一直关闭，九月才会重新开放，这意味着所有的工作都将停止。当然，她们都有资格休假。然而，面对可怕的需求，她不得不要求——她希望号召志愿者们和她们一起做外套，在家里干活。

先是短暂的沉默，接着是一阵低语，声音越来越大，因为大家都意识到别人和自己有同样的感觉。看起来大多数工人都非常愿意，但又觉得自己必须把全部时间都花在孩子身上，因为她们经常待在"总部"，很难见到孩子。其他人则说自己累坏了，就这样吧。必须承认，有好一会儿，马丁代尔太太与后一拨人有同感。然后羞愧使她红了脸。她高高昂起头，满头的蓝灰色发丝也跟着抬起，一言不发，快步走向康宁太太。

"康宁太太，"她说，"请交给我十二件吧。"

马丁代尔太太从没见过康宁太太如此和善。她抓住马丁代尔太太的手。

"谢谢你。"她原本尖锐的声音变得很温柔。

但随后她不得不变回之前那个康宁太太。她把手从马丁代尔太太手中抽出来，转向桌子，开始整理衣服。

"还有，马丁代尔太太，"她尖声说，"请您尽量缝得直一些。你知道，弯曲的缝线会使伤员非常难受。如果你能把针脚缝均匀，这件外套就会看起来更专业，我们的组织地位也会因专业更上一层楼。时间很紧。他们急着要。所以，如果你能设法快一点，真是帮上大忙了。"

真的，如果马丁代尔太太没有主动提出承担这些任务，她本来可以……

那十二件外套连同那件只完成了一半的外套，叠在一起打成了个大包袱。马丁代尔太太只好让人下楼去叫司机来把它搬到车上。在她等司机时，几个工人慢慢地走过来，提出愿意在家做缝纫工作。她们应承的最高数目是四件。

马丁代尔太太确实向康宁太太道了别，但并没表示自己在秋天再见到她时会很开心。尽你所能，因为那是你的责任，但别过分。

在大街上，马丁代尔太太又恢复了常态。她一眼也不去看司机放在车里的那个大包裹。毕竟她本可以体面地享受休假，而不是马上回家重新开始缝衣服。她让司机把包裹送回家，自己在清新的空气中散步，不去想那些没做完的外套。

但是，那些穿制服的男人沿着林荫道走着，头上的旗帜在风中呼啦啦作响。在明亮的自然光下，你可以看清所有人的面孔。他们干净的骨骼、结实的皮肤和眼睛——士兵们自信的眼睛和水兵们渴望的眼睛。他们是那么年轻，所有的人都在尽自己所能，做他们能做的一切，努力而谦逊，毫不动摇，不求扬名。马丁代尔太太捂住心口。也许某一天，他们中有人会躺在医院的病床上……

马丁代尔太太挺直纤弱的肩膀，走进车里。

"请回家，"她对司机说，"我赶时间。"

回到家里，马丁代尔太太让女仆打开笨重的包裹，把里面的东西放在楼上的起居室里。马丁代尔太太脱下外出穿的衣服，把她在她一次又一次地把不完美的针脚拆开,再重新穿上针。

再次缝出乱七八糟的针脚。

她挣扎着完成这艰难而单调的工作,觉得自己快要病了。

"总部"惯常戴的柔软亚麻布小帽戴在头上,只露出第一个蓝灰色发卷。她走进起居室,这间起居室最近被重新漆成她头发和眼睛的颜色。虽然经过多次的混合和搭配,但最后还是成功调成了这种颜色。还有洋红色笔触——或者不如说是洋红色块——在其间点缀,因为马丁代尔太太觉得补上些鲜艳颜色能使它们和自己都显得更加甜美。她看着那堆堆得高高的、难看的、尚未做好的外套,有那么一秒钟,她那颗著名的心缩小了。但当她感到她必须做完时,那颗心就又膨胀回了正常状态。她对那该死的十二件外套的新任务想不出什么好办法。她最紧迫的任务就是先把那件完成了一半的外套做完。

她坐在蓝灰色缎子棉垫上,专心完成任务。她正在做最讨厌的那道工序——缝合圆领。所有东西都乱了套,没有一样是平整的。可怕的糨糊味从厚重的布料中散发出来,她费了好大的劲才把缝线缝得这么漂亮,可是针脚大小却各不相同,而且都是浅灰色的。她一次又一次地把不完美的针脚拆开,再重新穿上针(之前没把线在唇间用唾沫弄湿),再次缝出乱七八糟的针脚。她挣扎着完成这艰难而单调的工作,觉得自己快要病了。

她的女仆进来,小声地告诉她怀曼太太打来了电话,怀曼太太想请她帮忙。对于拥有像马丁太太这样大小的心脏的人来说,真是祸不单行——人们不停地打电话求她帮忙,她也不停地答应下来。因为有可能发生的这样那样的事情,她叹了口气,放下针线活,走到电话旁。

怀曼太太也有一颗很大的心,但位置却不太正。她个头大、身材粗壮,穿着可笑,腮帮子一抖一抖,眼睛像被蜜蜂蜇过一样红肿。她讲话时很不自信,在需要道歉之前早已频频插入道歉的话语,让人听得很是厌烦。

"哦,亲爱的,"她对马丁代尔太太说,"很抱歉打扰你。请一定原谅我。但我真的想请你帮我个大大的忙。请原谅我。但我想问你,你知不知道谁可能需要我的小克里斯蒂太太?"

"你的克里斯蒂太太?"马丁代尔太太问,"现在,我不认为——或许我知道?"

"你知道,"怀曼太太说,"我无论如何也不应该打扰你,你做了那么多、那么多。但你知道我的小克里斯蒂太太。她的女儿刚生完孩子,她得养活她,我不知道她能做什么。我无论如何也不愿打扰你,只是我一直在考虑她能继续为我做什么工作。但是下周我们要去农场,我真的不知道她会怎样。还有她瘸腿的女儿。她们根本活不下去了!"

马丁代尔太太轻轻地呻吟了一声。"哦,真糟糕,"她说,"太可怕了。哦,我希望我能——告诉我,我能做什么?"

"哎呀,如果你能想到哪个人能给她点活干,"怀曼太太说,"我不应该打扰你,真的,但我不知道该找谁。克里斯蒂太太真是个了不起的小女人——她什么都能做。当然问题是,她必须在家里工作,因为她想照顾残疾的孩子,你不能怪她,真的。但她会拿些活计,把它们带回家做。她做活又快又好。请原谅我打扰了你,但如果你能想想——"

"哦,一定会有人需要的!"马丁代尔太太叫道,"我会想想谁需要,我真的会绞尽脑汁的。我一想到就给你打电话。"

马丁代尔太太回去坐在蓝灰色缎子棉垫上。她又拿起那件没做完的外套。一缕异常明亮的阳光穿过花瓶里的蝴蝶兰,照在优雅的小帽下飘拂的头发上。但马丁代尔太太没有转过身去看它一眼。她蓝灰色的眼睛盯在手指间那件单调沉闷的活计上。这件外套,然后还有另外十二件。需求,迫切的、可怕的需求,还有时间的重要性。她缝了一针,一针又一针,一针又一针。她看了看歪歪扭扭的针脚,把线从针鼻中拉出来,拆了三针,重新穿针,又缝了起来。她一边缝着,一边认真地履行诺言,绞尽脑汁地想。

乌鸦的盛宴

THE BANQUET OF CROW

　　这是疯狂的一年,在这一年里,本该按计划进行的事都走进了岔道。那一年,雪下得很厚,进了四月还没停,而一月份,年轻女士们穿短裤在中央公园晒日光浴的照片给小报提供了素材。在这一年里,在这个最富有的国家最繁华的盛世中,走不出五个街区就会看到乞丐向你哀求。衣饰昂贵的妇女在公共场合高声喧哗、踉跄行走已是司空见惯。药店柜台上堆满药片——有的有镇定效果,其他的能让你冲动做事。

　　那一年,妻子们的地位只比圣人们稍逊一二。她们是礼仪专家、受人尊敬的女主人和美食菜单设计者。她们会突然抓起旅行袋和珠宝盒,和身份可疑的同样熟悉上述技能的年轻人飞到墨西哥。那一年,每晚同一时刻分秒不差地走进家门的丈夫会在某个晚上回到家,说几句话,然后就走出家门一去不回。盖伊·艾伦若是在别的时间离开他的妻子,妻子的朋友们会对妻子产生浓厚持久的兴趣。但在那疯狂的一年中,有那么多的婚姻之船撞上"诺曼的不幸之礁",它们的残骸在上面堆积,朋友们也听够了种种关于海难的传说。起初她们成群结队来到她身边,老练地尽最大努力医治她的伤口。她们悲伤地咋舌、困惑地摇头。她们断言盖伊·艾伦精神错乱。她们尖刻地给男人做总结,认为他们都是一丘之貉;她们安慰梅达·艾伦,说没有哪个女人能比她为一个男人做得更多,而对一个男人来说,也没有哪个女人会比她更好了;她们紧握她的手承诺:"哦,他会回来的——你等着瞧吧!"

然而时间流逝,艾伦太太也继续过自己的日子。她这一生中,大家之前从不知道她能如此执着于某个话题。一遍遍讲述自己无可救药的错误,以及自己是多么无辜。朋友没有精力在她的独白中插入慰问的喁喁细语;但其他人喜欢听这个。令人遗憾的是,关于被遗弃者的传说千篇一律——这是可怕的事实。终于有一天,某位女士砰地放下茶杯,跳起来尖叫:"看在上帝的分上,梅达,说点别的事吧!"

艾伦太太再也没见过那位女士。她与其他朋友见面的次数也开始减少——尽管是她们不想见她,而不是反过来。她们抛弃了她,但并不以此为傲。她们被潜意识里的某个念头搅得心神不宁:这最令人讨厌的人也许仍被痛苦折磨。

每个人都试过邀请她参加令人愉快的小型宴会,好帮她暂时忘记自己的处境。艾伦太太带着悲惨故事来赴宴,在餐桌上大讲特讲,就像是把国王查尔斯一世的首级竖在桌子中心作为可怕的装饰品。有几位她不认识的男宾对这位新结识的漂亮女人表现出好脾气,小小地献了几次殷勤。她的回报是给他们讲述自己的悲剧。她

艾伦太太接受不了现状, 从上沙拉时开始讲,一直讲到吃完摩卡慕斯,一一列举她久经考验的、作为妻子、朋友和情人的天赋,同时讥讽地笑着指出:正是上述天赋使她落得这个下场。客人们走后,女主人不幸接到了丈夫下达的关于不可再邀请某人的最后通牒。

虽说如此,她们还是邀请她参加大型鸡尾酒会,算是给自己的社会责任做个盛大的交代。她们觉得艾伦太太那温柔的声音无法压过这种盛会上的可怕噪声,而她既然无法将烦心事宣之于口,可能

而且她明白未来将不过是现状的可怕延伸。

于是她转而回忆过去。

就会暂时把它们抛在脑后。艾伦太太一进来，就径直走向她和丈夫共同的前熟人，问他们见没见过盖伊。如果对方说见过，她就问盖伊近来怎么样了。如果他们说"哎呀，还不错"，她就会宽容地微笑，然后走开。她的朋友们最后对整件事撒手不管。

艾伦太太讨厌她们的做法。她认为她们在人生一帆风顺时才会聚过来，并庆幸自己及时看穿了这伙人——至于"及时"做何解释，她并未说明。然而没人来问她，因为这都是她自言自语时说的。她在公寓寂静的房间里踱来踱去，一直走到深夜，同时开始自言自语。不久之后，她每天外出散步时还会在大街上对自己讲话。那一年里，有许多人走在人行道上，喃喃独白。除非他们大声说话并做手势，否则行人是不会回头看的。

> 她没有被动跟随回忆，而是主动把回忆的镜头对准婚姻中那些洒满阳光的、旁逸斜出的小径。

一个月过去了，然后是两个月、将近四个月……她没能和盖伊·艾伦直接说过话。离开后的某天，他给公寓打过电话，首先询问接电话女用人的健康情况（他一直是用人心中的理想主人），并让她将他的信件转到俱乐部，因为他将在那里住段时间。那天晚些时候，他派俱乐部男用人去收拾衣服、打包并拿回去给他。当时艾伦太太不在家。但他没有提到过她——无论是向女用人还是男用人——都没有。这让她一度心情低落。不过她告诉自己：至少她还知道他在哪儿。如果她按这个思路想下去，就会发现她最多也就只能知道他在哪儿。

每月一号，她会收到一张支票，金额仅够家用和她自己的开销。房租一定是被直接汇给公寓楼的主人，因为从没有人来收她的房租。这些支票不是盖伊·艾伦寄给她的，而是出自他的银行家，一位文雅的白发绅士之手。她觉得这些信像是用羽毛笔写的。除这些支票以外，没有任何迹象表明盖伊和梅达·艾伦有夫妻关系。

艾伦太太接受不了现状，而且她明白未来将不过是现状的可怕延伸。于是她转而回忆过去。她没有被动跟随回忆，而是主动把回忆的镜头对准婚姻中那些洒满阳光的、旁逸斜出的小径。结婚十一年，年年幸福快乐——是那种完美的幸福。哦，盖伊有时会犯那种男人的小别扭，但她会以微笑面对，使他摆脱那种情绪。这样的小事只会让他们更加甜蜜地讲和。床头吵架床尾和，情侣间的口角别有情趣。在四月里，艾伦太太为逝去的时光流下眼泪。从没有人走过来，向她解释说：如果她曾享受十一年的完美幸福，那么她将是唯一享受过的人类。

但回忆是缄默的旅伴。寂静在艾伦太太的耳朵里轰鸣。她想听到温柔的声音，尤其是属于她自己的温柔声音。她想要找到理解——虽然这应该是很容易得到的，因为这不过是相互的赞美和怜悯而已，但许多人终其一生都在寻找它。她对朋友们很失望，觉得必须交些新朋友。想组个新圈子出人意料地困难。艾伦太太花了很多时间和精力，查找已抛在脑后多年的旧日相识，以及曾经在船上和飞机上相谈甚欢的旅伴。不管怎样，她得到了几人的回应。下午她们将在她的公寓里举行私人聚会。

她们却未能令她满意。这些女士们带来的不是理解,而是劝勉激励。她们叫她打起精神,振作起来,继续前行。其中一位甚至鼓励地拍拍她的背。这些聚会最后变得像是球赛上下半场之间,球员在更衣室里用拳头交流感情的那类场面。最后她们敦促她去告诉盖伊·艾伦"滚蛋吧"。于是艾伦太太不再组织聚会。

然而她们还是能帮上点忙的。艾伦太太就通过这些愚昧无知的顾问中的某位认识了兰哈姆医生。

尽管玛乔丽·兰哈姆医生靠自己的努力谋生,但她丝毫没有失去女性气质,毫无疑问这是因为她从未踏进过医学院散发着血腥味的教室,而为博士学位苦读时,也从未过度使用她明亮的眼睛。她优雅地向上一跳,纤细的双脚落地时就成了位心理医生。在那一年中,该科医生为病人准备的长沙发始终闲不下来。兰哈姆医生取得了极大成功。

她脑子里装满了病人的逸事。她以自己的方式讲述它们,使它们不但听起来非常可笑,而且能让听众觉得舒服,觉得自己的病情说到底也没那么严重。在内心深处,她能迅速理解人,坚定地同情大部分敏感的女士。她就是为艾伦太太而生的。

第一次去见兰哈姆医生时,艾伦太太并没有直接躺在长沙发上。医生的办公室里到处是印花棉布,一派愉快气氛。艾伦太太和医生面对面坐下,这是女人间的谈话。艾伦太太发现这样更容易倾吐心声。在她讲述盖伊·艾伦令人无法容忍的行为时,医生一再点头。医生问起盖伊·艾伦的年纪,被答案逗得微微一笑。"哎呀,当然了，这就是问题所在，"她说，"噢！那些四十五六岁的人啊！这是让人又爱又恨的危险年龄啊！哎呀，这就是他的问题了——他正在经历改变。"

艾伦太太用拳头捶着太阳穴，因为她觉得自己真是个傻瓜，之前竟没有想到这一点。之前她一直悲叹、哭泣，因为她完全忘记了男人生在这世上就背负着原罪。而盖伊·艾伦和大家一样，已经到了还债的年龄。整件事情就是如此。（那一年，艾伦太太听说过的最后两桩破裂的婚姻中，一位出走的丈夫二十九岁，而另一位超过六十二岁，但她当时没想起来。）医生的解释使艾伦太太如释重负。她走过去躺在沙发上。

"这才是好姑娘——放松，"兰哈姆医生说，"哦，那些可怜的女人啊，那些可怜的傻女人呀！她们把自己的心扯出来，反复拷问自己：'为什么？为什么？为什么？'绞尽脑汁去找个复杂的理由来解释配偶出走。然而这不过是传统病例，跟神经暂时加速和新陈代谢常规变化有关。"

医生让艾伦太太带几本书回家，在下次约会之前阅读。她说其中几本书的作者是她的密友，这些女士被认为是这方面的权威。这些书似乎出自同一人笔下，其流畅的对话形式使外行人读起来也很舒服。它们的共同点是收录已婚男人的案例——他们疯狂地冲出家门，反抗中年的到来。这样的反抗本身相当感人。这些绝望躁狂的乌合之众没有规划，也没有方向。夜晚寒冷刺骨，他们开始想家。后来这些革命者一个接一个地回来了，垂着头，合掌乞求。他们最终回到了明智善良的妻子身边。

这些书给艾伦太太留下深刻印象。她觉得如果书是自己的，她会在许多段落上重重画线。她觉得自己如此善良，如此聪明，可能也是那些等在家里的妻子中的一位。她可以非常谦虚地说，很多人都说她太宽容了，不会为自己打算，而她可以指出真正的明智行为。她曾痛苦地度过那些黑暗的日子，发誓不会以任何方式接近盖伊·艾伦。如果她用右手拨他的电话号码，那就让右手萎缩脱落！没有人能数出她曾在地毯上来来回回地走过多少英里[1]，与内心做斗争以遵守誓言。她做到了，但看到那得救的，充满活力的美丽右手，她丝毫不觉得安慰。它只是提醒她可以将它放在哪里，然后从这里她会联想到放在另一个拨号盘上的另一只手，同时感受到新的痛苦，因为她想到盖伊·艾伦从未给自己打过电话。

兰哈姆医生对她远离电话的做法给予很高评价，并对盖伊·艾伦的沉默给她带来的痛苦不以为然。"他当然没有打电话给你，"她说，"正如我所预期的——是的，这是我们能得到的最好情况，表明他自己也在承受痛苦。他不敢和你讲话。他为自己感到羞耻。他知道自己对你做了什么——他不知道为什么会这样做，但明白这有多么可怕。他一直在想你。他不敢打电话给你，就说明了这一点。"

兰哈姆医生成功的一个重要因素是，她有能力让溺水者把稻草视为结实的圆木。梅达·艾伦的治疗没能在一天内奏效。几周后她才痊愈。她把一切归功于医生。

---

[1] 1英里约等于1.6千米

兰哈姆医生只是调出科学的冷光,照亮盖伊·艾伦被抛弃这一明显事实下面的深层原因,并帮她找回自我。她不再孤苦伶仃得像被遗弃的一朵凋谢的花、一只破旧的手套、一条松弛的吊袜带。她成为勇敢而富有人情味的女人,以最珍贵的耐心等待那可怜而糊涂的丈夫战胜小问题,回到自己身边。她会在康复期间鼓舞他,使他加速痊愈。她每天躺在兰哈姆医生的沙发上,一边倾诉,一边倾听,从而获得力量。她能睡整觉了。走在街上,她肩背挺直,脸庞平静而明亮。在那些挤在人行道上弯腰曲背、嘴巴蠕动的人中间,她仿佛来自美丽外星球的访客。

奇迹发生了。她丈夫打电话过来,问自己可否当天晚上来公寓取手提箱。她建议他过来吃晚饭;他说恐怕不行,他早些时候要和客户吃饭,大约九点会到。如果她不在家,她能把手提箱留给女仆杰西吗?她说那天晚上她在家,她已经不知道自己有多久没晚上出去过了。好吧,他说,然后说晚点见,接着挂了电话。

跟医生预约的那天,艾伦太太到得很早。她像唱颂歌一样把这消息告诉兰哈姆医生。医生点点头,被逗得笑容满面,几乎露出所有漂亮的牙齿。

"所以你等到这一天了,"她说,"而他也意识到这一点了。是谁早就对你预言过这一切呢?现在听我说。这很重要——也许是整个治疗过程中最重要的部分。今晚不要昏头。记住,这个男人曾把我这辈子见过的最易受伤害的人丢进了地狱。别心软。别对他殷勤过分,好像他回来是你欠他的。别对他太宽容了。"

"噢——噢,我不会的!"艾伦太太说,"盖伊·艾伦会像吃了乌鸦一样丢脸[1]的！"

"这才是好姑娘，"兰哈姆医生说，"不要大吵大闹，你知道的。但别让他觉得所有的事都能一笔勾销。冷淡点，再甜蜜些。别让他知道你有那么一刻曾想念他。就让他看看自己错过了什么。看在上帝的分上，别留他过夜。"

"绝对、绝对不会，"艾伦太太说，"如果这就是他想要的，他就得求我。是的，要让他跪下来求我！"

公寓看起来很可爱。艾伦太太想达到这个效果，而且确实也做到了。从医生那里回家的路上，她买了一大束花，并把它们在起居室里精心布置好——她一直很擅长这个。

九点过三分，他按响门铃。艾伦太太那天晚上让女仆回家了。她自己给他开门。"你好！"她说。

"你好，"他说，"你好吗？"

"哦，我挺好的，"她说，"快进来吧。我想你知道该怎么去起居室，对不对？"

他跟着她进了起居室。他手里拿着帽子，胳膊上搭着外套。

"你这儿有这么多花，"他说，"真漂亮。"

"是的，是不是很可爱？"她说，"这段时间大家都对我很好。把衣服给我吧。"

"我只能待一分钟，"他说，"我一会儿要在俱乐部见个人。"

"哦，那太糟糕了。"她说。

---

[1] "吃乌鸦"是西方谚语，意为"丢脸、被迫收回自己的话"。

稍做停顿后,他说:"你看起来气色很好,梅达。"

"我也不知道怎么回事,"她说,"我忙得很。我从早到晚都在外面。"

"这很适合你。"他说。

"看出房间里添置什么新东西了吗?"她说。

"哎呀——我说了,这些花,"他说,"还有别的吗?"

"窗帘,窗帘,"她说,"上周新买的。"

"哦,是的,"他说,"它们很好看。粉红色的。"

"玫瑰红色,"她说,"有了它们,房间看起来很漂亮,你觉得呢?"

"很棒。"他说。

"你在俱乐部的房间怎么样?"她说。

"很不错,"他说,"我想要的一切都有。"

"一切?"

"哦,当然。"

"吃得怎么样?"

"现在很好,"他说,"比以前好多了。他们请了新厨师。"

"多有趣!所以你真的很喜欢住在俱乐部里?"

"哦,是的,我在那儿很舒服。"

"你为什么不坐下,"她说,"然后跟我说说这里怎么样?要吃的吗?刮脸镜子?还是别的什么?"

"哎呀,一切都很好。听着梅达,我真的赶时间。我的包在这儿吗?"

"它就在你卧室的壁橱里,一直在那儿。坐下——我去给你拿。"

"不，不麻烦你了。我自己去拿。"

他走向卧室。艾伦太太刚想跟在后面，然后想起兰哈姆医生的话，就留在原地没动。医生一定会认为，他一回来就和他一起进卧室未免太心胸宽大了。

他提着箱子回来了。

"你当然可以坐下来喝点什么，对吗？"她说。

"我希望能，但我真的得走了。"他说。

"我想我们可以互相说些亲切的话，"她说。"上次我听到你的声音时，你说的话可不怎么好听。"

"对不起。"他说。

"你就站在那儿，站在门边——看上去很迷人。"她说，"我从没见过你这辈子有举止笨拙的时候。如果说你总会要遇到那种时刻的话，那就是那时了。你当时说了什么。你还记得吗？"

"你记得吗？"他说。

"我确实记得，"她说，"'我不想再这样下去了，梅达。我受够了。'对我说这种话难道真会让你很开心吗？我们在一起十一年，在我看来这太突然了。"

"不。这并不突然。在那十一年里，有六年我都是这么跟你说的。"

"我从来没听你说过。"她说。

"不，你听到过，亲爱的。但你以为我在喊'狼来了'，但你确实听见我说了。"

"难道你六年来一直在计划着要这样富有戏剧性地离开吗？"

她说。

"没有计划,"他说,"只是思考。我没有计划,甚至告别时我口不择言地说的那些话,之前也没有计划过。"

"那你现在有计划吗?"

"我明早要去旧金山。"他说。

"你向我倾诉这些真是太好了。你要离开多久?"

"我真的不知道。我们之前在那里开了分公司——你知道的。事情搞砸了,我得去救火。我不知道要花多长时间。"

"你喜欢旧金山,不是吗?"她说。

"哦,当然,"他说,"挺好的城市。"

"如此美好,如此遥远,"她说,"如果你还要留在美丽的阿美利加[1],那就找不到比它离纽约更远的城市了,不是吗?"

"要这么说那就没错,"他说,"听着,我真的赶时间。我迟到了。"

"你能不能尽快说下这段时间都在做什么?"说。

"日夜工作。"他说。

"你对此感兴趣吗?"她说。

"是的,我很喜欢。"他说。

"哎哟,真是了不起,"她说,"我不是想阻止你去赴约。我只想稍稍知道点你那么做的原因。你当时有那么不高兴吗?"

"是的,我确实不高兴。你用不着逼我说出来。你早就知

---

[1] 《美丽的阿美利加》是美国一首爱国歌曲。

道了。"

"你为什么不开心?"

"因为两个人不能一直这样下去。我们年复一年地做同样的事,而两人中只有一个人喜欢这样,而且以此为乐。"

"你认为像这样我会快乐吗?"她说。

"是的,我想你会的。我希望能找到更好的方式,但我想过一段时间——也不是很长时间——你就会恢复,比以往任何时候都好。"

"哦,你这么想吗?我明白了,你不相信我是个容易受伤害的人。"

"我知道你是,但不是你告诉我的,是十一年的相处使我看明白的。看,说这些没用。再见,梅达。照顾好自己。"

"我会的,"她说,"我答应你。"

他走出门,穿过走廊,按响电梯铃。她扶着打开的门站着目送他。

"你知道吗,亲爱的?"她说,"你知道你出了什么问题吗?你人到中年才会这么想。"

电梯在这层停了下来,开电梯的人把门打开。

盖伦在进梯厢前回头看她。"六年前我还没到中年,"他说,"那时我就这么想了。再见,梅达。祝你好运。"

"一路顺风,"她说,"给我寄张普雷西迪奥要塞的风景明信片。"

艾伦太太关上门,回到客厅,静静地站在地板中央。她的感觉跟之前想象的不太一样。好吧。她已表现得很完美:冷淡而甜蜜。

一定是盖伊还没有从那种常见病中痊愈。他会战胜疾病的。是的，他会的。是的，他会的。当他在旧金山的小山包上跌跌撞撞地爬上爬下时，他就会清醒过来。

她稍做想象。他会回来的，若他为自己做下的蠢事痛苦，他会一夜白头，而且白发不适合他。他会回来认错的，是的，她能看到这一天。她在脑海里为他勾勒了一幅小像：他满头白发、衣衫褴褛、潦倒不堪，正在啃一只冷乌鸦的腿。她能看到乌鸦身上所有的羽毛还在，又黑又亮，令人作呕。

不。白日梦是没有好处的。

她去给兰哈姆医生打电话了。

脆弱的心

THE CUSTARD HEART

人类、笼中野兽或是温驯的家畜……这世上没有哪个活着的生灵见过拉尼尔太太心满意足的样子。她就像某些专注于词句、颜料或大理石的艺术家那样,专注于惆怅这件事。拉尼尔太太并非没有天分,她是真正的艺术家。真正艺术家的永恒榜样无疑是狄更斯的演员,他为了扮演奥赛罗而把自己全身涂黑。我们尽可以假定拉尼尔太太在浴室里也会时常惆怅,而且在黑暗神秘的夜晚,她会就这样在惆怅中沉沉睡去。

如果詹姆斯·韦尔爵士为她画的肖像完好无损的话,她就会站在那里,长年累月地留恋。他给她画的是全身像:一身黄衣,发卷精心地高高梳起,秀气的脚穿着高跟鞋,仿佛优雅的香蕉,晚礼服闪光的后裾长长拖在地上。拉尼尔太太晚上习惯穿白色的衣服,但白色是魔鬼自己作画时常用的颜色。而且难道能指望哪个男人只为完成一项任务就在美国待上整整六周吗?惆怅永远憩在因悲伤的希望而沉郁的双眼中,以及似在恳求的双唇上。小巧的头颅低垂在芳香的天鹅颈上，那多达三层的拉尼尔珍珠项链似乎把颈子都坠弯了。的确，当这幅画像展出时，有评论家在媒体上表达困惑：拥有这样珍珠的女人还会对什么充满渴望呢？但其实这点毋庸置疑，因为他已经以几个便士的代价把自己橙黄色的灵魂卖给了该画廊的竞争对手。当然，没人能在描绘珍珠这方面与詹姆斯爵士一较短长。每颗珠子都独一无二，就像梅索尼埃笔下的战斗场景中，每个士兵的脸都各不相同一样。

> 她穿的天鹅绒长袍好像被浇过奶油：缎面上涂着毛莨做的定型胶，雪纺绸像金色烟幕一样笼在四周。

> 她穿着这身衣服，羞怯而惊讶地听着随之而来的比喻——人们把她比作水仙花、阳光下的蝴蝶等等。

> 但她知道。

鉴于模特有义务与画中的自己保持一致，有段时间拉尼尔太太每晚都穿黄色衣服。她穿的天鹅绒长袍好像被浇过奶油：缎面上涂着毛莨做的定型胶，雪纺绸像金色烟幕一样笼在四周。她穿着这身衣服，羞怯而惊讶地听着随之而来的比喻——人们把她比作水仙花、阳光下的蝴蝶等等。但她知道。

"那不是我。"她最终叹了口气说,回到她那绣着百合花的壁毯前。毕加索有过"蓝色时期"[1],拉尼尔太太有过"黄色时期"。他们都知道什么时候该结束。

下午,拉尼尔太太穿着轻薄芬芳的黑衣,胸前挂着那串大珍珠。她的晨衣是什么样子呢?只有给她端早餐托盘的女仆格温妮知道,但那一定很精致高雅。拉尼尔先生——当然这世上是有位拉尼尔先生的,人们甚至曾见过他——在离家去办公室时偷偷溜过她卧室门前。仆人们也蹑手蹑脚、低声说话,这样拉尼尔太太就能尽量晚些忍受新一天带来的残酷折磨。只有中午之后,她才能鼓起勇气面对生活中反复出现的痛苦。

几乎每天都有事情要做,拉尼尔太太鼓起勇气面对。她必须开着城镇牌汽车去挑选新衣服,还要把之前定做的衣服调整到完美状态。像她身上这样的衣服并不是随要随有的。像伟大的诗歌一样,它们需要人的劳作。但她躲在家中,不敢离开,因为外面到处都是讨人嫌的人和悲伤的

---

[1] 1901年到1904年间,毕加索的画作大面积使用蓝色,使人感觉阴郁悲伤,被后人称为"蓝色时期"。

人,会伤害她的眼睛和心灵。她常常要在自家大厅里的巴洛克式镜子前畏缩地站几分钟,然后才能昂起头勇敢地出门。

心灵脆弱者没有安全可言,无论他们的行进路线多么畅通无阻,目的地有多么人畜无害。有时甚至在拉尼尔太太的裁缝店、皮匠店或女帽店前,都会有群瘦削的女孩和衣衫褴褛的小个子男人,用冰冷的手拿着布告版,慢慢走来走去,步子大小精准得像被测量过一样。他们的脸在风里冻成青色,皮肤也粗糙了。千篇一律的沉闷工作使他们脸上一片茫然。他们显得那么矮小、可怜和紧张,拉尼尔太太不由得同情地捂住心口。她穿过那支邋遢的队伍走进店铺,眼睛会因同情而闪闪发亮,甜蜜的嘴唇会分开,仿佛在低低说着什么为自己鼓劲。

路上她经常遇到卖铅笔的人。他们失去双腿,坐在类似于滑板的什么东西上,以手撑地在人行道上滑行。或者她会遇到某个盲人晃着手杖,慢慢往前挪动。拉尼尔太太只好停下来,身体摇摇晃晃,闭上双眼,一只手捂住喉咙,以支撑她那可爱的、疼痛的脑袋。然后你就能看到她强撑着——那种努力使身体都在微微颤动——睁开眼睛,对那些可怜的人、盲人和其他类似的人温柔地微笑。笑容有着如此的温柔,如此悲伤的理解,就像空气中风信子高雅哀伤的清香。如果那男人不太可怕,她甚至可以伸手到钱包里拿一枚硬币,轻轻地握住它,就像它是她刚从银色的茎上摘下来的一样。她会伸出纤细的胳膊,把硬币扔进他的杯子里。如果他还年轻,在这方面没有经验,就会给她铅笔作为对那枚硬币的回报。但拉尼尔太太不想要任何回报。她会以最文雅圆滑的方式溜走,碰也不碰他那低劣的货物。她不像许多其他以工作谋生的工人那样，她透露出与众不同的罕见的慈善者气质。

拉尼尔太太出去的时候就是这样。无论她在什么地方见到他们，无论他们是衣衫褴褛、不幸还是绝望，她都会无言地望着他们。

"鼓起勇气来，"她的眼神仿佛在说，"还有你——啊，也祝我有勇气吧！"拉尼尔太太回到家时，常常会像朵小苍兰一样虚弱无力。她的侍女格温妮不得不恳求她躺下，恳求她攒点力气换件薄长袍，然后下楼到客厅里去。她的眼睛阴沉而忧伤，但她那精致的乳房却高高耸起。

她的客厅是避难所。在这里，她那颗曾饱受外界打击的心可以逐渐痊愈，并在自己的悲伤中归于完整。这个房间仿佛孤悬于俗世之上，充斥着柔软织物和浅色花朵，从来没有哪份报纸或哪本书能讲述出这种痛苦或形容它。在那扇巨大的窗户下，河水起伏不定，壮观的平底大驳船驶过，船头挂满了奇怪的东西，色彩之丰富足以比拟挂毯。不必解释，大家都知道那些是垃圾。对面是座小岛，它有个快活的名字。岛上矗立着一排朴素紧凑的建筑物，其幼稚风格活像卢梭的画。有时可以看到岛上护士和实习生在车道上嬉戏的活泼身影。也许建筑物的铁窗里还有些不那么活泼的人，但面对拉尼尔太太没人会想知道这些。所有来到她的客厅的人都是为了同一个原因：保护她的心脏不受伤害。

客厅里，拉尼尔太太坐在乳白色的塔夫绸沙发上，在傍晚可爱的蓝色天空下伤感着什么。那些年轻人来她的客厅里，试着帮她忍受生活。

年轻人的拜访有固定的模式。某段时间里他们会结队前来,每批有三人、四人或六人。然后他们中会有某个人留得稍晚些,或是来得稍早些。有些日子里拉尼尔太太和其他人在一起时就不那么随意,而那位年轻人则会与她在可爱的蓝色夜空下独处。然后拉尼尔太太和此人待在一起也不再那么舒适随意的时候,格温妮就得反复在电话里告诉他:拉尼尔太太出去了,拉尼尔太太病了,拉尼尔太太不想被打扰。年轻人会成群结队再次出现,而那位年轻人不会再和他们一起来了。但是他们中间会有某个新人,不久就会稍稍晚走早来,最后还是会在电话里一再恳求格温妮。

格温妮寡居的母亲给她起名格温杜拉,然后,仿佛意识到再没有别的梦想能实现似的,这位女士就去世了。格温妮矮小健壮,外表平平无奇。她在某个偏僻农场里由叔叔和婶婶养大。这两人与硬邦邦的土地搏斗,以此谋生,而他们的个性也和这土地一个样。他们去世后,格温妮举目无亲。她来到纽约,因为听说在这里能找到工作。当时拉尼尔太太的厨师正需要一个厨房女佣。于是拉尼尔太太在自家宅子里发现了宝藏。

格温妮的手指像典型农家女一样结实,能把缝纫活做得天衣无缝,也能把熨斗用得像根魔杖,而在为拉尼尔太太穿衣梳头时,它们轻柔得像夏日微风。她每天从早忙到晚,而且常常从黎明忙到黎明。她从不累,也不怨恨;她很高兴,却不会表现出来。女主人不会因看到她或她在场而感觉心脏受到影响,从而引起不适。

拉尼尔太太经常说,如果没有小格温妮,她就不知道该怎么办。她说如果小格温妮要离开,她的日子真的会过不下去。她说这话的时候显得那么憔悴和脆弱,以至于你会愤怒地向格温妮皱眉,问她要是去世了呢,或是要结婚了。然而拉尼尔太太并没有迫切的理由来担心这些,因为格温妮强壮得像匹小马,也没有情人。她根本没交过朋友,也似乎没有注意到这一缺陷。她为拉尼尔夫人而生,同时像其他被允许接近拉尼尔夫人的人一样要尽己所能,把拉尼尔夫人从痛苦中拯救出来。

他们都能帮着把来自外面世界的悲伤挡在门外,免得拉尼尔夫人想起伤心事,但拉尼尔夫人心中的悲伤更为棘手。她心里有深深的渴望。它是如此隐秘,以至于她常常要经过几天才能在黄昏时分对某个新来的年轻人说出口。

"如果我有个小婴儿就好了,"她会叹气,"一个小小的、小小的孩子。我想自己就可以算是幸福了。"她会圈起纤弱的双臂,轻轻地、慢慢地晃动,仿佛其中憩着一个小小的、可爱的梦想。此时这位无子的圣母处于最渴望的时刻。她只要吩咐一声,这个年轻人会为她生,也会为她死。

拉尼尔太太从没说过这个愿望为何没有实现。年轻人会觉得她过于甜蜜,以至于不忍心责备别人,同时太骄傲以至于不愿诉苦。但在暗淡的灯光下,他离她那么近,他会明白的。他的热血会因狂怒而沸腾,认为像拉尼尔先生这样的笨蛋就该去见上帝。他会恳求拉尼尔太太——先是犹豫不决地低语,然后一连串热情的话语奔涌而出。他会求她允许自己从生活的地狱里带走她,允许自己试着使她快乐起来。在这之后,拉尼尔太太就会躲开那个年轻人,就会生病，就会不能再被打扰。

如果客厅里只有一位年轻人，格温妮就不会进来。但当那些年轻人成群结队地回归时，她就会毫不客气地忙里忙外、拉窗帘，或过去拿只新玻璃杯。拉尼尔家的用人都不引人注目。他们步履轻快、面目模糊。如果人员必须有所变动，格温妮和管家会安排替代人员，同时不会向拉尼尔太太提及此事，以免她因被遗弃或因不幸的故事而悲伤。新旧用人没什么不同，因为没人会注意到他们。这一情况持续到新司机凯恩来报到。

原来的司机被换掉了，因为他当司机的日子太久了。他熟悉的面孔布满皱纹、日见干枯；熟悉的双肩似乎在逐渐下垂；熟悉的颈背一天天佝偻——这些都会成为残酷的重量，沉甸甸地压在那颗脆弱的心上。那位老司机的眼睛和耳朵都没什么变化，做起事来也和之前一样，但拉尼尔太太实在受不了他身上发生的一切。她用痛苦的声音告诉格温妮：她不愿意再见到他了。于是那位老司机离开，凯恩来了。

凯恩很年轻。他双肩笔直，脖颈结实，丝毫不会使那位坐在城镇牌汽车后座上的乘客感到沮丧。他站在那儿，身材呈漂亮的倒三角形，穿着合身的制服。他为拉尼尔太太开车门，在她经过时低下头。但下班时，他把头抬得高高的，微微翘起，红嘴唇上挂着淡淡笑容。

如果天气冷，而凯恩在车里等她时，拉尼尔太太通常会亲切地让格温妮叫他进来，在用人的客厅里等她。格温妮给他端来咖啡，看着他。为此有两次她听漏了拉尼尔太太的珐琅电铃。

格温妮开始留意哪天晚上可以休息——以前她不会在意这些，该休息时也留下来照顾拉尼尔太太。有天晚上拉尼尔太太去剧院看戏，又在客厅里小声地与人交谈了很长时间，很晚才回到自己的房间。但格温妮没有等在那里，帮她脱下白色长袍、收起珍珠首饰、梳理那卷曲如连翘花瓣的秀发。格温妮休假还没回来。拉尼尔太太不得不唤醒一个客厅女佣帮她，而后者的工作使她不甚满意。

第二天早上，格温妮看到拉尼尔太太眼中的哀伤就哭了起来。但眼泪会使拉尼尔太太痛苦，于是女孩把它们忍回去。拉尼尔太太意味深长地拍拍她的胳膊，这件事就到此为止。但这次新的伤害使拉尼尔太太的眼睛越来越忧郁、睁得越来越大。

对拉尼尔太太来说，凯恩是剂有效的安慰药。看过街道上那令人遗憾的一幕幕后，能看到凯恩这位身体结实挺直的年轻人站在车子边真是件好事。似乎世界上没有任何东西能困扰他。拉尼尔太太几乎是感激地对他微笑，但微笑中也充满渴望，仿佛要向他寻求不再悲伤的秘诀。

然后有一天，凯恩没在指定时间出现。那天他本该开车送拉尼尔太太去裁缝店的，但那辆车仍然停在车库里，而凯恩本人一整天都没有出现。拉尼尔太太让格温妮马上给他住的地方打个电话，看看是怎么回事。可那姑娘对她喊着说自己已经打了又打，但他不在那里，没人知道他去哪儿了。格温妮的哭喊一定是因为拉尼尔太太的日子被打乱，从而心烦意乱，失去理智；或者她也许是得了可怕的感冒，声音受到影响，因为她的眼睛红肿，脸庞苍白而肿胀。

凯恩不见了。他在失踪的前一天就领到了工资，这也是他最后一次领工资。再也没人得到他的消息，再也没人见过他。起初拉尼尔太太几乎不敢相信自己会被这样背叛。她温柔、甜蜜、完美的心在胸腔中颤抖；她的眼睛闪烁着痛苦的光芒。

"哦，他怎么能这样对我呢？"她可怜巴巴地问格温妮，"他怎么能这样对待可怜的我呢？"

没人讨论凯恩的背叛，因为这个话题太令人痛苦。如果有客人漫不经心地问起那位漂亮的司机怎么样了，拉尼尔太太就会捂住紧闭的双眼，慢慢地皱起眉头。于是访客无异于自取灭亡，因为他无意中撕开了她的伤口，只好竭尽全力来安慰她。

格温妮的感冒持续了很长一段时间。几个星期过去了，每天早晨她的眼睛仍然泛红，她的脸色苍白，还有些浮肿。她为拉尼尔太太端来早餐托盘时，后者常常不得不把眼睛转开，不去看她。

她像以前一样小心地照料着拉尼尔太太，该休息时仍留下来继续服务。她之前一直都很安静，但现在更加沉默寡言，使人特别宽心。她不停地干活，似乎乐在其中。如果忽略那场古怪的感冒的影响，她看起来身体肥胖，相当健康。

"瞧，"拉尼尔太太在客厅里和大家坐在一起时，温柔地开玩笑说，"瞧我的小格温妮现在变得多胖啊！难道她不可爱吗？"

几个星期过去了，年轻人的到访方式又发生了变化。又到了某一天：年轻人没有结伴来拉尼尔太太家，而是某位新结识的年轻人要首次和她在客厅里独处。拉尼尔太太坐在镜前，轻轻把香水抹在喉咙处，同时格温妮把她金色的发卷高高梳起。

拉尼尔太太被镜里那张精致的脸吸引，放下香水凑过去。她把头稍稍歪向一边仔细观察，看到饱含渴望的双眼更加不满足，看到嘴唇弯成一个恳求的微笑。她把双臂交叉在可爱的胸前慢慢摇晃，仿佛抱着梦里的孩子。她看着镜里的双臂轻轻摆动，于是就晃得更慢些。

"要是我有个小宝宝就好了。"她叹口气、摇摇头。她高雅地清清嗓子，又放低声音，轻轻叹口气。"一个小小的、小小的孩子。我想自己就可以算是幸福了。"

身后传来哗啦一声。她吃惊地转过身，发现格温妮把梳子扔在地上，双手捧着脸，摇摇晃晃地站着。

"格温妮！"拉尼尔太太说，"格温妮！"

女孩把手从脸上拿开，脸色发青，像是站在绿灯下面。

"对不起，"她喘着气说，"对不起。请原谅我。我——哦，我要病了！"

她跑出房间，沉重的脚步踩得地板发颤。

拉尼尔太太坐在那里看着格温妮，双手捂住受伤的心脏。她慢慢地转身对着镜子。刚才那一幕直刺入她心底。这位艺术家看懂了这幅杰作。她那副悲伤而迷惘的样子使她的事业在此臻于完美，使渴望在此升华。她从镜前站起来，仍然小心保持着那副表情，可爱的双手仍然护着她的心。她就这样下楼走到新来的年轻人面前。

"那个游戏"

THE GAME

莱因汉姆夫妇度蜜月回来一周后举办了第一次晚宴派对，为新公寓"暖房"。聚会前公寓的大件小件全都齐备，连每位来宾面前装盐杏仁的镀银小贝壳都准备好了。

公寓楼在派克大街[1]，位于住宅区和市中心之间，从这里去剧院很方便，又不会被汽车的隆隆声、摩托车尖厉的喇叭声以及驻扎在华尔道夫酒店的联合国代表团先遣队打扰。

这栋公寓楼有许多房间，每间都明亮、宽敞、体面、方正。也许有一天，每间房间的家具布置都会被原封不动地送进美式风格设计博物馆，再贴上标签"杜鲁门政府时期纽约富裕商人之居所"。而来参观的人们会挨挨挤挤地站在防止观众接触展品的天鹅绒绳后，低声发表各自的看法："啊，这真可爱。"或者"过去人们真住在这样的房间里吗？"

---

1 纽约的一条豪华大街。

事实上，每个房间都像博物馆一样冷静、正确、刻板。室内装潢师在客厅地毯上用粉笔标出每件家具的每一条腿该落脚的地方。客厅里挂着几面镜子，颜色看上去就像是被山胡桃木燃烧散出的烟雾熏了好几个月。窗帘、地毯和靠垫都是柔和的绿色，比白色看上去还要纯洁。从花店里买来的花已经插在花瓶里，奇怪的是它们看起来像蜡花。天花板上有一团团柔和的光，精致古雅。光源是厚重的灯泡，但光线走的路相当迂回。在这样的房间里，人们想象不出若有一片花瓣落在桌上，或是沙发上扣着本打开的杂志，又或是小狗在对面地毯角落上留下痕迹会是什么样子。它完美无瑕，使人不由得想起保持这个状态要花费的巨大代价。令人欣慰的是，在这个随处可见瑕疵的世界里，这样的完美并非独一无二——在派克大道辐射出的十二条街道之内，肯定有至少二十个这样的房间。而且像这间一样，它们的主人都还是易焦虑不安的年轻人，刚刚在紧张的新兴产业中跻身高位。

餐厅里的银色墙纸上印着枝繁叶茂的嫩竹，莱因汉姆夫妇和六位客人在这里用餐完毕。晚餐本身的安排方式跟装潢师的思路如出一辙：黑豆汤、蟹肉用奶油煎熟（其中还混着星点蟹壳）、烤羊顶心肉（小骨渣体面地包裹在小纸抽屉里）、硬心小土豆、被胡萝卜丁毁掉的绿豌豆、充作沙拉的芦笋，还有叫作"樱桃佳节"（可能有点歇斯底里）的甜点。想必这样说是没问题的：在前面提到的十二条街的范围内，那天晚上还有另外十五场八人晚餐举行，菜单也包括豆汤、蟹肉、羊顶心肉、土豆、豌豆和胡萝卜、芦笋和樱桃。那天早晨，同一位肉铺老板和同一位杂货店老板曾搓着手，为所有十六家人开出账单。

晚饭后一刻钟里，客人们男女混杂，一起到客厅去喝咖啡和白兰地。小莱因汉姆太太为大家倒咖啡，她的手几乎不抖。她还带着新嫁娘首次做女主人亮相的那种羞怯神态，看上去很是动人。而客人都是她丈夫的朋友，这使她更加怯生生了。她丈夫遇见或爱上她之前，就已经与这些朋友相识，但他们和善地赞扬这间公寓、食物、餐具、香槟、她的裙子和她丈夫新近增加的十磅体重，于是她几乎完全放松下来。她对他们满怀感激之情，觉得心里暖暖的。"哦，我想，"她突然说，"你们都很可爱。"

"真是个可人儿。"两位女士说，同时第三位——也就是她最喜欢的那位——向她微笑。

客厅更适合大家。这是群漂亮人士，他们的衣着华贵且保养精心。男士们穿着现在可以轻松称之为"黑领结"的晚礼服（社会阶层上升的标志可以用描述男人非正式晚礼服的术语来衡量，依次是：无尾礼服、燕尾服、小礼服和"黑领结"）。女士们的礼服过于时髦，以至于她们必须在那奢侈面料失去光泽之前就抛弃它们。只有小莱因汉姆太太最喜欢的那位特尔玛·克里斯蒂太太身上找不到时尚印记。她的礼服设计经典，在六个月前就可穿出去，甚至在六个月之后也能穿。她的珠宝也不是当下风行的款式。其他人戴着发箍，还有大块的宝石和明亮的金属。这些首饰使它们的主人看起来更像是曾和来自丛林深处出手阔绰的爱慕者共度了一夜良宵。克里斯蒂太太的佩饰很少，但它们像蛋糕上的糖霜一样精致。

克里斯蒂太太个子高高、脸色苍白、神态平静——这三个特征都是小莱因汉姆太太一直想拥有的。埃米·莱因汉姆一直被人形容为"可爱的小机灵鬼",因此她只好让自己一直喜气洋洋、叽叽喳喳地讲个不停。她羡慕克里斯蒂夫人的外表,但爱她是因为她自有过人之处——似乎她身上有种特殊的暖意。正是这种温暖能使大家敞开心扉由衷信任她。这种柔和的光芒照耀着克里斯蒂太太周围的人,甚至也影响到她的丈夫,让莱因汉姆太太更加佩服克里斯蒂太太。

这并不是说莱因汉姆太太不喜欢特尔玛·克里斯蒂的丈夫。谁会不喜欢他呢?谢姆·克里斯蒂(毫无疑问,之前他们叫他谢尔曼,但这个名字早就被忘记了)年纪不大,但也不是那种紧张的类型。事实上他没有什么好紧张的,他和其他在新行业里地位不稳的人不同。他不做生意,而没有什么比巨额遗产更能让人心里踏实的了。他是个大块头,皮肤粉红。只要不是在街上,他就手握酒杯。但喝酒只会让他显得傻乎乎的惹人爱。有时他会在公共场合睡着,鼾声大作,然后在傍晚醒来,精神焕发,接着他会拖着沉重的脚步"悄悄"走到酒托盘边,给自己倒杯酒。但在这个过程中,他不知怎么会打碎所有的酒杯——只除了他手中那一个。

人们从来没听说过克里斯蒂太太抗议这种过分行为。她那种特殊暖意的一部分一定来自她对别人的体贴。她绝不会在别人面前羞辱他,说自己已经受够了,催他不要再喝了。当他开心享受时,她绝不会冷酷地要求他回家。有人看到当他醉到不能为自己调酒时,她甚至会帮他调一杯,然后温和地笑着把酒杯放回他手中。

麦克德莫特先生也带着太太来莱因汉姆家做客。他在享乐方面不像谢姆那样走极端。麦克德莫特先生在许多事情上都小心翼翼，几乎到了胆怯的地步。通过努力工作和不断地送礼，他在广播界那庞大的蜘蛛网中获得了现在的头衔和地位。但他还没法松懈下来，因为他忘不了之前那许多曾爬到他现在这个位置的人。他已经看到他们像被砍伐的橡树一样倒下。每天他都觉得会听到"树要倒啦！"[1]的喊声，而自己这棵大树应声而倒。他的妻子是个健美的女人，很健谈，喜欢传话。

客人还有贝恩先生和太太。夫妇俩从来都形影不离。

男主人兼新郎鲍勃·莱因汉姆虽说在蜜月期间胖了十磅，但体型仍然瘦削。客厅里他最高，看着也最令人愉快，然而他并没英俊到能让小新娘神魂颠倒、目不转睛地盯着他。他说话的声音不大，人们必须把身子靠过去听。听完后你会不太满足地坐回去，但总是期待他接着说。

谢姆自打喝了第二大杯白兰地之后，手里几乎就没空过。这时莱因汉姆的管家和女侍者端着装满各种威士忌、兑酒白兰地、冰、水和苏打水的托盘，一前一后走进来。

鲍勃走到桌边为客人倒酒，埃米碎步小跑着跟在他后面，但第一个赶到的是谢姆。克里斯蒂太太坐在沙发上，热情地听麦克德莫特先生向贝恩先生引述"胡柏电视广播榜"。房间对面，贝恩太太无视地板上的粉笔记号，把椅子拉到麦克德莫特太太的椅子附近。

"那小家伙连鲍勃·莱因汉姆走过的地面都崇拜。"贝恩太太说。

---

[1] 伐木工在大树倒下时的喊声，提醒人注意躲开。

"我觉得这很可爱，"麦克德莫特太太说，"那可怜的小伙子经历了那一切后，应该得到些幸福。"

"人逢喜事精神爽。他像花一样开放。之前有两年，他的生活都崩溃了。"

"是近三年，"麦克德莫特太太说，"我之前以为他永远也走不出来了。如果丧偶的人不马上再婚，他们通常都走不出来。"

"我不认识他的第一个妻子，"贝恩太太说，"我们认识鲍勃的时候——"

"哦，爱丽丝是个很棒的姑娘，"麦克德莫特太太说，"不能说样貌十分出众，但五官端正。我的天哪，她的皮肤被晒出的那种颜色棒极了。她曾是个出色的运动员，得过各种各样的奖杯，网球、高尔夫、游泳。这真是奇怪得要命。她游泳游得那么好。哎呀，她游得像男人一样好！"

"唉，这样的事情时常发生。"贝恩太太说。

"我想，善泳者常溺于水，即使是最好的泳者也会抽筋或出其他问题。可怜的人，我真不知道他当时是怎么熬过去的。"

"哦，克里斯蒂夫妇对他很好，"麦克德莫特太太说，"全靠他们。"

"事情发生时他们不是在场吗？"贝恩太太问。

"就在他们湖边的住处，"麦克德莫特太太说，"爱丽丝和鲍勃在那儿度假。你知道，他们连一个子儿都没有。特尔玛是爱丽丝最好的朋友。"

"她对这个真是太和善了。"贝恩太太说，她指的是第二任莱因汉姆太太。

"他们都说埃米不太聪明,"麦克德莫特太太说,"但毕竟她父亲是戴维斯、麦考德、马什和韦尔蒂的总裁。这些都是广告业最大的代理商。现在看看鲍勃吧,埃米的父亲让他当了副总裁。特尔玛一定很高兴。她是个非常好、非常好的朋友,我知道她对这个小家伙会和对爱丽丝一样好。"

她们的目光转向克里斯蒂太太——她从沙发上站起来,走到埃米身边,温柔地为后者整理发型。

贝恩太太转身对着麦克德莫特太太,突然咯咯笑了起来。"太可怕了,"她说,"如果有哪家发生了可怕的事情,我就总是想跟人谈起这个话题,就好像鬼使神差一样。你听到晚饭时我说的了吗?鲍勃和我谈论电影,我问他看没看过《湖上艳尸》。我当时都要尴尬死了。"

"哦,亲爱的,我知道,"麦克德莫特太太说,"每次见到鲍勃,我都会说起溺水呀,水里发生的意外呀,人工呼吸太晚了呀,而——一般情况下我从不说这种事。我做梦也想不到会说起这些事情。我只希望他没有注意到。我必须说,他看起来肯定没注意到。但是,当然啦,他是那么有礼貌。"

"真可怕,是不是?"贝恩太太说,"人怎么能做出这种事?"

她们大笑起来,宽容地摇摇头。

鲍勃·莱因汉姆走到她们跟前,双手各拿一个杯子。"给夫人的苏格兰威士忌和苏打水,"他递给麦克德莫特太太一个杯子。"以及一点神秘饮料,给我们爱喝波旁威士忌和水的女孩。"他把另一个杯子递给贝恩太太。

"哦,鲍勃,你这个坏小子,"她说,"酒劲太大了。你本该加一点点就行,让水完全淹没过它——哦,鲍勃,我真搞不懂你看起来怎么这么棒。我真是搞不懂!"

"棕榈泉市十分同意你的意见。"麦克德莫特太太说。

"哦,我一直都很想去那儿。"贝恩太太说。

"他们说它非常迷人。你当时住在哪里?"

"埃米的父母在那里有处房子,我们可以暂住,"他说,"那是你见过的最可爱的小房子。"

"棕榈泉是不折不扣的沙漠,对吧?"麦克德莫特太太说。

"没错,"他说,"我们就在沙漠的正中心。"

"我的天哪,对你来说那一定是个很大的改变。"贝恩太太说——话说出口的同时贝恩太太就想当场去世了。

"让我们看看,谁还要喝的?"鲍勃环顾四周,"谢姆已经有了,我看到了。"他走到妻子和特尔玛·克里斯蒂跟前。

"看看特尔玛帮我整理的头发,鲍勃。"埃米说。

"她现在看起来很可爱吧?"特尔玛说。

"比以前更令人满意了。"鲍勃说。他托起埃米的下巴,吻了吻她那粉红的小嘴。"她早上醒来就是这个样子。"他再次吻了她。

"就当我不在,"特尔玛说,"你们两个继续。"

鲍勃放开他的新娘。"喝一杯怎么样,特尔玛?哦,我忘了,你从来不……"

"是的,我要喝一杯,"她说,"威士忌、白兰地,随便什么都行。"

"哟,特尔玛,"埃米说,"我以前从没见过你喝酒。"

"哦,我亲爱的孩子,"特尔玛说,"你没见过的多啦!"

他拿来一杯纯威士忌。

"谢谢你,鲍勃。"

"不客气。"他说。

"是吗?"特尔玛低声说。

鲍勃回到托盘那边。埃米跟着他。"哦,亲爱的,"她说,"这聚会成功吗?"

"我觉得很好。"

"你确定吗?"她说,"你觉得他们玩得开心吗?说实话,我做得还好吗?"

"如果你总是这样担心,你就什么也做不了了。"他说。他把她的头发向后捋,但没按照克里斯蒂太太的方式。"这样,"他说,"这才是我的女孩。"他轻轻在她头顶心上吻了下。

特尔玛避开众人视线,悄没声地走近。鲍勃盯着她的眼睛。他们站在那里,隔着埃米被捋顺的头发对视了一秒。

埃米转向特尔玛。"我刚才只是问问鲍勃——你觉得他们真的玩得开心吗?"

"你觉得他们想要什么呢,亲爱的,纸帽子和魔术师吗?"特尔玛笑着说,"你没什么好担心的,孩子。对吧,鲍勃?"

"我不知道,"埃米说,"他们看起来是各玩各的。"她做了个含义不明的手势——麦克德莫特太太和贝恩太太坐在一起;贝恩先生和麦克德莫特先生坐在房间对面，谢姆独自晃荡，手里的玻璃杯很有倾倒的危险，一边还哼着《巧克力士兵》。"我希望大家能聚在一起做点什么。"

"打局桥牌怎么样？"特尔玛说。

"噢，亲爱的！"埃米说，"我连牌都分不清。"

"好吧，我们认输，玩那个游戏怎么样？"鲍勃说。

"人倒是够了。"特尔玛说。

"特尔玛可是玩'那个游戏'的高手。"鲍勃对埃米说。

"哦，我玩游戏糟透了。我总玩不好，"埃米说，"我老是学不会。永远没进步。"

特尔玛对她微笑。"你会的，奥斯卡，你会的。"她说。

谢姆从桌子那儿向他们走过来——他之前一直在那儿往杯里倒酒。他挥动杯子打着华尔兹舞曲的节拍。"过来，英雄，我的英雄，"他唱起颂歌，"白兰地真不错，鲍勃，好小伙子，好小伙子，娶了老板的女儿，吓呆了你的朋友，什么？"

"鲍勃提议大家一起玩'那个游戏'，谢姆，"特尔玛说，"想玩吗？"

"我当然想玩'那个游戏'，"谢姆说，"埃米和我能赢你们所有人。你玩吗，'老板的女儿'？"

"哦，我玩不了，"埃米说，"我会紧张得发僵，没法表演。而且有这么多人，我会紧张得全身发僵的。"

"你肯定不会的，"特尔玛说，"鲍勃可以跟你一伙。你有了他，就不会再想到旁人了。"当她走开时压低声音加了句："你可以引用我这句话。"

"那个游戏"没有具体名字，但它也不需要具体名字。它与"猜字游戏"多少有点关系，它不能使游戏者发挥出最佳水平，而且——上帝知道——对内向的人很不友好。不过在莱因汉姆家的客厅里，"那个游戏"开始了。鲍勃被任命为其中一队的队长，另一队的队长则是特尔玛。特尔玛选择了麦克德莫特太太和贝恩夫妇；鲍勃先是选了埃米，然后选了麦克德莫特先生，最后是——和往常一样——谢姆。

谢姆从不为这种轻视生气，而是争分夺秒地利用大家挑选队友的时间为自己又调了一杯新酒水。

很快就有人拿出几张纸——时间之短破了纪录。小莱因汉姆太太为自己印着新花押字的便笺纸感到骄傲。但铅笔出了问题。

贝恩太太为女主人把事情办妥了。"亲爱的，"她对丈夫说，"让鲍勃用你的钢笔吧。""亲爱的"按她的话做了。"这是个关于笔的梦想，"她说，"它能在水下写字。"接着，她笑了起来："我无法想象他们会怎么想，谁会想在下面……"她在节骨眼上停下来。

特尔玛把队友们领到更小的房间里——虽说不知是谁先起的头，但这房间还是被叫作"书房"。他们静静地围着她，看她咬铅笔。

"我们得出些难题。"麦克德莫特太太说。

"啊，不，我们别那么刻薄，"特尔玛说，"想想谢姆和可怜的小埃米吧。"

"让我们看看，"贝恩先生说，"《战争与和平》怎么样？"

"哦，大家都能想到它。"麦克德莫特太太说。

"是的，"贝恩太太说，"大家都知道要暗示'书'，然后再示意下'胡须'。"她做了个手势，好像在描画看不见的山羊胡。"他们会猜到作者是个大人物。他们会猜到的。"

特尔玛微微发抖，但她朝贝恩太太微笑。"那大家有别的好建议吗？"她说。

"哦，我想起一个绝妙好词，"麦克德莫特太太说，"'追逐一颗陨落的流星'，是约翰·多恩的诗。"

贝恩先生摇摇头。"太简单了，"他说，"我们要做的只是……"

"噢，我知道了，"贝恩太太兴奋地插嘴，"'再婚是希望战胜了经验'，这是塞缪尔·约翰逊博士说的。"

麦克德莫特太太睁大眼睛看着她。"口下留情啊！"她低声说。

"贝恩先生，"特尔玛说，"能帮我倒杯纯威士忌吗？"

"纯威士忌！"他说，"你想喝纯威士忌？"

"是的，"她说，"给昏迷的人喝的那种。"

贝恩先生去另一间屋子拿酒。"时间到啦。"他进来时说。

"谢谢。"他回来时特尔玛接过被重新注满的杯子。

"好——吧，歌呢？谁有建议？"

"《我的班比诺睡着了》，"贝恩先生说，"肯定能难住他们。"

"好——吧，"特尔玛又说，"该怎么拼？"

在接下来的几分钟里，贝恩先生坚持说首字母是"S"，但麦克德莫特太太说从没听说过。特尔玛尽其所能把它写下来，然后说："我们还没确定该引哪部书里的话呢。"

"等下,"麦克德莫特太太说,"《哈姆莱特》里有一句:'太多的水淹没了你的身体,可怜的奥菲利娅,所以我必须忍住我的眼泪。'是他们在谈到奥菲利娅溺死时说的。"

贝恩太太咯咯笑起来。"真可爱,"她说,"你比我还刻薄。"

"哦,是什么让我说出这种话的?"麦克德莫特太太说,"噢,如果鲍勃抽到它,该有多糟糕。"

"可怜的小埃米又该怎么办呢?"贝恩太太说,"我们不能伤害她。否则鲍勃就不会再和我们说话了。"

"让他们想起任何不愉快的事情都很残酷。"麦克德莫特太太说。

"说'不愉快'都算相当温和了,不是吗?"特尔玛说。

"听着,"贝恩先生说,"戏剧怎么样?《十亿美元的宝贝》?"

"真是的,亲爱的!"贝恩太太说,"你这不是在给对手送分吗?"

"哎呀,我不知道,"特尔玛说,"还是出些埃米能答出的题比较好吧。"

"如果她抽到这个需要表演的话,"贝恩太太说,"她只要站起来,指指自己就行了。"

"啊,行了,"特尔玛说,"那又不是这个可怜的孩子的错。"

"我不明白她为什么要介意,"麦克德莫特太太说,"如果有人认为我有十亿美元,我会把它当作恭维。毕竟这并不是说鲍勃为钱才娶她。当然,很多人一开始可能会这么想,但他现在确实为她着迷。我从没见过哪个男人如此爱一个女人。对不对,特尔玛?"

"我亲爱的,别再揣测莱因汉姆夫妇美好的爱情生活了,"特尔玛说,"我们是在出题让另一队来猜。"

"哎呀,我从来没有见过这样的事,"麦克德莫特太太说,"我真的觉得咱们都在干涉他们。我们应该让他们清静些。"

"真的吗?"特尔玛说,"让我们看看,我们正在做什么?"她在一张纸条上写下"十亿美元的宝贝",然后把它折起来。另一个房间里有人喊:"嘿,你们在里面干什么?我们老早就准备好了。"

麦克德莫特太太喊回去:"好的,好的,再等一会儿。"

"我们花的时间太长了,"特尔玛说,"大家没有别的建议了,是吗?《哈姆莱特》里说的是什么?'太多的水淹没了你的身体……'哦,是的。"她开始写。

"你不会真用那个吧?"麦克德莫特太太说。

"我只是先把它写下来,万一想不出别的呢。"特尔玛说。

"我想的都是错的,"贝恩太太说,"你不能提水,不能提有钱的女孩,也不能提再婚。那你还能出什么?"

"哦,我想到一个,"特尔玛说,"再从莎士比亚戏剧里找几个。"她匆忙地写下来。

又有人喊他们。

"哦,上帝保佑你,特尔玛,"麦克德莫特太太说,"你写的是什么?"

"到那边你就知道了,"她提高声音喊,"我们就来。"

他们去了另一间屋,对手正在那里等他们,看起来很有耐心,因为对手在选择时也遇到了一定困难。谢姆也有点贝恩太太的强迫症,刚才极力主张选择那首《你不记得甜蜜的爱丽丝了吗,本·博尔特?》。他还把这首歌唱了又唱,想让大家接受它。

麦克德莫特先生把他这个念头打消了,但他还是紧张不安,随后建议《沉睡在深海》,在发现大家都没感觉后又提出《啤酒桶波尔卡》。就在那时,埃米又给他倒了杯酒。

双方队长交换了纸条,两队人马面对面坐下来。谢姆在哪队,哪队就有优先权——这是可以理解的。而且大家也默认谢姆首发出场——在他睡着之前总得让他把独角戏唱完。

谢姆兴高采烈、信心十足地抽出一张折好的纸条,面朝队友深鞠一躬。他的腰弯得如此之低,以至于大家朝他伸出援助之手,还担心地喊着:"哎哎,小心!"他重新站稳,听到队长说"开始"就打开纸条。他单手完成这项工作,另一只手还握着酒杯。他看到纸上的内容,然后开始表演。

过了一会儿,他的队友发现他在试图诠释一首歌。他是这样做的:张开嘴,从里面拉出某种看不见的东西——也可能是音乐。然后灵感来了,于是他演了一出哑剧,看起来好像在擦脸和刮胡子。然而队友们很难预测其目的,因为握着酒杯的手挡住了另一只手的动作。他们坐在那里,把手肘撑在膝盖上,托着下巴看他,心情沮丧,但沮丧的程度各不相同,直到计时员贝恩先生兴高采烈地叫:"好啦,谢姆。时间到了!"

"你们怎么了?"谢姆伤心地问,"你们都睡着了吗?还是在干什么?"他转向对手那边求援,"我表演得一清二楚,对吧?"他说,"我先表演'歌',然后再表演它的名字。再说,这也不公平。"

"这肯定很公平,"贝恩先生说,"这是《我的班比诺睡着了》。大街上的孩子们都会唱。但上帝啊!你刚才在脸上做的动作是怎么回事?"

"我在刮脸,"谢姆回答时保持尊严,"我刚才在扮演理发师。"房间里嘲笑声和叫喊声四起。谢姆闷闷不乐地退到酒盘前。

麦克德莫特太太自告奋勇,代表本方首轮上场。她打开纸条,按惯例向对面的人露出毫无表情的样子,表明她要表演的是某首诗的节选。几秒钟后,她的队友就猜出来了:"怪兽,考晚餐肉时辰,黏柔的三不像怪兽围着日暑草坪转悠钻地洞。"[1]

这种高效率也不能完全归功于麦克德莫特夫人的戏剧天分——尽管她把"转悠"和"三不像"表演得很传神。其实主要原因是这首"废话诗"几乎是"那个游戏"里的保留节目。队员们一直在等它出现。

"真棒,真棒,"谢姆酸溜溜地说,"我就从来抽不中这么简单的题。哦,不,我就要表演《我的班比诺睡着了》!"

然后麦克德莫特先生肩负着重建团队荣誉的重任站起来。他读着纸条上的文字,给出事先约好的信号,表明他要表演某出戏剧的标题。标题由三个单词组成,而他打算先表演最后一个单词。他交叉双臂,轻轻地摇晃。"肚子痛。"谢姆说。其他队友则把猜测一股脑向麦克德莫特先生倒过去。

"《摇篮曲》?是《摇篮曲》吗?"

"小孩子?幼儿?婴儿?……是跟宝贝有关的!"

---

[1] 这是一首有名的用临时自创语写成的废话诗,词语都是词典里没有的。

成功来得如此之快，以至于麦克德莫特被冲昏了头脑，他决定再创纪录，试图同时表演两个单词。他用拇指来回摩擦其他手指。没人猜到这象征着钞票。大家都猜不出来。麦克德莫特先生舔湿拇指，把它迅速地在另一只手的掌心移动，尽力模仿数钞票的动作。

"钱？是'钱'吗？"

麦克德莫特先生突然向兴奋的战友们猛打几个手势，然后停下来。

"不，不会是'钱'。怎么会是'钱'呢？别忘了还有'宝贝'。他演的跟'宝贝'有关。"

麦克德莫特先生又开始拼命做数钱的动作。

"十亿美元的宝贝。"埃米突然说。

麦克德莫特先生向她伸出双臂，舒了一口气。

有人喊："太棒了！她怎么想到的！太棒了！"鲍勃骄傲地微笑着，旁若无人地吻了她。

特尔玛·克里斯蒂坐在对面沙发上看着他们。

"哎呀，我什么也没做呀，"埃米说，鲍勃这时放开了她，"不过是个意外。"

"哦，不，埃米，"特尔玛说，"这可不是意外。对吧，鲍勃？"

奇怪的是，她那缓慢平静的口气竟使鲍勃吃了一惊，仿佛她在对他尖叫似的。

接着轮到贝恩太太。约定俗成的前戏后，她向队友们表示她抽到的是一句八个字的话，马上就要表演第一个了。她反复拼命往下指。猜测马上涌向她。

"地板？"

"地毯？"

"地球？"

贝恩太太坚持往下指，看起来她的意思是更深的某处。

"地下？"

"地狱烈焰不及被拒女人之怒火。"特尔玛说。她吐字非常快，使这个句子听起来像是一整个长单词。

队友们的表现就是给她的最高赞美——大家一时无言，目瞪口呆。他们终于能开口讲话时就开始大喊大叫，从"了不起"一直喊到"我会被诅咒的"。

"老实说，"埃米说，"这简直让人毛骨悚然。"

特尔玛朝她微笑。"好吧，我不是完全靠猜，"她说，"我认出了莱因汉姆先生文雅的手法。这道题是他出的，不是吗？"

"哎呀，是的，"埃米说，"你到底是怎么知道的？"

特尔玛又笑了。"你看，"她说，"鲍勃和我在一起玩过太多次这个游戏了。"

谢姆起身走到酒盘那儿去，发现悲剧的一幕在那里等着他。"白兰地喝光了，"他说，"现在，谁会做出这种事来？哦，好吧，我要学斯巴达人。我要用威士忌来调酒。"

"你想下一个上场吗，亲爱的？"鲍勃问埃米。

"不，你来吧，"她说，"我越靠后越好。我怕失败。怎么了亲爱的，你看起来也很怕……看看鲍勃呀，他脸色全白了！"

鲍勃看着剩下的两个纸条，左右为难。

"抽哪张都行，我亲爱的，"特尔玛说，"这两道题都是为你出的。"

"嗨，"贝恩先生说，"你不能跟他讲话。你不能跟他有任何关系。这违反规则了。"

"哎呀，是的，"特尔玛说，"这是今年的规则。"她走到酒水盘那里加满杯子。

鲍勃选了一张纸条。听到开始的命令，他就打开纸条看上面的内容。按照惯例，他立即转向另一队，但他的眼里没有他们，只有特尔玛。她对他慢慢展开一个笑容，露出美丽的牙齿。但其中有些不同之处。她整个人都不一样了。她的光芒，她自己特有的光芒已经消失，好像那种源自内心的暖意突然熄灭。而每当一束珍贵的光熄灭时，就会留下寒冷而危险的黑暗。

鲍勃转过身面向队友，举起手指表示这是句引语。然后他垂下双臂。"我——我做不到。"

队友们大声抱怨。"噢，鲍勃，你是什么意思，你做不到？"

"你当然可以，来吧，"埃米的声音压过所有人，"为什么，亲爱的，你能做任何事。"

"对不起，"鲍勃说，"这太难了。"

"这有什么难的，鲍勃，加油、加油、加油。"

谢姆说："想想我当时抽到的是什么吧。我必须出洋相。不管抽到了什么，你都比我手气好。"

"共有几个字？"埃米问。

他举起十根手指，然后又举起四根。

"听着，我认输，"他的声音颤抖，"正常地玩'那个游戏'没什么大不了，但要让我表演这种东西，我会下地狱的。"

对方立刻采取行动。

贝恩先生冲到鲍勃跟前，从他手里抢过那张纸，读出上面的字。

"你就为这个激动吗？你怎么了，鲍勃？这是《哈姆莱特》里的话。任何小学生都知道。这是完全公平的。"

"去他妈的公平！"鲍勃说，"没人必须接受这个。"

大家默默地坐着，觉得很不舒服。特尔玛迈着缓慢、平稳、优雅的步子走过来，看着那张纸。

"哦，这就是他抽到的，听我说，"她对鲍勃的队友们说，"我问你们。你们知道，被人说不公平，尤其是被一位多年老友这样说可不太好。这是那句引言，取自大家听说可怜的小奥菲利娅死去的那段。'太多的水淹没了你的身体，可怜的奥菲利娅，所以我必须忍住我的眼泪。'"她转向埃米，"现在你能告诉我，为什么你丈夫为此心烦意乱呢？"

"好吧，可真够长的，"埃米说，"而且也很难，同时——你知道的。"

她带着恳求的神情望着特尔玛，那位平静的高个女子，那位全身闪耀着独特光彩的女子，那位之前对她如此和善的女子，那位她最喜欢的女子——但她觉得对方仿佛陌生人。这个陌生人站在她家门外，从窗户看进来，看到埃米拥有某样她自己没有的东西，并为此而恨埃米。

"听着,我认输,"他的声音颤抖,"正常地玩'那个游戏'没什么大不了,但要让我表演这种东西,我会下地狱的。"

"哦，算了吧，"麦克德莫特太太说，"如果他不想表演这个，那就是他不想表演。我从未觉得它是个好选择。记住，我跟你说过，特尔玛。好了，鲍勃，你出局了。让我们把这个游戏做完吧。来吧，贝先生，轮到你了。"

双方又坐下来。鲍勃发过脾气后仍在打抖，他坐在埃米旁边。埃米拍拍鲍勃的手腕后，就把手放在了他的手腕上。

贝恩先生打开纸条看到："……疲乏、陈腐、平淡、无利可图。"（这说明就像他们从前玩"那个游戏"的那些夜晚一样，今晚仍是哈姆莱特之夜。）

贝恩先生根据自己的想法表演"疲劳"，但观众们没有得出任何结论；他表演的"陈腐"也是如此。所以他考虑了一下，想找个容易的方式表现"平淡"。他双手交叉，与地板平行。

"平滑？"

"水平？"

"平淡？"

贝恩先生示意他们说对了，然后又试着换种方式表达"疲劳"。他把双手合起来，贴在面颊上，像是个疲倦的孩子。

"累了？"他们说。

"睡魔？"

"睡觉？"

"让我们想想，他之前提到了'平淡'。"特尔玛说。也许是受到了《哈姆莱特》的影响，她开始自言自语。"但他试图表达的是哪种'平淡'呢？只是'乏味'吗……还是别的什么？……一个地方吗？……两个房间，也许……圣地吗？……当两个人可以偷偷溜走的时候，他们有时会在哪里相遇……一个秘密避难所——这些年来……"

游戏比起初安静多了。也许是鲍勃的行为给别人造成了压力。鲍勃的队员静静地坐着。

他们听到特尔玛的话语从房间另一端传来；她的声音如在梦中。"而且如果他现在表示的是'睡觉'……'睡觉'……那么我认为他指的不仅是'平淡'……我想他指的是个秘密的地方……"

小莱因汉姆太太慢慢地把手从丈夫的手腕上拿开。

贝恩先生又回到第二个词，打消了大家进一步的猜测。他做切面包的手势，活灵活现地表演在面包片上抹黄油的场景，然后开始用力咀嚼，随后露出厌恶的表情，把它吐出来。

"我想他吃的是面包，"特尔玛说，"而且面包出问题了。也许是不新鲜了。是个令人讨厌的词。爱情过了时。是'不新鲜'，对吧？"

"噢，等等，等等，"麦克德莫特太太说，"这也是出自《哈姆莱特》的。"

"疲劳、不新鲜、平淡——还有什么。应该从那些让人心情压抑的场景里找。"

"哦，我知道了，"特尔玛说，"最后一个词是'无利可图'。'疲劳、陈腐、平淡和无利可图'。"

"是那个女孩对水手说的。"谢姆站起来，又灌了点威士忌。

"继续，埃米，"麦克德莫特太太说，"轮到你了。"

"你不是一定要上场的，埃米，"鲍勃说，"如果你不想的话。"

"我要上场。"埃米说。

她拿了最后一张纸条。麦克德莫特先生突然想起来,低声对特尔玛说:"哦,那张是你写的。它是什么?你没告诉我们。"

"取自《亨利五世》。"特尔玛说。

"哦,我看过那部电影。劳伦斯·奥利维尔。"麦克德莫特太太说。

埃米打开纸条看了看,然后无助地站在队友面前。"哦,亲爱的,"她说,"我就是不知道怎么做。我甚至不知道这是什么意思。"

他们试图安慰她,对她说:"当然,你能做到。去吧,试试看。我们都和你在一起,埃米。"诸如此类的话。

她又无助地看了眼纸条。"'发出可怕的备战的声音',取自威廉·莎士比亚的《亨利五世》。"

"我不会,"她可怜兮兮地告诉观众,"我真不知道。"

"来吧,"他们说,"写的是什么?是首歌?是本书?还是个人物?什么?噢,是句引用的话……几个词?……五个。第一个词是什么?继续。你能行。"

埃米迟疑地做了几个小动作,像是把看不见的东西从一个看不见的容器中取出来,再展示给队友们看。

"她在做什么?"

"她在分发东西。"

"她是在给我们什么东西吗?"

"发出,"鲍勃说,"'发出',是吗,亲爱的?"

"哎呀,这个小姑娘可真棒。"谢姆说。

"好吧。'发出',"麦克德莫特先生说,"下一个词。"

"第二个词?"

"两个音节。"

"其中一个音节。"

"你在表演'被吓到'。你'被吓到了'。"

"是你害怕什么吗? ……哦,有一个音节是'怕'。"

"是'令人惧怕的'吗?"

"是'可怕'吗?"

"第二个词是'可怕'。哎呀,这个女孩是个天才!"

"来吧,第三个词。"

"单音节吗?"

"她在干什么?"

"她在挠自己的掌心,"谢姆说,"是令人发痒的什么东西。蚊子。滴滴涕。"

"哦,谢姆,别打岔。"

"来吧,埃米。再表演一次。"

"你在写东西吗?你是在写东西吗?"

"写书?一本书?小说吗?"

"一封信?"

"写明信片。"谢姆说。

"你是在写一封信吗?"

"不,不可能是一封'信',只有一个音节。"

"'便条'！是'声音'。"[1]

"好吧。'发出可怕的声音……'"

埃米站在那里，用指关节紧按太阳穴，拼命地想下一个动作。"发出可怕的声音，"她低声说，"发出……可怕的……声音。"（表演者不应该说话，但没有人阻止她，因为她太年轻了，而且还是位新娘。）

"'可怕的声音，'"她面带恳求之色，看着鲍勃，好像他能用心灵感应来帮助自己，"'可怕的声音'！"她说，"'发出——可怕的——声音'，鲍勃。鲍勃！你怎么了？你不舒服吗？"

"不，亲爱的，我只是……这里很热。我想……喝一杯。"

"来吧，埃米，先别管新郎！"

"他没事。现在表演第四个字。哦，你要表演第五个了。"

"有几个音节？哦，你要把整个词都表演出来吗？"

"她现在在做什么？"

"你在折叠什么东西。你要表达的是这个意思吗？叠衣服？"

"你把它们放在抽屉里？"

"你把它们放在个袋子里。你在打包。是这个词吗？是'打包'吗？"

"哦，差不多了，"埃米说，"我真希望知道该怎么做。"

特尔玛把杯中酒喝完。"我来告诉她怎么做，"她说，"我来教她吧。鲍勃退出了，为了保持两队人数平衡我也只好旁观。过来，亲爱的，让我悄悄告诉你。"

---

[1] "note"一词在英语里有"便笺"和"音符、声调"等多重含义。

"不,"鲍勃说,"别管她。让她按自己的方式表演。"

"哦,但是我需要帮助,鲍勃。"埃米走过去听特尔玛的提示。

"哦,"过了一会儿她说,"你觉得这样能行吗?"

"这是唯一的办法。"特尔玛说。

"好的,非常感谢。"埃米又开始表演。

"你脱了衣服。是'脱衣舞'吗?脱衣舞?"

"不,她把什么东西穿上了。她把什么东西缠在头上了。"

"准备好去某处了?"

"你正把脚尖伸进什么里面。很凉吧。是水吗?你是把脚放进冷水里……是的,她在颤抖。"

麦克德莫特太太倒吸一口冷气:"特尔玛,让她停下。停下。"

特尔玛没理她。另一队继续猜。

"你正在准备下水游泳吗?"

有打碎杯子的声音传来。起先大家都以为是谢姆已经开始晚间惯例活动,但他们循声望去,却看见是鲍勃放杯子时太用力,把它打碎了。

"是的,她是在准备游泳。"鲍勃简单地说。

"那就对了,是吧,特尔玛?"

"那么是什么词呢?"谢姆说。

"准备。"特尔玛说。

"你们在说什么呢?"谢姆说,"'发出可怕的准备的声音。'这他妈到底是什么意思?"

"哎呀,大家都明白她表演的是什么意思,"特尔玛说,"她做得真棒。她用写'便条'来表演出'声音'。那确实是'便条'一样的'声音'——她的方式更好。

"我想'准备'这个词会给她留下'手写便条'的印象。你知道,有人正准备做点什么,有人写了张便条,表明他们打算做些事情,但这并不是偶然的。或者可能是'可怕'这个词造成的。一张可怕的便条。一张不能公之于众的便条。那是最后一张便条,是这个人——不管是谁吧——留下来表明她——他们——发现了什么事,而这事已经持续了好多年,是他们之前做梦都想不到的事——简直无法忍受。然后就是'准备'。她准备下水的样子不是很可爱吗?哎呀,你们可以看到事情的全过程。"

埃米猛地转向鲍勃。"她在说什么?"她说,"她在说什么?她说的是谁?谁进了冷水里?是谁发现了某些事,又写了张可怕的便条,说他们要做什么事,表示不是意外事故?她说你知道这不是意外事故。鲍勃,她在说什么?她在说什么?"

"她就差直接说出爱丽丝的名字了。"鲍勃说。他走出房间,全场静寂。

特尔玛就像朝阳驱散灰色迷雾一样打破尴尬场面。她走向埃米,看上去热情洋溢,亲切和蔼。

"别理他,"特尔玛说,"他只是紧张过头了。他紧张,这很自然。毕竟这是在他新房子里举办的第一次聚会嘛。别为他担心。"她搂住埃米,但埃米扭动身体挣脱她的手,好像对方美丽苍白的肉体玷污了她的肩膀一样。

"不准你碰我!"她咬牙切齿地说,"不许你再走近我,永远、永远、永远!"

谢姆斜着拿那只几乎被喝空的杯子,费力地站直身体,俯视埃米。"等一下,小娃娃,"他说,"你是个好姑娘,我喜欢你。但不准你那样对特尔玛讲话。谁不喜欢跟她在一起,可以跳进湖里去!"

"哦,我的天哪!"麦克德莫特太太叫出声,"哦,我的天哪!"

浪漫休假

THE LOVELY LEAVE

丈夫打来长途电话，说自己要休假。她接到电话时很意外，一时想不出要说什么，只好先解释自己接到电话很惊讶，并告诉对方纽约正在下大雨，问他那边的天气是否还热得可怕。他拦住她的话头。听着，他得长话短说：中队下周要换防，在转场路上他可以离岗休假二十四小时。她听不太清，因为他那边有群年轻小伙子，嗓音高低不齐，异口同声地喊着"嘿！"

"啊，先别挂电话，"她说，"求你了。我们再说会儿话，就一分钟……"

"亲爱的，我得挂了，"他说，"小伙子们都等着打电话呢，每个人都有一肚子的话要说。一周后见，大概五点吧。再见。"

他咔嗒一声挂掉电话。她也慢慢把听筒放回插簧，盯着它看，仿佛所有的挫折、困惑和离别都是它的错。它曾为她传递远方的他的声音。几个月来，她一直试着不去想横亘在两人之间的遥远单调的距离。而现在，那个遥远的声音让她知道，这距离一直占据着

一周后她就会见到他。只剩一周时间。

她的全部身心。听起来他活泼而忙碌,还总有快乐放肆的年轻人的声音从他身后传来。这样的声音他每天都能听到,而她不能。就是这些声音的主人与他共度新生活。而之前她恳求再聊一分钟时,他在意的是这些声音的主人,而不是她。她放下听筒,把电话推开,伸直胳膊,手指僵硬地张开,就像那电话是什么极其讨厌的东西一样。

然后她命令自己停止胡思乱想。如果你主动寻找那些会使你感到受伤、痛苦和多余的东西,你就一定会找到,而且一次比一次容易。很快这一过程就会容易到你甚至意识不到是自己主动找上去的。独居女人常会通过实践成为个中高手。她绝对不能加入她们那令人沮丧的联盟。

她到底为什么情绪低落?如果他只有一点时间说话,那他就是时间紧张,仅此而已。当然,他有时间告诉她自己要回来,说他们很快就能重聚。她坐在那里,闷闷不乐地坐在电话边——是那只善良忠心的电话带来好消息。一周后她就会见到他。只剩一周时间。

她开始感觉到,兴奋的轻微战栗沿着后背一直传到腰部,就像小弹簧展开成螺旋形。这次休假一定不能浪费。她想起之前他回家时自己那种可笑的羞怯样子。那是她第一次看到他穿制服。他站在他们的小公寓里,穿着陌生的、潇洒的制服,像个风度翩翩的陌生人。他们婚后从未有一晚分开,直到他参军入伍。看到他时,她垂下眼睛,绞着手绢,什么话也说不出来,只能从喉咙中挤出几个单词。这次不能再浪费时间了。即将到来的二十四小时的完美重逢,一定不能再让这种笨拙而内向的表现浪费哪怕一分一秒。哦,上帝,这样的良辰佳日只有二十四小时。哦,上帝,只有二十四小时……

不。那种做法是错误的,那种思考方式也大错特错。她以前就是这样把时间都浪费掉的。她的羞意一去,马上就感到他又是那个熟悉的他了。她开始数着时辰过。她整个人都绝望地意识到时间正慢慢流逝——只剩十二小时、只剩五小时,哦,亲爱的上帝,只剩一小时了——她感觉不到快乐轻松,因为在应该享受良宵时,她却只是在惋惜它的流逝。

最后一小时慢慢过去,她愁眉苦脸、心怀悲哀、口齿滞涩,以至于他也在这片惨淡愁云中紧张起来,说话也越来越尖刻,两人还吵了一架。当他必须离开去赶火车时,他们没有依依惜别,也没有许下海誓山盟。他走过去打开门,用肩膀顶着它,同时抖开飞行帽戴上,小心翼翼地调整:眼上一英寸,耳上一英寸。她站在起居室中央,冷静而沉默地看着他。

他把帽子调整得恰到好处,然后看着她。

"好吧,"他清清喉咙,"我想我该走了。"

"是的。"她说。

他专心地研究手表。"我会赶上车的。"他说。

"当然。"她说。

她转过身,似有若无地耸耸肩。她走到窗前向外望,好像漫不经心地看看外面天气如何。她听到门响亮地关上,然后电梯吱吱嘎嘎地响起来。

她一意识到他已经离开,就无法保持冷静自若了。她在小公寓里踱来踱去，捶胸抽泣。

接下来她有两个月的时间复盘，去想想自己如何把事情搞糟，得到如此惨淡的结果。她在深夜里哭泣。

她不必再对此事耿耿于怀。既然已经吸取教训，她就可以忘记得到教训的过程。即将到来的假期将成为两人记忆宝库中的珍贵藏品。她又有机会能跟他一起待上二十四小时。毕竟这时间不算短，你知道。也就是说，如果你不把它看作如断了线的珍珠般滑落的一个个短暂时辰，而是把它当作一个闪亮而甜蜜的、漫长而完整的白天，和一个漫长而完整的夜晚，你就会惊叹于自己拥有的财富。因为又有多少人能拥有这样闪亮甜蜜、漫长完整的日夜，并将其铭刻于心直至辞世呢？

若要保存某样东西，你就得照顾好它，而这又要求你必须了解它需要什么样的照顾。你必须搞清楚其中的规则并严格遵守。她能做到这一点，这几个月来她给他写信时也一直遵循这些规则。其中第一条，也是最重要的一条是：千万别把你希望他同你讲的话写在信里。永远别说你有多么想念他、你的生活有多么糟糕、没有他的日子是多么难熬。给他讲些偶然发生的快活小事或趣闻吧。当然你没必要虚构，但可以润色，使其更加动人。不要因为他是你的丈夫、你的男人、你的爱人，就用你忠贞而苦恋的心来折磨他。因为收信人是位军人，并不具备上述身份。

这些规则她都知道。她应该说过自己宁愿一死（或者意思相近的话语），也不愿给丈夫写信抱怨，或是表达悲伤、冷漠和愤怒。他在远方从军，每天紧张疲惫地工作，将全部身心奉献给伟大的事业。如果他在信中看到的那个她合乎理想，那么当两人在一起时，保持这个形象就容易多了。写信不容易，她必须字斟句酌。当他们再次相聚时，当他们可以看到、听到、触摸到彼此时，那种生疏感就会烟消云散。他们会聊天、开怀大笑。他们会相怜相爱，兴奋不已，就像从未分开过一样。也许他们真的从未分开过。也许那陌生的新生活、陌生的距离和陌生的欢声笑语在这一对心心相印的爱人之间从未存在过。

她已经完全想通了。她已经明白见面时的禁忌。现在她可以沉浸在等待他回家的狂喜之中。

可以说这是美妙的一周。她又开始数日子。但现在看到一天天过去，她心里甜滋滋的。大后天、后天、明天。她躺在黑暗中无法入睡，但现在这种清醒也令人激动。白天她出门时把身体挺得笔直，心中为自己的战士感到骄傲。在街上，她用怜悯的目光，饶有兴味地打量那些同便衣男子走在一起的女人。

她买了条新裙子，是黑色的——他喜欢黑裙子，式样简单——他喜欢朴素的裙子，而且很贵——贵到她不愿意去想它的价格。她付了钱，同时意识到接下来几个月里收到账单时，她应该不会取出账单，而是把它们连同信封一起撕碎。好吧——现在不是考虑接下来几个月的时候。

休假那天正好是星期六。由于这一巧合，她对军方感激得满脸通红，因为一点以后她就能下班了。她离开办公室回家，途中买了香水、洁肤水和沐浴油，都没停下来吃午饭。梳妆台和浴室的瓶子里，这些东西每样都还剩了些，但再买些存起来使她有安全感。她买了件可爱的睡衣——材质是柔软的雪纺绸,点缀着小花束图案,还有天真的泡泡袖、罗姆尼式的深领口和一条蓝色的腰带。它肯定不能洗,应该送到法国干洗店去——好吧。她带着它匆匆赶回家,把它折好放在缎袋里。

然后她又出门去买调鸡尾酒的原料,还有威士忌和苏打水——价格之高使她不寒而栗。她走了十几个街区去买他喜欢用来下酒的那种咸饼干。回来时她路过一家花店,看见橱窗里陈列着倒挂金钟的盆栽。她没有试图反抗就对它们的美丽缴械投降。它们是那么迷人,精致的黄褐色花萼倒悬,优雅的品红色花钟挂在花萼下。她买了六盆花。就算下周的午饭都省下来了——好吧。

她把小小的起居室收拾得雅致而喜气洋洋。她把倒挂金钟摆在窗台上,拉出一张桌子,把酒瓶和酒杯放在上面。她拍打抱枕,好让它们蓬松起来,并以令人心动的方式放了几本封面颜色鲜艳的杂志。如果有人急切地走进这房间,能体会到那种欣喜的欢迎之情。

换上那条裙子前,她给楼下管理总机和电梯的那个男人打电话。

"哦,"当那人终于来接电话时她说,"哦,我只是想告诉您,如果我丈夫麦克维克中尉到了,请直接让他上来。"

她打这个电话是多此一举。就算没有事先打电话告知,那位疲惫的侍者也会放任何人上楼到随便一间公寓,事先不会费心打电话通知住户。但她还是想把这些话讲出来。她很高兴能说出"我丈夫"和"中尉"这两个词。

她唱着歌进卧室去换衣服。她声音甜美,但底气不足,于是这首本应气势十足的歌听起来有些可笑。

> 让我们飞向蓝色远方,
> 向高空飞去,冲向太阳!
> 敌人飞来招架我们的雷电,
> 瞄准他们,小子们,给他们点颜色![1]

她全神贯注地唱着,同时密切关注嘴唇和睫毛。接着她沉默下来,换上新衣服时她屏住呼吸。衣服很衬她。这件黑色的朴素连衣裙物有所值。她站在镜前,饶有兴趣地看着镜中的自己,仿佛看到一个不知名的时髦人物,想要记住对方服饰的细节。

她正站在那儿时,铃响了。响了三次,声音高亢急促。他到了。

她倒吸一口气,放在梳妆台上的双手微微颤动。她抓起香水喷瓶,拼命往头和肩膀上喷香水,有一部分香水到达了目的地。她已经把自己弄得香喷喷的,但她还想再等一分钟、再等一瞬间——都可以。因为那种反常的羞怯感又淹没了她。她甚至无法走过去开门。她站在那儿,颤抖着,不断按着香水喷瓶。

门铃又高亢急促地响了三声,尾音绵长。

"噢,你就不能等等吗?"她大喊道。她扔下喷瓶,狂乱地环顾房间,好像要找个地方躲进去。然后她坚决地挺直身体,试图控

---

[1] 美国空军军歌。

制住自己不再颤抖。刺耳的铃声似乎填满了整个房间,把空气都挤了出去。

她向门走去,在走到门口之前停下来双手捂脸,祈祷着:"哦,求您保佑一切都顺利。"她低声说:"请别让我做错事。请让这次休假开开心心的。"

然后她打开门。铃声戛然而止。他站在灯光明亮的过道里。在度过了那么多悲伤的长夜后,在立下那些坚强而明智的誓言后。现在他来了,来到了她的面前。

"哦,看在上帝的分上!"她说,"我都不知道外面有人。怎么了?你就像一只小老鼠一样安静。"

"哎呀!你不打算开门吗?"他说。

"难道女人不需要花时间穿鞋吗?"她说。

他进了屋,带上门。"啊,亲爱的。"他说。他搂着她。她的面颊在他的唇上滑过,她用额头碰碰他的肩膀,然后挣脱他的怀抱。

"哎呀!"她说,"很高兴见到你,中尉。仗打得怎么样?"

"你好吗?"他说,"你看起来气色不错。"

"我吗?"她说,"看看你。"

他的确值得一看。他漂亮的衣服和潇洒的身段相得益彰。他的职位与本人匹配精准,但他似乎没有意识到这一点。他称得上"站如松",举手投足优雅而自信。他的脸被晒成棕色。他的脸很瘦,瘦到脸颊和下巴处的骨头凸出来,但看上去他的瘦削并不是因为压力重重。这张脸光滑、安详而自信。他是位美国军官,没有比他看上去更出色的人了。

"好吧！"她迫使自己抬起头，看向他的眼睛，突然发现这也不是件难事，"好吧，我们不能光站在这里，互相说'好吧'。进来坐下吧。我们还有很长一段时间能待在一起。噢，史蒂夫，这难道不是棒极了吗？嘿。你没有带行李吗？"

"哎呀？你看，"他停下脚步，把帽子扔到桌上的酒瓶和酒杯中间，"我把行李寄存在车站了。恐怕我有个坏消息，亲爱的。"

她控制住自己的手，不去捂胸口。

"你马上要被派驻国外吗？"她说。

"哦，上帝，不，"他说，"哦，不、不、不。我说过是个坏消息。不。他们改变命令了，宝贝。他们把所有休假都取消了。我们要直接去新驻地。我得去赶六点十分的火车。"

她跌坐在沙发上。她想哭——不是那种任凭珠泪静静地、慢慢地滑落的哭法，而是那种涕泪滂沱的号啕。她想扑倒在地板上，然后踢腿尖叫。如果有人试图把她扶起来，她恐怕也会双腿无力，走都走不动。

"真是太糟糕了，"她说，"我觉得这真讨厌。"

"我知道，"他说，"但也没办法。这就是军队呀，琼斯太太。"

"你就不能说点什么吗？"她说，"你就不能告诉他们你半年才有这么一次休假吗？难道你就不能说和妻子见面的所有机会就是这么可怜的二十四个小时吗？你不能解释一下这对她意味着什么吗？啊？"

"好了，好了，米米，"他说，"这是战时嘛。"

"对不起，"她说，"刚才话一出口我就后悔了。那不是我的心里话。但是——哦,太艰难了!"

"这对任何人来说都很难接受,"他说,"你不知道那些小伙子们有多期待休假。"

"哦,见鬼,我才不管他们怎么想呢!"她说。

"我们这边胜利靠的就是这种精神。"他坐在那把最宽大的椅子上,双腿伸直,脚踝交叠。

"除了那些飞行员,你什么都不在乎。"她说。

"看,米米,我们没有时间这样。我们没有时间去吵架,互相吼些言不由衷的话。现在一切都——都越来越快。没时间做这个了。"

"哦,我知道。哦,史蒂夫,我怎能不知道呢!"

她走过去坐在椅子扶手上,把脸埋在他的肩上。

"这才像话,"他说,"我也一直在想这个。"她把抵在他衬衫上的头点一点。

"你不知道能再次坐到一把像样的椅子上是什么感觉。"他说。

她坐直身体。"哦,你指的是这把椅子。我很高兴你能喜欢它。"

"就没见过比飞行员房间里更烂的椅子,"他说,"很多快散架的旧摇椅——真的就是摇椅——是那些慷慨的爱国者捐赠的,就为了给阁楼里腾点地方。如果新驻地的家具还是这样,我就得采取措施了,即使自己掏腰包买也行。"

"要是我,我当然也会这么做的,"她说,"我可以不吃不穿、不洗衣服,好让小伙子们有舒服的椅子能坐。我甚至不会存足够的钱来买航空邮票，或是偶尔给我妻子写信。"

她起身在房间里走来走去。

"米米，你怎么了？"他说，"你是——你是在忌妒那些飞行员吗？"

她强迫自己数到八，然后转过身朝他微笑。

"哟——我想我是——"她说，"我想我必须忌妒。不仅忌妒飞行员、忌妒整个空军，还忌妒全美国的军队。"

"你太棒了。"他说。

"你看，"她字斟句酌地说，"你有全新的生活——而我的生活有一半还是老样子。你的生活离我太遥远了，我看不出它们如何能再次合二为一。"

"胡说八道。"他说。

"不，请让我说完。我觉得我紧张而且——而且害怕，我说的话让我自己都追悔莫及。但你知道我对你的真实感受。我是那么为你骄傲，以至于找不到合适的词来形容。我知道你在做世界上最重要的事情，也许是世界上唯一重要的事情。只是——哦，史蒂夫，我多么希望你能分出点心想想别的！"

"听着。"他说。

"不，你不能在女士说话时插嘴。这对一位军官来说很不合适，就像在街上扛着包裹走一样不雅观。我只是想告诉你我的感受。我无法适应你这样对我不闻不问。你不想知道我在做什么，你不想知道我脑子里在想什么——为什么你甚至从不问我怎么样了！"

"我问了！"他说，"我一进来就问你怎么样了。"

"谢谢您的关心。"她说。

"噢,看在上帝的分上!我没必要问你呀。我能看到你的样子。你看起来气色很好。我告诉过你的。"

她朝他笑了笑:"是的,你没必要问,对吧?听起来你是认真的。你真的喜欢我的衣服吗?"

"哦,是的,"他说,"我一直喜欢你身上那件衣服。"

她呆若木鸡。"这件衣服,"她吐字清晰,语含嘲讽,"是刚买的。我这辈子就从没穿过它。如果你感兴趣的话,我可以告诉你,这是特别为这个场合买的。"

"对不起,亲爱的。哦,当然,现在我发现它根本不是我以为的那件了。我觉得它很漂亮。我喜欢你穿黑衣服。"

"每当这种时候,"她说,"我就恨不得自己穿它是出于别的原因。"

"别说了,"他说,"坐下,跟我聊聊你的情况吧。我不在时你一直在做什么?"

"哦,没什么。"她说。

"工作怎么样?"他说。

"一潭死水。"

"你都见过谁?"

"哦,没见过什么人。"

"唔,那你每天做什么?"

"晚上吗?"她说,"哦,我就坐在这儿,织毛衣、读侦探小说,结果发现这些小说以前都读过了。"

"我认为这都是你的问题，"他说，"我觉得你独自坐在这里闷闷不乐很愚蠢。这对任何人都不会有好处。你为什么不多出去几次？"

"我讨厌只和女人出去。"

"唔，但为什么要只和女人出去？拉尔夫在城里，不是吗？还有约翰、比尔和杰拉尔德。你为什么不和他们出去？你真够傻的。"

"我没有想到过忠于自家丈夫是愚蠢的做法。"

"思维不要那么跳跃好不好？和一位男士共进晚餐又不一定就是搞外遇。不要用'自家'这样的词。你文雅起来很可怕。"

"我知道，我尝试文雅时总是不走运。不。可怕的是你，史蒂夫。你确实是个可怕的人。我正努力向你敞开心扉，想倾诉我独守空房的感觉，想告诉你，如果你不在，我就不想跟别人一起出去。但你的回答只是：你这样做对任何人都不会有好处。你走时我真该想想这个。你不知道我自己一个人待在这里是什么感觉。你就是不知道。"

"不，我知道。我知道，米米。"他伸手从旁边的小桌子上拿过一支烟，注意到香烟盒旁边的那本鲜艳封面的杂志。"嘿，是这周的杂志吗？我还没看呢。"他翻了翻前面的几页。

"如果你想看的话就看吧，"她说，"别让我打扰你。"

"我没有看，"他放下杂志，"你看，当你开始说什么敞开心扉，还有所有这些话的时候，我就不知道该说什么。我知道。我知道你一定过得很不开心。但你难道不为自己难过吗？"

"如果我不为自己难过，谁又会为我难过呢？"

"你希望旁人怎样为你难过？如果你不再孤零零地坐着，一切都会好的。希望我不在时你能开心。"

她走过来吻了他的额头。"中尉，要么就是你的人品比我高贵得多，要么你说这话就是有缘故的。"

"哦，闭嘴吧。"他把她拉过来抱着她。她似乎融化在他身上，待在那儿一动不动。然后她感觉到他放开左臂，感到他的头不再抵着她的头。她抬头看他。他从她肩上伸过头去，努力想看自己的手表。

"哦，现在，真的吗？"她说。她把手按在他胸前，用力推开他。

"时间过得真快，"他轻声说，眼睛盯着手表，"我们——我们只有一小会儿时间了，亲爱的。"

她又紧贴在他身上。"哦，史蒂夫，"她低声说，"哦，最亲爱的人。"

"我真的想洗个澡，"他说，"起来好吗，宝贝？"

她马上坐直。"你要洗澡吗？"

"是的，你不介意吧，对吗？"

"哦，一点也不。我相信你会洗得开心的。我一直认为这是消磨时间最愉快的方式。"

"你知道在火车上坐了好久后的那种感觉。"

"哦，当然。"

他起身走进卧室。"我会快点洗的。"他向她喊道。

"为什么要快点洗？"

然后她考虑了一下，跟着他进了卧室，因为她有了个新念头，心里甜丝丝的。他把衬衫和领带整齐地挂在椅子上，正在解开衬衫的扣子。她进来时，他正好脱下衬衫。她看着他后背上漂亮的棕色倒三角肌。她愿意为他做任何事，世上的任何事。

"我——我去给你放洗澡水。"她走进浴室，打开浴缸的水龙头，准备好毛巾和脚垫。当她回到卧室时，他正赤身裸体地从客厅走进卧室，手里拿着那本他之前浏览过的封面鲜艳的杂志。她突然停下脚步。

"哦，你打算在浴缸里看书吗？"

"你不知道我是多么期待这一切！天哪，能在浴缸里泡个热水澡！我们除了淋浴什么都没有。而且当你洗澡的时候，会有一百个小伙子等在旁边，冲你大喊大叫，让你快点洗完滚出来。"

"我想他们会受不了跟你分开的。"她说。

他朝她微笑。"几分钟后见。"他走进浴室关上门。当他躺进浴缸里时，她听到慢悠悠的漾水声。

她一动不动地站着。她之前喷的香水充溢在房间里——你躲不开那香气，而且余香久久不散。她望向衣柜的抽屉，抽屉里那件深领口、点缀着小花束的睡衣也躺在香氛中。她走到浴室门前，把右脚向后抬起蓄力，狠狠踹了一下门的底部，整个门框都震动了。

"什么，亲爱的？你想要什么东西吗？"

"哦，没什么。我什么都不想要。我拥有任何女人想要的一切，不是吗？"

"你说什么？"他叫道，"我听不清你说话，亲爱的。"

"什么也没说。"她尖叫道。

她走进客厅。她站着，喘着粗气，双手紧握，指甲陷入掌心。她看着倒挂金钟的花苞，上面还有肮脏的黄褐色花萼。那些品红色的花朵真是粗俗。

当他再次走进客厅时，她的呼吸已经恢复平静，拳头也松开了。他已经穿上裤子和衬衫，领结打得令人称赞。他把皮带拎在手里。她转向他，本想说些什么，但看到他时只能对他微笑。她的心在胸腔里化作一汪春水。

他皱着眉。"看，亲爱的，你有黄铜抛光剂吗？"

"哎呀，没有。我们家连铜器都没有。"

"好吧，你有无色的指甲油吗？很多小伙子都用这个。"

"我敢肯定小伙子们涂过指甲油的皮带一定很好看，"她说，"但是我没有，我只有玫瑰色的指甲油。你要用那个吗，但愿你不用。"

"不用，"他看起来很烦恼，"红色肯定不行。该死，我想你也没有钢丝布或别的抛光剂吧？"

"你说的这些我哪怕知道一点点，我也许都更适合做你的同伴。"

他把皮带伸到她面前。"我想把这个皮带扣擦亮。"

"哦……我的……亲爱的……贴心的……温柔的……主啊，我们还有十分钟相聚的时间，而你就想擦皮带扣？"

"我可不想向新指挥官报到时系着这么个暗淡无光的皮带扣。"

"但它闪亮到足以让你向老婆报到，对吧？"

"哦,别说了。你就是不理解我,就这样吧。"

"不是我不理解,"她说,"是因为我记不得了。我已经好久没跟童子军相处过了。"

他看着她。"你可真不错,是不是?"

他环顾房间。"一定在哪里有块布能用——哦,这就行了。"他从桌上抓起一条漂亮的小酒巾——那桌上的酒器还没被动过。他坐下来,把皮带摊在膝上,开始擦皮带扣。

她看了他一会儿,然后冲过去抓住他的胳膊。

"求你了,"她说,"求你了,我不是故意那样说的,史蒂夫。"

"请让我擦完,好吗?"他把胳膊从她手里挣脱出来,继续擦拭。

"你说我不理解!"她喊道,"是你不理解!你能理解什么?你只理解那些疯狂的飞行员。"

"他们挺好的!他们是好孩子。他们将成为伟大的战士。"他继续擦他的皮带扣。

"哦,我知道!你也知道我明白这些。我不是故意针对他们的。我怎么敢呢?他们冒着失去生命、视力和清醒头脑的危险,不惜一切代价——"

"别这样说话,好吗?"他接着擦皮带扣。

"我不想这样说话!我正试着向你倾诉。就因为穿上了那件漂亮制服,你就认为不应该听任何严肃、悲伤、不幸或是不愉快的事。你让我恶心,你就是让我恶心!我知道,我知道——我不想从你那儿拿走任何东西!我明白你在做什么,我要把自己的看法告诉你。不要——看在上帝的分上——认为是我太刻薄,忌妒那些能令你快乐兴奋的事。我知道你的生活很难,但你不是孤家寡人,我想说的就是这个。你有战友,没有——没有哪位妻子能取代他们。我猜这也许是因为你感觉事事都要赶时间,意识到时不我待,是那种——那种知道同甘共苦会使战时男人间的交情稳如泰山的感觉。但难道你就不能试着理解我的感受吗?你就不明白我这样都是因为困惑、混乱和害怕吗?你就不明白我为什么会变成这个样子吗?这样的时候我自己都讨厌自己。你就不能理解我吗?亲爱的,你就不能理解吗?"

他放下那条小酒巾。"我不能忍受这种事,米米,"他说,"你也不能。"他看看表,"喂,我该走了。"

她挺直身子,僵硬地站着。"我想是的。"她说。

"我最好穿上衬衫。"他说。

"还是穿上好了。"

他站起身,把皮带穿过裤襻,走进卧室。她走到窗前,站在那向外望去,仿佛漫不经心地看看外面天气如何。

她听到他走回来,但没有转身。她听到他的脚步声停下来,知道他正站在那儿。"米米。"他说。

她转过身来看他,挺胸抬头,冷静而庄严。然后她看到他的眼睛。它们不再明亮、快乐、自信。蓝色的双眸雾蒙蒙的,带着迷惑的神气盯着她看,仿佛在恳求什么。

"听着,米米,你觉得我想这样吗?你觉得我想离开你吗?你认为我打心眼儿里想这样吗?这几年——好吧,我们本应待在一起的。"

他停下来,然后又艰难地开口。"我无法谈起过去那些日子。我甚至连想都不能想,否则我就无法工作。但我不说并不意味着我心甘情愿。我想和你在一起,米米。你是我的港湾。你理解的,亲爱的。对吧?"

他向她张开双臂。她跑过去。这次他们的嘴唇贴在一起。

他走后,她在倒挂金钟旁站了一会儿,轻轻地、温柔地抚摩着那迷人的黄褐色花萼和精致的品红色花朵。

电话铃响了。她接了,是个朋友打来的。对方问起史蒂夫,问他看起来如何、过得怎么样,还催他过来接电话,向自己问好。

"他已经走了,"她说,"所有人的休假都取消了。他一小时前就走了。"

那位朋友同情地喊起来。真可惜,真是太糟了,真是可怕。

"不,别那么说,我知道休假时间不长。但是哦,它真美好啊!"

女人心

THE SEXES

一位年轻人打着舞台剧演员样式的领结,坐在沙发上,提心吊胆地看着位穿流苏连衣裙的姑娘。她正在细细端详自己的手帕。她可能从未见过此类东西,因此对其材质、形式和用途兴致盎然。年轻人毫无必要地清清喉咙,却没能成功,只从喉咙里挤出一个微弱的单音节。

"来支烟吗?"他问。

"不必,谢谢,"她说,"尽管如此,我还是非常感谢您。"

"抱歉我只有这些,"他说,"你自己带了吗?"

"这我还真不知道,"她说,"也许我带了,谢谢您啦。"

"我的意思是,如果你身上没有的话,我就去那边拐角给你买些来。"

"哦,谢谢您,但我不敢麻烦您。蒙您体贴垂询,不胜感激。"

"看在上帝的分上,你能别老感谢我吗?"

"说真的,我不知道自己讲了什么不恰当的话。如果我伤害了您的感情，那真是非常抱歉。我知道那是什么感觉。我完全没意识到对人说'谢谢'会冒犯对方。感谢别人却被人咒骂，这种待遇我还真不习惯。"

"我没骂你！"他说。

"哦，您没有吗？"她说，"那我明白了。"

"上帝呀，我的意思是，我只想问你需不需要我出去买些烟。这有什么值得发脾气的呢？"

"谁发脾气了？我确实不知道，原来不敢麻烦您也算犯罪。恐怕是因为我太蠢了吧。"

"你想让我出去给你买些烟吗，还是不想？"他说。

"天哪，如果您这么想去就去吧，请别认为自己必须留在这里。我可不会让您觉得只能待在这里。"

"啊，别这样讲话，行吗？"

"我怎样讲话了？我说话的方式没问题呀。"

"出什么事了？"他说。

"哎呀，没出什么事，怎么了？"

"这一整晚你表现得都很可笑，"他说，"自从我进门以来，你就几乎没跟我讲话。"

"真抱歉让您不开心了，看在上帝的分上，不要强迫自己待在这里发霉。我确定，还有成千上万个地方能让您找到更多乐子。只有一件事，就是我以前不知道您在这里不开心，抱歉哦。您说今晚要来，我就推了很多去剧院之类的约会。但有什么用呢。我宁愿您能在别的地方玩得开心。把您拖在这里，让您感到无聊得要死，我坐在这里也不会愉快的。"

"我没觉得无聊!我哪儿也不想去!啊,亲爱的,你就不能告诉我出什么事了吗?啊,求你了。"

"您说的我一丁点也不懂。压根就没事。我不明白您的意思。"

"不,你明白。肯定出了什么事。是我做错了什么吗?"

"上帝,您做错事跟我没有半点关系。我不觉得我有任何权力批评您。"

"你能别再这样说话吗?行吗,求你了。"

"我哪样说话?"

"你知道,你今天在电话里也是这样说话,听起来那么居高临下,我都不敢跟你说话了。"

"不好意思,您说我怎么了?"

"喂,抱歉。我不是这个意思。是你把我逼疯了。"

"您看,我确实不习惯听人家这么说我。我这辈子从没听过这种话。"

"我跟你说对不起了,不是吗?老实说,亲爱的,我真不是那个意思。我都不知道怎么会这样说。原谅我吧,好吗?"

"哦,当然了。上帝呀,请别觉得必须向我道歉。这无所谓的。不过是某个你一直以来当作绅士的人,来到家里对你说这种话。不过是有点好笑,仅此而已。但对您来说无所谓啦。"

"我觉得我说什么都一样。你好像很生我的气。"

"我生您的气?您怎么会这样想。我为什么要生您的气?"

"我不明白的就是这个呀。你就不能告诉我,我到底做什么错

我哪儿也不想去！

啊，亲爱的，你就不能告诉我出什么事了吗？啊，求你了。

事了呢？我做了什么事伤害到你了吗，亲爱的？之前你在电话里说话的口气让我一整天都很担心。我一点工作也做不了。"

"我肯定不愿意觉得自己影响了你的工作。我知道有很多女孩不在乎这个，但我觉得这很可怕。当然，如果有人坐在这儿，说你妨碍了他的工作，这种感觉确实不太好。"

"我没这么说！我不是那个意思！"

"哦，是吗？喂，可在我印象里您就是这样说的。想必是我自己太蠢了。"

"我觉得也许还是离开比较好。我总是说错话。无论我说什么，你都会生气。你也觉得我还是走比较好吧？"

"随您的便。我敢肯定，我可不想当你打算离开时却把你强留在这儿。您为什么不去找个有趣的地方？您为什么不去弗洛伦斯·勒宁家？你要是去了，她会很高兴的，我知道。"

"我不想去弗洛伦斯·勒宁家！我去她家干吗？她真叫我讨厌。"

"哦，是吗？"她说，"我注意到昨晚在埃尔西家的聚会上，您似乎没那么讨厌她。我当时发现您除了她甚至不愿和别人说话，您就是这样讨厌她的吗？"

"是啊，而且你知道我为什么跟她说话吗？"

"哎呀，我想您觉得她很有魅力。我想有些人会这样认为。这很自然。有些人认为她很漂亮。"

"我不知道她漂不漂亮。下次再见到她，我可能都认不出她这个人。我和她说话，是因为昨晚你不肯理我。我走过来试着和你说话，你只是说，'哦，您好'——就像那样，'哦，您好'——然后你马上转过身去，再不看我一眼。"

"我再不看您一眼？哦，那太有趣了。哦，这真是有意思。您不介意我笑吧？"

"笑吧，笑个够吧。但你当时就是不看我。"

"喂，昨晚您一进屋，就开始大肆追捧弗洛伦斯·勒宁。我还以为您不想看到别人。你们两个在一起似乎玩得很开心，天知道，我肯定不会横插一脚的。"

"我的上帝，就在这个我连名字都叫不上来的女孩过来跟我说话时，我还没看清屋里都有谁呢。我能做什么呢？我又不能给她鼻子来一拳，对吧？"

"我肯定没看到您尝试。"

"你看到我试着跟你讲话了，对吧？而你又是怎么做的呢？'哦，您好'，然后我就被晾在那儿了，那个叫不上名字的女孩又过来了。弗洛伦斯·勒宁！我觉得她真讨厌。知道我怎么看她吗？我觉得她是个讨厌的小傻蛋。我就是这么想的。"

"喂，当然啦。她也总给我这种印象，但我不知道。我听别人说过她很漂亮。老实说，我确实听人这么说过。"

"得了吧，她的长相怎么能跟你相提并论。"

"她的鼻子非常滑稽。我打心眼里为长着那样鼻子的女孩难过。"

"她鼻子很难看。你的鼻子很漂亮。天哪，它真漂亮。"

"哦，算了吧。你瞎说什么。"

"眼睛也很美。头发美，嘴巴也美。还有你的手。把你的小手伸过来。啊，看这小手呀！这世上谁的手最美丽？这世上哪个姑娘最甜美？"

"我可不知道。会是谁呢？"

"你不知道！你确实也知道的。"

"我不知道。是谁呢？是弗洛伦斯·勒宁吗？"

"哦，弗洛伦斯·勒宁，岂有此理！为弗洛伦斯·勒宁生气！我昨天整晚没睡，一整天都无心工作，就因为你不理我！像你这样的姑娘竟会为了弗洛伦斯·勒宁那样的女孩生气！"

"我觉得你完全精神错乱了，"她说，"我没生气！到底是什么让你这样想？很简单，就是因为你疯了。哎哟，我的新珍珠项链！等一下，我把它取下来。好了！"

格调

THE STANDARD OF LIVING

安娜贝尔和米奇迈着有闲阶级那种倨傲的步伐慢吞吞地走出茶室，打算去消磨接下来的整个星期六下午。像往常一样，她们的午饭包括糖、淀粉、油和乳脂。她们常吃软如海绵的新鲜白面包做的三明治，上面抹着滑腻的黄油和蛋黄酱。她们吃的三角蛋糕上面有冰激凌、生奶油和融化的巧克力，那些东西把厚蛋糕弄得湿乎乎的，撒的坚果碎咬在嘴里像是沙砾。有时她们想换换口味，就吃小馅饼——饼皮上渗出劣质油珠，饼里夹着少许淡而无味的肉馅，裹在苍白凝固的酱汁里。她们吃的松软的酥皮糕点，外面的酥皮坚硬，里面包着某种黄而甜的，介于固体和液体之间的不知名物质，就像被遗忘在阳光下晒干的药膏。她们不吃别的食物，也从没想过要换口味。她们的皮肤如同五叶银莲花的花瓣；她们的小腹平坦，侧腹瘦削，就像那些年轻的印第安勇士一样。

米奇在安娜贝尔工作的那家公司找了份速记员的工作，几乎从她报到当天开始，她们就成了最好的朋友。现在安娜贝尔已经在速记部门工作两年多，周薪也涨到了十八美元五十美分，而米奇的周薪仍然是十六美元。两个女孩都跟家人一起住，给家里上交一半工资。

两个女孩在办公室里的座位挨着，她们每天中午一起吃午饭，下班后一起回家。她们一起度过了许多个夜晚以及周日白天。经常会有两个小伙子同她们在一起，但这样的四人行的成员并不固定。有时两个小伙子会让位给另外两个，没人会为他们的消失惋惜——实际上新人同旧人几乎无甚差别，因此惋惜就不太合适。每逢星期六下午天气炎热时，女孩子们准会共度美好的闲暇时光。她们总是腻在一起，但友谊并未因此稍有褪色。

她们看起来很相似，但这种相似并不表现在五官上，而是表现在她们的体型、动作、风格和服饰搭配上。安娜贝尔和米奇把年轻职员该遵守的禁令破坏殆尽。她们涂唇膏和指甲油，刷睫毛膏，染发，身上还似乎隐有香气飘出。她们那修身明艳的裙子紧紧裹住胸口，裙摆高高悬空，高跟凉鞋的带子绑得很花哨。她们看上去显眼、轻浮而令人着迷。

现在她们正走过第五大道，裙角在热风中摆动，一路尽是赞赏之声。小伙子们懒洋洋地站在报摊旁，交头接耳，啧啧惊叹，甚至吹口哨向她们致以最高敬意。安娜贝尔和米奇经过他们时，并没有加快脚步以表现居高临下的优感。她们的头昂得更高，步态优美，落脚精准，就像女王从俯伏的民众面前走过一样。

下午有空时，女孩们总是去第五大道散步，因为那里是她们玩最喜欢的游戏的理想场地。其实这游戏可以在任何地方玩，但那些巨大的商店橱窗能激发两位玩家的灵感，帮她们进入最佳状态。

是安娜贝尔发明了这个游戏，或者说是她改进了原有的游戏。它基本上还是那个古老的玩意，即："如果你有一百万美元，该怎么花掉？"但安娜贝尔制定了一系列新规则，给它立规矩、施加各种限制，好让它更严密。像所有游戏一样，难度越大，就越引人入胜。

安娜贝尔版本的游戏玩法如下：假设某人去世，留给你一百万美元，真棒。但这笔遗产有个附加条件。遗嘱上说，你必须把每一分钱都花在自己身上。

这就是游戏的陷阱所在。打个比方，如果你忘记这条规则，把为家人租套新公寓的费用也算进去，那你就输了。令人惊讶的是，有如此多的人会因为这种失误把之前赢的也输进去，其中还包括某些高手。

当然，最重要的是以热情严肃的态度玩这个游戏。每次花钱之前都必须再三推敲，而且如果必要的话，还要说出理由来证明钱花得合理。一味蛮干就领略不到个中真意。有次安娜贝尔把它介绍给办公室里另一个女孩西尔维娅。她向西尔维娅解释了规则，然后从"你要做的第一件事是什么"开始发问。"哎呀，"对方不假思索地说，"我要做的第一件事就是出去雇个人，一枪崩了加里·科珀太太，然后……"可见她这人真是无趣。

然而安娜贝尔和米奇真是天生好搭档，因为米奇一学会这个游戏就表现得像位宗师。正是她为这个游戏涂上几抹温情的色彩。她对这个游戏做了创新：那位将遗产留给你的怪人既不是你的爱人，

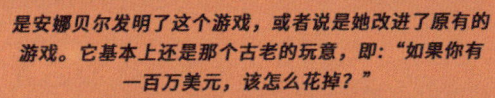

是安娜贝尔发明了这个游戏,或者说是她改进了原有的游戏。它基本上还是那个古老的玩意,即:"如果你有一百万美元,该怎么花掉?"

也不是你认识的人,他不过是之前在某处见过你。他想:"那个女孩应该拥有很多好东西。我死后要留给她一百万美元,而且死神到来的时机恰好,也没给死者造成痛苦。"你的恩人年事已高,已经安心乐意地准备离开人世。他在睡梦中安然离世,直接进了天堂。这些小细节经过粉饰后,安娜贝尔和米奇就能心态平和地做游戏而不受良心谴责。

米奇玩游戏时严肃得过了头,简直在走极端。两人的友谊受到的唯一一次考验,就是安娜贝尔说要先用这笔钱买件银狐大衣。这个答案好似扇了米奇一耳光。她重新喘过来气后大叫着说,真想不到安娜贝尔会做这样的事,银狐大衣太普通了!安娜贝尔捍卫自己的品位,反驳说它并不常见。然后米奇坚持说银狐大衣就是普通货。她补充说每人都有件银狐大衣。她接着宣布说(可能有点昏了头)自己是不会穿着银狐皮毛出洋相的。

接下来的几天里,虽然她们经常见面,但很少讲话,即使要讲话也小心谨慎,而且她们再也没玩过那游戏。直到某天早上,安娜贝尔一走进办公室就来见米奇,说自己改变主意了。她不会用一百万美元中的任何一元钱去买银狐大衣。如果得到遗产,她会马上去选件貂皮大衣。

米奇笑了,眼睛闪闪发亮。"我认为你做得绝对正确。"

现在沿着第五大道散步时,她们又玩起了这个游戏。那天天气很热,阳光刺眼,风里飘着缕缕灰尘——正是由于这样的天气,九月才总是被人诅咒。人们神情萎靡,步履蹒跚;但姑娘们却挺直腰板,迈着一字步,就像下午出来散步的年轻女继承人那样。玩这个游戏时她们已经不需要正式的开场白。安娜贝尔直入主题。

"呃,现在你有一百万美元。那么你要做的第一件事是什么呢?"

"哦,我要做的第一件事,"米奇说,"就是买件貂皮大衣。"但她说这话时神情木然,好像在针对某个意料之中的问题背答案。

"是的,"安娜贝尔说,"我想你这么做是对的。而且要选那种黑得要命的貂皮。"但是她说话也像在死记硬背一样。在这种热天里,无论是多黑、多光滑、多柔软的毛皮,想起来都会令人难受。

她们默默地走了一会儿,然后米奇的目光定在某个商店橱窗上。橱窗里,简朴优雅的黑色背景衬托出清凉美丽的微光。

"不,"米奇说,"我收回我的话。我不会一开始就买貂皮大衣。知道我会买什么吗?我会买串珍珠项链。真正的珍珠。"

安娜贝尔顺着米奇的目光看过去。

"是的,"她慢慢地说,"我认为这是个好主意。这是个好主意。因为珍珠可以搭配任何衣服。"

她们一起走到橱窗前,贴着玻璃向里看。里面只有一件饰品——一串双层珍珠项链。珍珠颗粒大而均匀,搭扣上镶一枚深色的祖母绿宝石。整串项链绕在粉色天鹅绒做的脖颈模型上。

"你觉得它值多少钱?"安娜贝尔问。

"哎呀,我不知道,"米奇说,"我猜要很多钱吧。"

"比如一千美元?"安娜贝尔说。

"哦,我觉得会更贵,上面还有祖母绿呢。"

"那么,一万美元?"安娜贝尔说。

"哎呀,我不知道。"米奇说。

"你敢进去问问价吗?"安娜贝尔鬼使神差地脱口而出。

"别开玩笑!"米奇说。

"你敢吗?"安娜贝尔说。

"呃,像这样的商店今天下午甚至都不会开门。"米奇说。

"不,今天它也开门,"安娜贝尔说,"刚有人从店里出来。门口也有门童。你敢吗?"

"好吧,"米奇说,"但你也得陪我一起来呀。"

门童引她们进去,她们以高冷的态度表示感谢。这房间清凉安静、宽敞雅致,墙壁镶板,地毯柔软。可是姑娘们神情轻蔑,仿佛她们是站在猪圈里似的。

一位身材修长、衣冠楚楚的店员向她们鞠了一躬。他面容整洁,并没对她们的外表表示惊讶。

"下午好。"他说。他的态度暗示:如果她们愿意赏脸接受这温和的问候,他将永远铭记心中。

"下午好。"安娜贝尔和米奇用冷冰冰的语调一起说。

"有什么我可以……"店员说。

"哦,我们只是看看。"安娜贝尔说。她仿佛正站在高台上,向下面的听众迸出片语只言。

店员躬身为礼。

"我的朋友和我只是恰好经过。"米奇说着停了下来,似乎在仔细回味。"我的朋友和我,"她接着说,"不过偶然心动,想知道橱窗里那条珍珠项链的价格。"

"啊,明白了,"店员说,"那条双层的是二十五万美元,女士。"

"知道了。"米奇说。

店员鞠躬。"这是条特别漂亮的项链,您想看看吗?"

"不必,谢谢。"安娜贝尔说。

"我的朋友和我只是恰好经过。"米奇说。

她们转身就走,那肃穆的样子仿佛门外有肥料车[1]正等着她们一样。店员冲在前面,为她们开门。她们从他身边走过时,他鞠了一躬。

姑娘们沿着大街往前走,仍然一脸鄙夷。

"说实话!"安娜贝尔说,"你想得到吗?"

"二十五万美元!"米奇说,"那就是一百万美元的四分之一了!"

"他可真好意思说!"安娜贝尔说。

她们继续往前走。鄙夷的表情慢慢消失,慢慢地、彻底地消失了,就像被从她们身上渐渐抽干一样。她们神情萎靡、脚步沉重;她们撞到对方,但没注意到这一点,也没有道歉。随后她们又撞到一起,又迅速分开。她们沉默不语,眼神迷茫。

米奇突然挺直腰板,昂起头,清晰有力地说:"听着,安娜贝尔。"她说:"看,假设有个大富人,明白吗?你不认识这个人,但他在某处见过你,想为你做点什么。唉,他非常老了,明白吗?他像进入梦乡一样安详逝去,给你留下一千万美元。现在,你要做的第一件事是什么?"

---

[1] 农用施肥车,在法国大革命中用于载被宣判有罪的贵族去断头台。这里形容两人的仪态特别严肃庄重。

了不起的老爷子

THE WONDERFUL OLD GENTLEMAN

多年来,贝恩一家一直致力于把他们的起居室变成博物馆——虽然小巧,但那些体现紧张、不安或坟墓的收藏完整得令人钦羡。他们甚至从未尝试要达成这种效果;但即使有意为之,效果也不会比目前更成功。房间里有些物品是结婚礼物,有些是备用品,正等待取代年高退役或破烂不堪的前任,少数是被"老爷子"带来的——五年前他过来与贝恩一家同住。

奇怪的是,它们与整体风格完美契合,就像是被同一位醉心于此而又不计时间成本的人挑选出来的,意在最终将贝恩家的起居室变为"恐怖之家",再稍做修改以供家人居住。

房间的天花板很高,木建部分沉重、晦暗而老旧,不可避免地使人想起银制把手和结网的蠕虫。墙纸是陈腐的芥末色,原本时髦的图案(深色调中点缀着闪烁的金色)已经褪色,变成纠缠不清的线条和污迹。在敏感的人看来,它们仿佛一群受虐者的头颅和被折磨的人形:有些人没有眼睛,有些人的嘴是结了痂的伤口。

家具颜色深暗，体量笨重，似乎在无法承受更多重量时，才会打破无畏的沉默，突如其来地挤出尖锐痛苦的吱嘎声。暗淡的织锦衬垫上散发出类似泥土的气味。不管贝恩太太如何努力，缝隙里还是积满了团团灰尘。

在屋子中央，三尊永远不自然地高举手臂的雕刻人像擎起桌面。它们腰部以上是女性，下身被涡卷形装饰和鳞片构成的一团乱麻谨慎地遮掩住了。桌上放着一排无可指责的书，两端书立是青铜色的石膏大象，它们肩上筋肉偾突，永远把书顶在恰当的位置。

壁炉架的雕工有如刀劈斧凿，上面放着一尊色彩鲜明、雕刻巧妙的鬈发农家男孩人像。他坐在架子上，一条腿垂下来，正在从胖脚丫上拔出一根刺，圆脸因为剧痛而皱成一团，十分逼真。他的正上方挂着张描绘战车比赛的钢版画。画中尘土飞扬，战车疯狂倾侧，驭者残忍地猛鞭那些暴怒的马匹。艺术家抓住了那些马儿心脏爆裂、倒在尘埃里之前的那一刻。

对面那堵墙则献给了宗教艺术形象：一幅耶稣受难的钢版画，极尽对恐怖细节描摹之能事；一幅使用乌贼墨颜料拓印的钢版画，展现了圣塞巴斯蒂安的殉难过程——绳索紧紧勒入胳膊，把他绑在柱子上，箭头密密扎进他看似柔软的粗壮身体；一张临摹《母亲之悲伤》的水彩画，画中的母亲痛苦地抬眼看向冰冷的天空，大滴伤心之泪挂在毫无血色的双颊上，裹在头上的暗淡头巾衬得她脸色更加苍白。

窗下挂着幅油画，画的是两只在暴风雪中绝望地挤在一起的迷途羔羊。这画是"老爷子"为这间屋子做出的贡献之一。贝恩太太常常注意到这幅画的画框很值钱，但她不知道究竟价值几何。

门边的墙面为现代艺术作品保留——贝恩太太曾在一家文具店的橱窗里看到这幅着色版画，画的是一列火车正无情地向铁路和公路的交叉道口飞驰而来，而有辆红色小汽车正试图在那只钢铁凶兽把自己辗为齑粉之前猛冲过铁道。那些被引到这幅画对面坐下的来访者通常会紧张不安，得找个机会换座位后才能专心于谈话。

桌上和竖式钢琴上的小摆设被小心地摆出看似随意的布局，其中包括一只镀金卢塞恩小狮子、一尊有缺口的拉奥孔石膏像和一只凶凶的小瓷猫——它正要扑向一只圆胖而无助的小瓷鼠。最后这个小装饰品是"老爷子"自己的结婚礼品之一。贝恩太太压低声音，敬畏地解释说："这东西可相当有年头了。"

烟灰缸来自东方，外观是奇形怪状的头颅，长着几缕灰色头发，有呆板的暴凸双眼。它们大张着嘴，让吸烟者把烟灰弹进去。如此一来，这房间里哪怕最微不足道的细节也符合这东西蕴含的精神，并将这种效果发扬光大。

然而室内装饰对现在坐在贝恩家起居室里的三个人毫无压迫感。其中两人是贝恩先生和贝恩太太——他们在这里住了二十八年，已经适应了这种环境，而且从一开始就相当赞赏它。而无论多么恐怖的环境，都无法压制贝恩太太的妹妹——惠特克太太那贵族范的镇定气派。

她以纡尊降贵的姿态优雅地坐在扶手椅里，手里握着杯苹果酒，亲切地微笑。贝恩夫妇家庭困窘，而惠特克太太——按直率的说法——嫁得很好，而且三人从来没有忘记这一事实。

不过，惠特克太太那种体贴的宽容态度并不仅针对那些不如自己幸运的亲戚，还惠及她年轻时的朋友、劳动人民、艺术、政治、整个美国和上帝——他能一直为她提供最好的服务。她随时可以给他老人家写封极好的推荐信。

三个人坐着，看上去打算舒舒服服地消磨这个夜晚。他们身上有种期待的神气，还有些不快的小紧张，就像那些正在等待帷幕升起的人一样。贝恩太太用最好的平底玻璃杯盛苹果酒，把坚果饼干用一只绘着成簇樱桃的盘子端上来——几年前，她加入的纸牌俱乐部成员在她家聚会时，她就用这只盘子装三明治。

她今晚曾思考了一下要不要把樱桃手绘盘拿出来，然后很快就做了决定，还毅然在上面堆满饼干。毕竟这算是个特别的场合——也许不那么正式，但仍然是特别的场合。那位"老爷子"在楼上处于弥留状态。当天下午五点医生曾说如果老人能拖过午夜，他会很吃惊——而且是相当吃惊——他当时加重声音说。

他们没必要聚在"老爷子"床边，因为老人谁也认不出来了。事实上，他这个状态已持续了近一年时间。他叫错他们的名字，还严肃而有礼貌地打听家族其他分支的夫妻或孩子的健康情况。但他现在已经不省人事了。

护士切斯特小姐自从他"上次中风"——按贝恩太太像煞有介事的叫法——之后就一直陪着他。她完全能胜任这一工作，并措辞巧妙地说如果自己观察到某些迹象，就会叫他们过来。

于是，这位"老爷子"的女儿们和女婿等在温暖的起居室里，一边啜饮苹果酒，一边压低声音，用彬彬有礼的声调交谈。

在谈话的间隙，贝恩太太哭了几声。她总是动不动就哭，而且经常哭。然而尽管有多年实践经验，她还是做得不够好。她的眼皮变得红而黏，鼻子也有不小的麻烦，不得不一直抽鼻子。她认真地大声抽鼻子，还不时取下夹鼻眼镜，用一条皱巴巴、湿漉漉、灰乎乎的手帕擦眼睛。

惠特克太太手里也拿着条手帕，但她似乎只是拿着它等待着什么。为了表示对这一场合的尊重，她穿着黑色的双绉纱裙，把天青石别针、橄榄石手镯以及镶黄晶和紫水晶的戒指都留在家里衣柜的抽屉里，只保留了金链上的长柄眼镜以备阅读。

惠特克太太总是注意按场合着装，因此她的举止总是那么镇定，只有穿着得体的人才能欣赏。她在一些方面简直是权威，如在亚麻制品上绣姓名首字母的位置、指挥干粗活的人和写得体的吊唁信。"女士"这个词在她的谈话中多次出现。她经常预言说遗传决定一切。

贝恩太太穿着皱巴巴的白色仿男式女衬衫和蓝色的旧半裙——这两件衣服她一般"做厨活"时才会穿。把医生的诊断打电话告诉妹妹后，她是有时间换衣服的。但她当时不太确定该不该换。她本以为妹妹可能会觉得自己在这种时候会心烦意乱、不修边幅，而且妹妹本人甚至也可能有点这种倾向。

现在贝恩太太看着妹妹那煞费苦心打理的精巧棕色发卷，紧张地轻抚自己凌乱的头发。她的头发在额前还是灰色，脑后微微扭曲的发绺则近于黄绿色。她的眼皮又变得潮湿黏糊。她用食指抬起眼镜，用潮湿的手帕擦眼睛。她提醒自己和他人：毕竟那是她可怜的爸爸。

噢，但这确实再好不过了，惠特克太太用温柔耐心的声音解释。

"你不会愿意看到父亲这样继续受苦的。"她指出。贝恩先生附和她，似乎自己也是突然有这个想法的。

贝恩太太无言以对。不，她不愿意看到"老爷子"这样继续下去。

五年前，惠特克太太断定"老爷子"年纪太大，再让他独居，请老安妮为他做饭并照顾他是不妥当的。当有子女能照看他时，他一个人住"看起来不合适"，因此依附女儿而住势在必行，只是时间问题。惠特克太太总是在事情还没发展到"看起来不合适"的地步时就加以阻止。所以他过来和贝恩一家同住。

他有些家具已经被卖掉了。有几样东西——比如银器、高钟和他在博览会上买的波斯地毯——惠特克太太已经在自己家里找到一席之地来接纳它们。有些东西他带到了贝恩家。

惠特克太太的宅子比姐姐家要大得多。她有三个用人，没有子女。但正如她对朋友们所说的，她当时没上前，而是让阿莉和刘易斯把"老爷子"接走了。

"你懂的，"她把声音放低，调整到讲述不那么体面的事情时常用的声调，"阿莉和刘易斯——好吧，他们过得可不太富裕。"

所以大家都认为，如果"老爷子"搬到贝恩家来住，他就帮了这一家大忙。不是指付膳宿费——把父亲当作陌路人一样要求付钱是有点过分。不过，正如惠特克太太建议的那样，他可以为家里买些必要的东西作为补助，使日子能顺利过下去。

这位"老爷子"确实补贴了贝恩一家。他买了电暖炉和电风扇，还有新窗帘、外护窗和灯具——所有这些都是为他的卧室准备的。他们把隔壁小客房改建成一间漂亮的小浴室供他专用。

他花了好几天买东西，直到找到一个适合自己口味的足够大的咖啡杯。他买了几只大烟灰缸，还有一打超大号的浴巾，让贝恩太太在上面绣上他名字的首字母。每年圣诞节和生日，他都会给贝恩太太一枚崭新的、闪闪发光的十美元金币。当然在合适的场合，他也会送金币给惠特克太太。这位老先生总是为自己的公正而自傲。他常说自己可不是偏心的人。

在他的垂暮之年，惠特克太太在他心中就像李尔王的小女儿科迪莉亚[1]一样。她每个月过来看他几次，给他带来果冻或盆栽风信子。有时她派私家车和司机来接他，这样他就可以舒适地在城里转转，而贝恩太太就可以有机会从烹饪和陪伴他的工作中暂时脱身。惠特克太太和丈夫出门旅游时，几乎从不忘记在风景名胜给父亲寄明信片。

"老爷子"为她的爱激动，以她为骄傲。他喜欢听人说她长得像他。

"那个哈蒂，"他过去常常跟贝恩太太说，"真是个好女人——一个好女人。"

---

1 莎士比亚戏剧《李尔王》中，年事已高的国王李尔王退位后，被大女儿和二女儿赶到荒郊野外，而曾被他苛待的小女儿成为法兰西皇后，率军救父却被杀死，李尔王伤心地死在她身旁。

惠特克太太一听说那位"老爷子"已经弥留就马上赶回来,中间只停下来换了衣服、吃了晚饭。她丈夫和几个男人到森林里钓鱼去了。她向贝恩夫妇解释说找他也没用——当天晚上他赶不回来的。一旦——发生任何事情,她会尽快给他拍电报,这样他就能及时赶回来参加葬礼。

贝恩太太为他的缺席感到难过。她喜欢那位脸色红润、天性快活、声音洪亮的妹夫。

"克林特不能来真是太遗憾了,"她之前已经这么说过几次了,"他那么喜欢苹果酒。"

"父亲,"惠特克太太说,"过去一直很喜欢克林特。"她提到这位"老爷子"时已使用了过去时态。

"大家都喜欢克林特。"贝恩先生陈述了这一事实。

贝恩先生也是"大家"中的一员。上次他把生意做砸之后,克林特曾在毛刷厂给他找了个书记员的位置,他一直在那里干到现在。大家都很明白,这是惠特克太太出面干预的结果。但毕竟那厂子是克林特的产业,而他的薪水也是从克林特手里领的。每周四十美元——毫不含糊。

"我希望他能及时赶来参加葬礼,"贝恩太太说,"我想星期三早晨一定很冷吧,你说呢,哈蒂?"

惠特克夫人点了点头。

"或者在星期三下午两点左右,"她纠正说,"我一直认为那个时辰不错。爸爸有礼服大衣吗,阿莉?"

"噢,是的,"贝恩太太急切地说,"都很干净漂亮。他什么都有。哈蒂，几天前我在牛顿先生的葬礼上发现他们在他身上打了不止一条蓝领带，所以我猜那本来是他们戴着的。莫莉·牛顿总是把一切都安排得井井有条。但我不知道——"

"我想，"惠特克太太坚定地说，"对一位年老的绅士来说，黑色再可爱不过了。"

"可怜的'老爷子'，"贝恩先生摇着头，"明年九月他就要满八十五岁了。好吧，我想这是最好的结果。"

他喝了一小口苹果酒，又吃了块饼干。

"多么精彩的生活，"惠特克太太总结道，"多么了不起的、了不起的'老爷子'。"

"哎呀，我也这么认为，"贝恩太太说，"哎呀，到去年为止，他对所有东西还都很感兴趣！比如，'阿莉，你买这鸡蛋花了多少钱？''阿莉，你怎么不换家肉铺买肉呢？——这家是在抢你的钱。''阿莉，你刚才在和谁打电话？'一天到晚！大家过去经常说这事。"

"中风之前他跟我们一桌吃饭，"贝恩先生咯咯笑着，以怀旧的口吻说，"天哪，以前要是阿莉切肉不够快，跟不上他吃饭的速度，他就会大吵大闹。他总是发脾气。听我说，'老爷子'确实是这样。要是我们请人来吃饭，他可会不高兴——他一点也不喜欢。他已经八十四岁啦，还跟我们一起坐在餐桌边呢！"

他们争先恐后讲述这位"老爷子"的理解能力和活力，就像父母们互相交流早熟孩子的逸事。

"从去年开始他才让人扶他上下楼，"贝恩太太说，"他能一个人走上楼。他已经八十多岁了！"

惠特克太太被逗乐了。

"我记得你说过，当时克林特也在，"她说，"克林特说：'好吧，如果你到八十岁的时候还不能上楼梯，那你什么时候才能学会？'"

贝恩太太礼貌地笑了笑，因为这是她妹夫说的话。否则她会震惊，觉得受到伤害。

"是的，先生，"贝恩先生说，"真了不起。"

"我唯一希望的是，"贝恩太太停了一下，然后接着说，"我之前希望他改变对保罗的态度。不知怎的，自从保罗参军以来，我一直觉得不对劲。"

这个话题之前大家已经反复谈过，惠特克太太用她谈论这个话题时惯用的声调回答。

"现在，阿莉，"她说，"你自己也知道那是最好的结果。父亲自己也屡次三番地告诉过你。保罗还年轻，他想让自己的年轻朋友们在房子里进进出出，砰砰地敲门，制造各种各样的噪声，但这对父亲来说很可怕。父亲已经八十多岁了，你知道的，阿莉。"

"是的，我知道。"贝恩太太说。她看向儿子穿着海军制服的那张照片，叹了口气。

"而且还有，"惠特克太太得意扬扬地指出，"既然切斯特小姐住了保罗的房间，就没有房间能给他了。所以你看！"

大家沉默了很长一段时间。然后贝恩太太的思维慢慢转向另一件一直压在她心头的事。

"哈蒂，"她说，"我想——我想我们应该通知马特？"

"我觉得不应该。"惠特克太太镇定地说。她总是煞费苦心地决定该说"应该"还是"将会"。

"我只是不想让他从报纸上知道这事,这样他就赶得上葬礼。如果你想让你哥哥醉醺醺地出现在葬礼上,阿莉,我可不愿意。"

"但我以为他已经改过自新了,"贝恩先生说,"我以为他结婚后就没事了。"

"是的,我知道,我知道,刘易斯,"惠特克太太疲倦地说,"这些我都听过了。我只是想说我知道马特是什么样的人。"

"约翰·卢米斯告诉过我,"贝恩先生报告说,"说他经过亚克朗市时去看过马特。说他们住的地方很不错,而且他似乎和妻子相处和睦。约翰说她像个杰出的管家。"

惠特克太太笑了。

"是的,"她说,"约翰·卢米斯和马特是一路货色——他们说的话你一个字也不能相信。也许她看起来的确是个好管家。我敢肯定她能演好这个角色。快一年了,马特从未透露过她上过舞台的事实。请原谅,我不愿让那个女人来参加父亲的葬礼。如果你想知道我的想法的话,我想马特娶这么个女人和爸爸的身体状况急转直下有很大关系。"

贝恩夫妇充满敬畏地坐着。

"而且爸爸之前曾为马特操了那么多心。"惠特克太太用颤抖的声音加了一句。

"嗯,我想也该这样,"贝恩先生高兴地赞同,"我还记得那位'老爷子'过去是如何帮马特渡过难关的。他会过去找人谈,就像那次同福勒先生的交涉一样。当时马特在银行工作,他会跟福勒先生解释。'福勒先生,'他会说,'我不知道你是否了解,但我的这个儿子,一直是那种你会叫作败家子的人。他是个酒鬼,给自己惹了好几次麻烦,但如果你能留意他,让他别走上歪路,就算是帮了我的忙啦。'

"是福勒先生自己告诉我这事的。他说那位'老爷子'直接过来和他摆明一切,这真是太好了。他说自己根本不知道马特是那样的人——他想听听关于马特的一切。"

惠特克太太悲伤地点头。"噢,我知道。父亲一次又一次地这样做。然后马特很可能就会发脾气不去上班。"

"还有当马特要失业时,"贝恩太太说,"看爸爸给他付车钱时的那个样子,我不知道还有什么其他事!马特三十岁时,爸爸会把他带到'纽文斯和马雷'店里,给他从头到脚买身新装——所有东西都是他自己挑的。他过去一直说马特如果自己逛商店就一定会被骗。"

"天哪,爸爸不愿意看到任何人在钱的问题上出洋相,"惠特克太太评论说,"还记得他过去常说的话吗?'任何人都能赚钱,但只有聪明人才能保住它。'"

"我猜他一定相当有钱。"贝恩先生在提到"老爷子"时突然又用上了现在时态。

"噢——有钱!"惠特克太太露出她最亲切的笑容,"直到最后一刻,他都能把自己的事处理得很好,爸爸确实是这样。克林特说的,一切都井井有条。"

"他把遗嘱给你看了，对吧，哈蒂？"贝恩太太问，一边用她干瘦坚硬的手指把袖子上的线头搓成缕。

"是的，"她妹妹说，"是的，他给我看了遗嘱。一年多以前的事。我想那就是遗嘱，不是吗？你知道，后来不久他身体就垮下去了。"

她咬了一小口饼干。

"真不错。"她说。她突然爆发出一阵爽朗的笑声，就是那种她在茶话会、婚宴和相当正式的晚宴上常常爆发出的笑声。"你知道，"她像是在讲一个愉快的故事，"他走了，把所有的祖上产业都留给了我。'为什么，爸爸！'我一读完那部分就说。但似乎他当时觉得我和克林特照顾他能比其他任何人照顾得更好。你知道爸爸那种人一旦下定决心会怎样。你可以想象我当时的感受。我什么也说不出来。"

她又笑了，好笑而困惑地摇着头。

"哦，还有阿莉，"她说，"他把他带到这儿的所有家具都留给你了，还有他来以后买的所有东西。刘易斯可以得到他那套萨克莱的书。还有他曾借给刘易斯的那笔钱也不用还了，当时他借钱是为了渡过那笔五金生意的难关。这笔钱现在就算是遗赠吧。"

她向后靠，微笑着看着他们。

"上次爸爸那笔钱刘易斯大部分都还清了，"贝恩太太说，"只剩下大约二百美元，然后他就都能还清了。"

"那算是遗赠。"惠特克太太坚持说。她俯身过去拍拍姐夫的胳膊。"爸爸一直喜欢你，刘易斯。"她轻声说。

"可怜的'老爷子'。"贝恩先生低声说。

"遗嘱上有没有提到马特?"贝恩太太问。

"噢,阿莉!"惠特克太太用温和的谴责口气说,"你想想爸爸一次次花在马特身上的所有那些钱吧。在我看来他为马特做得已经够多了,真的够多了。然后马特离开我们去那里生活,娶了那个女人,却一句话也没交代——父亲还是从陌生人那里听到的——哎呀,我想我们都没有意识到这把爸爸伤害得有多深。他没怎么提过这件事,但我觉得他心里这关一直过不了。我一直很感激上苍,我们可怜的亲爱的母亲没看到马特现在这样子。"

"可怜的妈妈,"贝恩太太用颤抖的声音说,又开始用那条灰扑扑的手帕,"我现在能清清楚楚地听到她讲话。'现在,孩子们,'她一向这样说,'看在上帝的分上,让我们一起努力让你父亲保持良好的心情吧。'我真的听过太多次了。你还记得吗,哈特?"

"我当然记得!"惠特克太太说,"还有,你还记得他们怎么玩惠斯特纸牌吗?还有爸爸输了牌的时候有多生气吗?"

"是的,"贝恩太太激动地喊起来,"妈妈为了不赢他的钱,不得不欺骗他。就像她过去常常做的那样。"

他们轻声笑起来,回忆着过去的日子。愉快而体贴的沉默降临在四周。

贝恩太太把一个哈欠捂回去,看了看钟。

"差十分钟到十一点。天哪,我都不知道这么晚了。我希望——"她及时停了下来,为那差点脱口而出的愿望红了脸。

"你看,刘易斯和我一般都睡得比这个时间早,"她解释道,

"多美的离世,"她宣布,

"生如夏花之绚烂,死如秋叶之静美。"

"噢,这真是再好不过了。阿莉,再好不过。"

"爸爸睡觉很轻,我们不能像他搬过来之前那样,请人来玩桥牌或是做别的事,怕吵到他。但如果我们想去看电影或者去别的地方,他就得独自待在家里,我们就只能不去了。"

"哦,'老爷子'总是会告诉你他想要什么,"贝恩先生笑着说,"听我说,他是个奇迹。快八十五岁了!"

"想想看……"惠特克太太说。

头上有扇门咔嗒一声开了,传来有人迅速跑下楼梯的声音。切斯特小姐冲进房间。

"哦,贝恩太太!"她哭喊道,"哦,'老爷子'!哦,他走了!我见到他好像要振作,还哼了几声。他似乎表示想喝点热牛奶。我就把杯子放在他嘴边,他就倒下去了,他就这样走了,牛奶全洒在他身上了。"

贝恩太太立刻热泪盈眶。她丈夫温柔地搂着她,低声说了一串"现在——现在"。

惠特克太太起身,小心地把苹果酒杯放在桌上,抖开手帕,向门口走去。

"多美的离世,"她宣布,"生如夏花之绚烂,死如秋叶之静美。噢,这真是再好不过了。阿莉,再好不过。"

"是的,贝恩太太,再好不过,"切斯特小姐诚挚地说,"真是上天眷顾。就是这样的。"

他们扶着贝恩太太上了楼。

| 307

图书在版编目（CIP）数据

缝衣曲，1941 /（美）多萝西·帕克著；兰莹译
. -- 北京：中信出版社，2022.5
（企鹅·轻经典）
ISBN 978-7-5217-4126-1

Ⅰ.①缝… Ⅱ.①多…②兰… Ⅲ.①中篇小说－小说集－美国－现代②短篇小说－小说集－美国－现代
Ⅳ.① I712.45

中国版本图书馆CIP数据核字（2022）第053466号

本书仅限中国大陆地区发行销售

"企鹅"及其相关标识是企鹅兰登已经注册或尚未注册的商标。
未经允许，不得擅用。
封底凡无企鹅防伪标识者均属未经授权之非法版本。

企鹅·轻经典
缝衣曲，1941

著　者：[美] 多萝西·帕克
译　者：兰莹
出版发行：中信出版集团股份有限公司
　　　　　（北京市朝阳区惠新东街甲4号富盛大厦2座 邮编100029）
承　印　者：鸿博昊天科技有限公司

开　本：787mm×1092mm　1/32　　印　张：9.75　　字　数：208千字
版　次：2022年5月第1版　　　　　印　次：2022年5月第1次印刷
书　号：ISBN 978-7-5217-4126-1
定　价：49.00元

版权所有·侵权必究
如有印刷、装订问题，本公司负责调换。
服务热线：400-600-8099
投稿邮箱：author@citicpub.com

N